救贖之城

水晶約束之城
艾星翠

曹飛鳥——著
貓瞳——繪

目次

序章

煌之刻是一座巨大的時計。

這樣形容它或許不太對，因為時計這個東西，是從煌之刻衍生出來的。

最早的世界沒有光芒，直到吉爾・哈斯特成為了救贖之城，耀眼的煌之刻才開始於空中綻放。每當煌之刻的指針指向天際時，名為太陽的光熱體就會升起，這樣的規則漸漸讓全人類習以為常。

對於活著的人來說，擁有煌之刻，就等同於擁有全世界。救贖之城正是世界中心的霸權，挑戰它的國家也不在少數，久而久之，反對救贖之城的大國便陸續建立。

崇尚魔法、崇尚異神的西方教國——梵亞斯。

發展科技、以機械降神的南方綠洲——薩爾巴德。

望士如狼虎、望國如日出的遠東侵略者——大丹。

以及，在魔境中屹立不搖的北方部落——喀爾登。

這四個國家各有不同，唯一的共同點都是覬覦著煌之刻。以救贖之城為首的自由聯邦，長年都處於對外戰爭狀態，然而諷刺的是，最終瓦解它的卻不是外族，而是伺機潛伏的惡魔們。

牠們在聯邦最虛弱之際，擊碎煌之刻並將碎片瓜分，使時間永遠停留在黑夜。

從那一天開始，世界的歷史改變了。

小國滅亡、大國顛覆，人們被迫在黑暗中求生存，就連自由聯邦都因為失去煌之刻而喪失領導地位。在如此絕境下，年幼的王子萊恩・日輪繼承了王位，那時他還只有六歲。

為了在群臣面前建立起威信，萊恩將自己隱藏於一張鐵面具底下，不再露臉。久而久之，溫柔的王子就像變了個人。他開始高壓統治聯邦，將反對者全部處死，甚至他還宣稱曾經的英雄多特・席烏巴就是叛徒、就是殺害前任國王，導致救贖之城淪陷的人。

放下治國的要務，萊恩失心瘋地追尋多特，使人民陷入長久的苦難中。這一切都被禁衛隊長嘉德看在眼裡，包括現在，萊恩在報了殺父之仇後，竟然再次向大丹宣戰。這樣不合理的舉動，已經讓許多人心生不滿，但嘉德只選擇服從。

夜色下，萊恩的背影朦朧不清，讓嘉德有一種格外陌生的感覺。

「嘉德。」

聽到國王在呼喚自己，嘉德剎那間回神，朝他行了個騎士禮：「屬下在。」

萊恩緩緩回首，那張陰森的笑臉面具依然高掛。當他的笑臉顯現時，一團冷空氣朝四處張揚。

「馬上召集軍隊，我們該前往那個地方了。」萊恩無預警地如此下令。

「……那個地方？」

「是啊。」月光將國王的影子無限延展，彷彿要吞沒全世界般。歡愉的氣息從面具下散發，使人不甚冰寒，「我終將回歸的那地方——『水晶約束地』艾星翠。」

伴隨宣言，嘉德彷彿聽見鬼魅的嬉笑聲迴盪。有一瞬間，嘉德甚至認為國王就是風暴的中心、就是狂亂與寒冷的根源。

這一切的一切，都讓嘉德不禁懷疑起——

自己侍奉的這個人，究竟是……「誰」？

第一章「水晶之城」

有人說煌之刻熄滅以後，季節也會跟著不再變換。

但那是不對的，即使世界分不清晝夜，季節仍然會隨著時間做推移。

艾星翠的大街上，已經被冬日的白雪覆蓋成堆。冷風挨家挨戶地尋求歸宿，卻屢屢被拒於門外，它們只能可憐兮兮流連在大街小巷中，讓終年燃著火焰的蠟油路燈，也無暇暖活過客的身心。

但是，這無傷大雅。在艾星翠，火焰並不是最重要的照明，更可以說，火焰僅僅是種象徵罷了。

因為艾星翠有著與眾不同的地方——它盛產水晶。

艾星翠的水晶遍布在城市各個角落，幾乎已融入街景的一部分。它們從地面上突起、從岩壁裡生長、從河道中破土而出。艾星翠的不少民家，甚至直接與水晶柱融為一體，製造畸形又美麗的協調感。

這些晶體最大足足有十多公尺高、最小至幾公分也說不定。它們色彩繽紛造型多樣，唯一的共通點是——它們都會發光，而且都挾帶著大地的魔力。

遙想曾經，艾星翠也一度面臨過滅亡的危機，然而當世界失去光明後，它反而成為聯邦境內最富裕、最熱鬧的城市。

猶如將遲來的財富如約定般獻上——這就是「水晶約束之地」艾星翠的由來。

「呼……」

走在飄雪的街道上，羊角少女為自己的掌心增添溫暖。

冬天已經過了大半，也意味著即將進入最寒冷的時節。羊角少女非常討厭下雪的日子，不只是因為氣溫格外冰冷，也是因為雪景會讓她想起不好的回憶。

仰望雪花一片片被水晶光芒染得五顏六色，少女憂鬱的眼神中浮現自己年幼時的景象。在無邊無際的黑暗裡，她不斷向出口跑著、不斷向出口跑著，直到她看見白色的雪景之際，才終於累地癱倒下來。

「迪恩……」

她輕聲呼喚著某人的名字，然後轉頭望去。

可在那絕望的深淵當中，沒有任何人歸來。

「……」想起這段回憶，少女本就陰鬱的臉龐更顯悲傷。她撥弄頭髮，將自己羊角上的積雪給清乾淨、同時也將自己的心思給清乾淨。

她害怕自己再繼續想下去，可能會失去更多東西。

於是，她只好含著淚，繼續向雪景的彼方前進。

直到救贖來臨的那一天。

***

「猶如將遲來的財富如約定般獻上……這就是『水晶約束地』艾星翠的由來。」

雪花灑落發話人頭頂，讓他帽子上的五彩水晶更加耀眼。

「怎麼樣啊小哥，還不錯的地方吧？」

那人邊說著、邊對眼前的青年賣笑，青年雖然也同樣用兜帽在擋雪，卻相對地樸素許多，只是件素色的斗篷。而在那件斗篷底下，青年過長的藍髮傾落而出，連帶一束俐落的短馬尾。

冷風不斷吹來，讓青年的髮尾勾起一抹弧度，正如同他此刻微微上彎的嘴角。

「先說好，我是不會買任何東西的。」高泉用開朗的笑臉打起預防針來。只見那渾身水晶飾品的小販瞠目結舌，似乎不敢相信高泉沒有被自己給攻略。

「啥！？可、可是小哥你看看這個耳墜……還有這條項鏈也和你很搭啊！」

「……那啥，我如果把你這身行頭都戴上去，一定會被當成男娼的好不。」

高泉藍寶石般的髮色在水晶光芒陪襯下，意外地凸顯美麗。正因為如此，他才會被小販沿街推銷，硬要他買下一堆水晶飾品。

這小販幹過幾年導遊，為了要讓高泉感興趣，甚至還講起城鎮歷史來，只可惜水晶之城的故事，始終沒能打動高泉。

「你——」反倒是小販喋喋不休講了老半天，卻換來如此結果，實在讓他惱怒不已。眼見高泉心意已決，小販立即轉變態度、擺手趕人：「呿！小氣鬼！滾開！」

「咦。」這小販態度改變之快，就連高泉都覺得有趣，他在小販氣沖沖收拾東西之際重新叫住了他：「等等！先別急著走嘛。」

聽到這句話，小販滿腹狐疑地瞪向高泉。

「還有什麼事？不買就滾開！」

「也沒什麼啦，只是想請教你一件事，你能回答我，我就買個……呃，耳墜？」

「什……」一聽生意有機會談成，小販的怒容一瞬間再由怒轉喜，簡直像技藝高超的變臉秀，「嘿！小哥您這就見外了，我在此生活四十年，還有什麼不知道的？」

「是嗎？那……」高泉搔搔臉頰，仰頭注視天際。來到艾星翠已有三日，高泉還是不習慣那炫目的水晶光。

這座城市從來不缺乏人跡，卻在高泉開口時陷入沉寂。

「我想知道──『吞噬光明的水晶龍』所藏身的礦坑，到底該從哪裡進去？」

此言一出，小販的笑容剎那間凝滯，就好像高泉提了不能說的祕密。周遭人群也在此時紛紛停下動作，並且開始面向高泉交頭接耳。

放眼於這詭譎的氣氛，高泉並不感到意外，反而是長長地嘆了口氣。

「又來了嗎……」

畢竟，這不是第一次了。

「我不知道，快滾吧。」

打從高泉來到艾星翠的那天起，就不斷吃著像是這樣子的閉門羹。他眼睜睜看著小販轉身就走，直到他漸行漸遠之際，高泉才無奈地笑了笑：「……唉，等等！」

聽到高泉再次出言攔阻，小販冷眼回望，完全沒了先前的熱情。高泉本想再試探一些情報，但看小販那副表情，他只好打消念頭。

「……耳墜，還是賣給我吧。」

「哼，謝謝惠顧。」

來到艾星翠第三天，高泉至少沒有再空手而歸。

「可惡！」走在飄雪的街道上，兩旁水晶光將高泉的怒容照耀澈底。他雙手插在口袋裡，似乎仍對方才的事情感到忿忿不平。

「為什麼這裡的人都絕口不提水晶龍啊！？」

抱怨同時，高泉順手扒了個路過的富豪大叔，好補足買耳墜所花費的錢。他將銀幣俐落地投入腰包裡，就聽裡頭傳來嚼嚼嚼的古怪聲響，與稚嫩童音所做出的回應。

「泉哥，老實說哩——哪天在路上突然有人問你『ㄟㄟ那個水晶龍在哪』你也會把他當成是中二病發作了唄。」腰包試圖安撫高泉，卻換來高泉更生氣的捶打。

「再問不出情報，我們來艾星翠就白跑一趟了啦！」

「等、等等！我、我開玩笑而已唄！好痛！好痛！」

耳聞腰包求饒，高泉這才罷手。仰望潔白的雪景，高泉默默想起了那名如百合花般的女孩。

一個月前，高泉與多瑪從「有去無回之地」生還，然而他們找尋惡魔的目標等於落了個空，不只如此，還經歷了一些難過的事，高泉至今仍難以忘懷。

希莉卡‧派克斯特——亡骸聖女為了解除「有去無回」的詛咒，進而將自己封閉於永恆的孤獨中。高泉明白，希莉卡並沒有因此而死去，她一定還在等待、等待人們找回光明的那一天。

為了她，高泉更積極追尋「竊光惡魔」的線索，最後來到了此地。水晶約束之城——艾星翠，相傳這裡的礦山中藏有「吞噬光明的水晶龍」。

具體而言，所謂的「水晶龍」是個怎樣的怪物無人知曉，只知道牠在暗處耀眼奪目，猶如曾經高掛的太陽。也有人說，那東西或許就是竊光惡魔，懷抱著煌之刻藏匿於黑暗深處，才會如此耀眼。

雖然都只是推論而已，而且機會也微乎其微，不過……誰知道呢？

就像派克斯那時候一樣，高泉覺得有目標總比大海撈針要好。邊思索著下一步該怎麼走，高泉邊在一間名為「繁星」的酒館前駐足。

他跟她約好要在這裡會合。

推開繁星酒館的大門，裡頭的熱鬧氣息迎面而來。水晶光芒環繞間，駐唱的羊角小姐歌聲曼妙，使酒客們紛紛陶醉其中。高泉也一邊享受著演唱，一邊四處尋找她的身影——

直到他看見被醉漢團團包圍的那名女孩，他的臉色瞬間刷白，「啊，完蛋了。」

「嘿——小妹妹生得好俏，怎麼一個人在這裡喝悶酒啊？哈哈——」

遭到搭訕的女孩有著一頭漂亮金髮，被她束成合適的雙馬尾。她黝黑的肌膚保富彈性，看起來既光滑而稚嫩，說明她正值青春年華。

女孩乍看下絕對是個美人胚子，但在近距離觀察後，卻能發現她甜甜帶笑的臉蛋上，含有一絲不自然的地方。

「真的完蛋了。」看見那張笑臉，高泉又重複一次同樣的話，然後加快步伐。

反倒是醉漢們完全察覺不到那股氣壓，依然醉醺醺地繞著女孩打轉，「小妹妹為啥都不講話？害羞？不要害羞嘛！」

邊說著，醉漢邊放下酒瓶，想伸手觸摸女孩。

「別啊！」高泉大喊出聲：「你們沒看到桌上放了『會咬人』的告示牌嗎！？」

咻——啪！

為時已晚。

當高泉大聲勸阻時，醉漢忽然騰空飛起，臉頰上還多了一道熱辣的鞭痕。這讓沒趕上的高泉忍不住哀叫一聲：「就說了會咬人——」

但他話還沒說完，醉漢已朝自己飛來。無奈之下，他側身閃過醉漢的衝撞，而對方也因此跌入滿桌酒水佳餚中。

「呀……」羊角歌手停止演唱，與眾人同時望向女孩所在的方向。

「……煩死了！高泉！我照你說的『保持微笑』根本沒用啊！」

「我說的是『保持微笑直到我回來』！妳這白癡！」

多瑪・席烏巴一襲美麗的冬裝，卻不似淑女地一腳踏在椅子上。她咖啡色的短靴踩得椅子吱嘎作響，也令旁觀者嘖嘖稱奇。誰也沒料到這名年輕漂亮的女孩，竟然能將成年男子一鞭打飛那麼高！

現場只有高泉不感到意外，一切正如他所想……

多瑪被醉漢搭訕↓多瑪爆氣↓醉漢被打掛↓我收拾殘局，幹。

「各位別緊張！由哥來處理！」

高泉熟練地挺身而出，他在眾目睽睽下攙扶起昏迷的醉漢，然後將他妥善安置到角落。之後他轉而向佳餚被糟蹋的酒客致歉賠罪，終於是大功告成地一鞠躬。他看上去很志得意滿，但其實熟練到有些可憐。

「妳，坐下。」高泉狼狽地喘著氣，朝多瑪比了比椅子。

或許也知道自己搞砸了，多瑪聽話地乖乖坐下，雙手夾在大腿間偷瞄著高泉。

高泉左顧右盼一陣，確認酒館內焦點已然轉移、且周遭也恢復吵鬧後，便跟著坐了下來。他與多瑪四目相接，片刻後無奈笑笑。

「打得好，但是太引人注目了。」

「……嘿嘿！下次會注意點嘛！」

是不是寵壞她了呢？眼見多瑪歉意的笑容，高泉也不想再計較什麼。反而他想起今天的遭遇，不由得面露沮喪。

「唉……結果妳那邊有問到什麼嗎？」

「沒——每個都像看到鬼一樣跑掉了。」

多瑪緊皺眉頭。正如她所言，兩人今天分頭打聽，依然沒問到什麼。水晶龍這個詞彙對當地人來說好像是非常敏感的字眼，問誰誰就跑，搞得自己都像瘟神那樣惹人厭了，還是毫無進展可言。

「嗯……」若這樣的情形再持續下去，高泉覺得只好放棄水晶龍這條線索了。

「啊！對了對了！」

忽然間，多瑪像想起什麼地輕呼。她朝高泉招招手，高泉卻沒馬上意會，於是她趕忙捏起高泉的耳朵，將小嘴湊到他耳邊說道：「我今天……在街上看到成群結隊的聯邦軍。」

「真的嗎？」一聽到這句話，高泉立刻變得嚴肅。

在來到艾星翠前，高泉曾向一名冒險者探聽情報。那名冒險者當時就說：自由聯邦為了增添軍備，打算重啟水晶礦坑，所以此時聯邦軍會出現在這裡，也是意料中的事情，只是不免讓人擔憂。

畢竟，多瑪還是逃犯的身分，而多次搗蛋的高泉也沒有好到哪裡去。

說實話——與救贖之城的軍隊直接碰上，是高泉預料中最壞的情況。

「欸欸，高泉，那個啊……」

高泉還在思索著，就聽多瑪欲言又止。多瑪猶豫了好一會兒，這才食指點著食指怯怯地問：「我想知道老爹的下落……我們可不可以……抓幾個聯邦軍人來問問看呀？」

「咦。」

多瑪的提議讓高泉也立即想起那名白髮老者。多特・席烏巴，多瑪的父親、高泉的養父，離別時他與獨眼烏鴉一決雌雄，其結果很有可能是戰敗的。雖然高泉也想知道養父此刻身在何方，但他終究是搖搖頭否決多瑪。

「不行……太危險了。」

「就、就試試看也不行？」

「不行。」高泉這次很堅定。

「唔……好吧……我知道了啦……」

見高泉不同意自己，多瑪沮喪地雙馬尾下垂。

兩人許久沒再交談，各自都有心事難言。高泉雖然明白多瑪的心情，但他也不能辜負多特而把她送入危險中，既然聯邦軍出現在此，那凡事都得小心為上。

越想就越心煩，高泉將腿翹上桌，嘴裡叼著一根雞骨發呆。

動作間，多瑪憂鬱的側臉映入他眼中。

「啊，說起來……多瑪。」

看著多瑪被金髮包覆住的耳朵，高泉忽然想起今天買來的耳墜。他將耳墜從懷裡取出來，水晶剎時散發出微微的紫色光彩，「妳有穿耳洞嗎？」

「唔？沒有。」

「是喔，那就沒辦法——」正當高泉遺憾地想收回耳墜時，多瑪咻一聲將東西搶了過去。

「哇——好漂亮哦這個！」

幽幽紫光在多瑪掌心閃耀，她開心地瞧著，滿臉藏不住天真的喜悅。然而過了數秒後，她才意識到高泉剛剛的問題有什麼含意，「咦咦！？難道說你原本是要把它送給我嗎？」

「呃嗯……」其實是胡亂買來的，但高泉怎麼好意思說出口，「嗯……算是吧。」

「嘿——」

多瑪紅著臉不發一語，但似乎比先前更開心了些。她接著在高泉面前用火烤了烤耳墜銀針，突然就將針頭刺入耳垂當中。燒灼的針頭沒讓她流血，倒是令高泉嚇了一跳：「哇！？多……」

等高泉回神時，多瑪已將兩耳都安上耳墜，她稍微撥弄了下墜飾，然後靦腆地勾起嘴角：「吶，好看嗎？」

原本多瑪的衣裝就偏向紫色，那對紫晶墜子戴在她耳朵上再適合不過。但是多瑪的做法有別於一般女孩子，還是讓高泉愣了愣才想到要回應：「哪有人直接把針刺下去的？妳都不會痛嗎？」

「我又不像你那麼怕痛！喂，你還沒回答我呢！到底——」

「好看啊，雖然不知道我的意見有沒參考價值……但我覺得好看。」

「唔。」聽到高泉這麼說，多瑪下意識用手指捲著金髮，表情也變得嬌羞無比。

「反、反正……本小姐現在也沒其他朋友……如果高泉覺得好看的話……就開心。」

「……」面對多瑪突如其來的女性表現，高泉困惑大於心動。他還想著這種時候該說什麼才能進一步打好關係，卻在此時眼角餘光注意到一閃鋒芒，而腰包的警訊也在同時響起！

「泉哥！」

咻——噗哧！

高泉用二十瑪麗買來的烤雞接下這一擊，就見一名壯漢手裡提著砍刀、砍刀深深切入雞肉當中。不只是高泉與多瑪，就連壯漢也嚇了一跳，似乎是沒料到自己的偷襲竟然會被一隻烤雞擋住。

「你小子——」

砰！高泉毫不猶豫將壯漢踹翻，才發現對方不只一人。加上倒地的那個，共三名肌肉佬包圍了酒桌。他們虎視眈眈看著高泉，讓身旁的多瑪也猛然起身：「喂！你們搞什——」

「保持微笑，多瑪。」

還不知道對方來意，高泉不想有太大的衝突。跌倒在地的壯漢被同伴扶起，眼神中充滿憤怒，「嘖……就是你們兩個吧？到處打聽水晶龍的傢伙，如果你們不滾出艾星翠，就別怪我們不客氣了！」

「……」

回想起今日在街上被人圍觀的情形，高泉心裡其實已經有了個底。他無奈地放下烤雞，即使他知道「水晶龍」好像是艾星翠的禁句，但他也沒想到會直接被艾星翠的居民攻擊。

環顧整間酒館，高泉發現其餘酒客都不動聲色，顯然這幫傢伙的行為是受到居民默許的。

「聽好，我們——」

高泉話還沒說完，壯漢忽然像抽線陀螺般離地翻轉。他再次跌落在地，牙齒摔斷了幾顆、肋骨可能也折斷了幾根。高泉茫然望著，就見壯漢腿上纏了條鞭子，而鞭子的主人有著一張甜美笑臉。

「我有保持微笑哦高泉。」

對於多瑪而言，這三天調查不是被擺臉色就是被臭罵，她累計的怒氣值已經滿到快吐出來，才不管現在是什麼情況呢。

壯漢的兩名伙伴見狀，紛紛憤怒地回過神來：「妳這個砧板女搞什麼鬼——」

「……砧板？」

第一人拔刀砍向多瑪，卻被她側身躲過，然後壓著下巴翻摔在地。第二人又持棍棒朝多瑪打去，接連三下完全落空，反而還吃了她凌空一鞭。不到二十秒，三名壯漢全部倒在地上哀嚎，多瑪不忘各補一鞭，終於讓他們沒了動靜。

「……」看了一眼落在地上的「警告！她會咬人！」告示牌，高泉嘆了口氣。就怕下次貼滿她全身，還是會有笨蛋自己找罪受。

騷動迅速平息，繁星酒館內一片寂靜。方才還等著看好戲的酒客們，此時全都啞口無言。他們如此反應，更讓高泉確認壯漢與居民都是一伙的。

一想到這裡，高泉少見地表露不悅：「怎麼了？他們被打敗很出乎意料？到底為什麼要攻擊我們兩個？」

雖然有很多事情想弄明白，包括水晶龍、包括艾星翠居民奇怪的態度，但高泉卻漸漸感到厭煩。沒人肯回應高泉，當高泉看向每個人時，他們就自動偏離目光。

這令人焦躁的局面，也讓多瑪渾身不自在，「唔──把他們都揍一頓如何？」

「別別別。」眼見多瑪又亮出鞭子，高泉趕緊將它壓回去，「趁事情還沒鬧大以前，我們還是趕快閃人吧。」

環顧周遭，高泉最後嘆了口氣：「趁聯邦軍還沒──」

「大人！就是這兩個人！就是他們在搗亂！」

「……來這裡以前。」高泉張大嘴巴，與多瑪同時望向門口處。在水晶光芒照耀下，聯邦的銀白盔甲顯現於門前。而在那白銀的身姿旁，還有酒店老闆指證歷歷的模樣。

「就是他們打傷了人，還砸了我的場子！」

「……」跟隨老闆的腳步，兩名聯邦軍進入店內。他們沉默地環視酒館，先是看向倒地不起的壯漢，接著便將目光放往高泉與多瑪身上，沒過多久，他們拔出了劍。

「唔……高泉，這樣算不算是『事情鬧大了』呀？」

「算。」高泉點點頭，並默默看向士兵的肩徽。

十二道光束構成的時計，是救贖之城的王政軍。

「多瑪，妳看，太陽就長那樣喔。」

「真的假的？圓圓刺刺的！」

「傳令！通報本部，在繁星酒館中發現兩名暴徒！其中一名是國工指定通緝犯多瑪‧席烏巴！」走在前頭的士兵大聲吆喝，而另一名士兵則吹起號角。那支號角的聲音奇特，似乎能傳遞訊息。

耳聞遠處也傳來同樣的號角聲，高泉為難地苦笑。

「多瑪！跑！」

不等士兵上前，高泉先聲奪人地投出刀刃！他原本預計放倒士兵後，便能帶著多瑪逃離此處，沒想到士兵竟然迅速地將飛刀擊落！

「嘖！」眼見一擊未得，高泉咋舌抽回繩索，同時也迎接士兵猛烈地斬擊——

噹！刀刃交戰的聲音響徹室內，剎那間——酒館再次沸騰！

「別小看『王政軍』了！小鬼！」

「我可不敢這麼想！」高泉咧齒而笑，同時感受多瑪從身後奔來。他一個旋身摟住多瑪的腰，並借力施力將她往士兵身上送！

「嘿呀！」電光石火間，多瑪重重踩上士兵胸口。即使多瑪身材嬌小，但兩人合力的飛踢還是讓士兵直接被踹翻。抓準這個空檔，高泉指向前門——

「快點！趁他們——」

話還沒說完，高泉就見多瑪背後的另一名士兵朝她劈頭砍去！是剛剛吹號角的那個傢伙。高泉猛然撥開多瑪，並自己上前接下這一擊，可被這麼耽誤一下，原本跌倒的士兵也站穩腳步，兩人再次喪失逃跑機會。

「哼。」耳聞酒館外傳來大量的跑步聲，士兵微微冷笑。

「增援到了……束手就擒吧。」士兵望向高泉，「高泉，國王在等你回去呢。」

「……」高泉默而不語。在他腦中緩緩浮現出那個人的模樣，但他只是搖搖頭不屑一顧，「只要萊恩還想對這傢伙不利，我就不會回去。」

高泉用拇指比了比多瑪。

「高泉……」多瑪訝異地看著高泉。她一方面感到欣慰，一方面卻也察覺到高泉與聯邦王之有所關聯，「萊恩是指……自由聯邦的國王嗎？高泉你……難道跟他認識？」

「嗯？嗯……這個待會再說吧。」眼見越來越多人衝入酒館，高泉漸漸地感到棘手。酒館大門就在前方，卻隔了十幾二十人，要想突破可能會非常困難。

那麼，該怎麼辦？

A：我是勇者！我正面突破——不行，別傻了。

B：只讓多瑪逃跑——不行，這樣多瑪會生氣。

C……高泉一邊思索著，腰際的刀鞘也跟著冒出熱煙。察覺高泉想加速繩索來脫離困境，腰包趕忙提醒：「在派克斯就用過一次……再用的話齒輪可能會壞掉哦？」

「我知道。」沒有其他辦法了。高泉既不是英雄也不是勇者，那就只能犧牲某些東西。刀再打造就有，但多瑪的性命只有一條，高泉怎麼想也值得。

——就算要跟聯邦軍拼個你死我活，也值得！

轟！

思緒才剛落定，劇烈的震盪便打斷了所有想法。高泉與多瑪在震盪中站穩，神情錯愕地望向震央中心。是一台鋼琴，它被砸入酒館的木質地板中，幾乎使整間酒館為之傾斜，也間接將他們與聯邦軍分隔而開。

聯邦軍被這突如其來的攻擊嚇了一跳，紛紛忘記動作，邊後退邊左顧右盼著。

「敵、敵襲！？全隊小心周遭——」

「請來這邊……」

混亂當中，一聲嬌弱的嗓音悄悄從兩人附近傳來。他們旋即轉頭，就見吧台後的小門被開了條縫。

「糟糕！別讓他們逃了！」注意到那條逃生路線，領隊的聯邦士兵怒喝出聲。

「多瑪！」

「啊……嗯！」

沒有任何猶豫時間，高泉與多瑪往小門方向衝去。他們一溜煙鑽進門中，就聽身後的聯邦軍越過鋼琴緊追而來！

砰！

木門關閉同時，馬上遭受巨力衝撞，一點一點龜裂而開。

「嘖！」高泉緊壓門閂，並用酒桶堆在門前，但這只是緩兵之計而已，這扇木門根本無法承受攻擊，最多一分鐘以內就會被聯邦軍攻破。

「這裡……」方才的嗓音再度傳來，這次是從不遠處的地窖入口，高泉只模糊看見有名女子迅速竄入地窖中。知道木門隨時可能會破裂，高泉與多瑪不管三七二十一跟著聲音衝入地窖。

那下面是個漆黑的空間，但在前方隱約能看見有個人正提燈為兩人指引明路。

「高泉……那會是誰啊？」多瑪怯怯地問，似乎對這突如其來的幫助感到懷疑。

「我不知道……但她好像沒有惡意。」

跟隨那道光芒，高泉與多瑪踉蹌地走上階梯。當頂蓋再次掀起時，外頭的微風迎面吹來，讓兩人知道已離開了酒館。眼見光澤的白雪飄落，兩人終於鬆了口氣。

重重蓋上地窖木門，高泉用雪將之掩埋。他邊喘著氣邊環顧周遭，是一條幽靜的小巷，隱約還能聽見酒館騷動，顯然這裡離酒館並不是太遠。

高泉身旁的多瑪也累壞了，當她抬起頭時忍不住抱怨：「唔啊——為什麼去哪裡都會有聯邦軍啦！」

「……因為妳是多瑪‧席烏巴啊。」高泉笑著揉了揉多瑪的頭。

「什麼啦……」多瑪皺眉怒視著他，「啊！高泉，說來你……」

「哈嗚，那個……」

多瑪才剛想問高泉有關於聯邦王的事，方才引路的嗓音又一次傳來。兩人連忙望向聲源，就見一道人影豎立於雪景的巷弄中。那人影的身形像是個女人，頭頂卻有兩支彎彎的牡羊角，再看仔細一點，兩人訝異發現竟然是繁星酒館的駐唱小姐。

飄雪的街景讓駐唱小姐看似朦朧，她有著一頭棕色長髮，兩根彎彎的牡羊角從腦袋兩側突出。雖然是長髮，但基本上全綁成一條漂亮的麻花辮，長長地垂至胸前。

她咖啡色的眼眸中看起來缺乏自信，卻難掩她自然純樸的標緻五官；她看上去不過十來歲而已，卻有著成熟女性獨有的豐滿身材，種種反差都讓她特別有魅力。

察覺到高泉與多瑪正盯著自己瞧，駐唱小姐羞怯地轉移目光。

「能、能逃出來真是太好了呢……對不起……那麼突然。」駐唱小姐邊說著，邊不時偷瞄兩人。她的嗓音很好聽，就連腰包也忍不住讚嘆，更別提呆滯的他們了。

「泉哥，是正妹耶。」

「對啊……呃！不是……」高泉悄悄揍了腰包一下，隨即朝駐唱小姐微笑，「總之謝謝妳，要不是妳出手相救，我們還不知能否平安逃掉呢。」

高泉的笑容看上去頗為耀眼，雖然沒有別的意思，卻讓駐唱小姐臉紅起來。她害羞地擺擺手，示意都只是舉手之勞而已：「啊……請不用跟我道謝……真的。」

但她過於謙遜的態度，馬上讓多瑪感到焦躁，「別謙虛了，那台鋼琴真是——」

「……」

回想起那台超大超重的鋼琴，高泉與多瑪同時陷入沉默。他們上下打量嬌弱的駐唱小姐，都對她能否抬起鋼琴的一支腳感到懷疑。

「嗯……不管啦！總之我也謝謝妳！妳叫做什麼名字呀？」多瑪主動湊上前，與後退的駐唱小姐有著強烈對比。

「我、我我我……我叫做泰絲，是繁星酒館的駐唱……抱歉，好近……」

不斷接近的多瑪與含淚後退的泰絲，在高泉眼中就像是虎與羊的組合。這位名叫泰絲的羊角少女，性格上似乎非常軟弱又憂鬱……

「請不要這樣……」而且，還帶有一點色色的氣質。

「妳不要欺負人家啦，笨蛋。」高泉拉住多瑪後領，將她給帶回身旁。

「幹嘛幹嘛！我又不會吃她！」多瑪生氣地亂動抗議，接著就抓住高泉手臂狠狠咬上一口。

「好痛！？妳這叫不會吃嗎！？」

高泉尖叫著甩手，卻換來多瑪越咬越起勁。

「那個……」兩人例行的打鬧看得泰絲不知所措。她在片刻猶豫後，終於提起自己的目的：「其實……唔，兩位在酒館有提到『水晶龍』吧？我想和兩位談談……」

一聽到泰絲提起水晶龍，在艾星翠接連碰壁的兩人都感到訝異。原以為艾星翠居民對此絕口不提，沒想到卻會從這位羊角姑娘口中聽到。高泉與多瑪維持著笨蛋般的姿勢，雙雙眨了眨眼。

「該不會妳也要勸我們放棄水晶龍吧？」高泉狐疑地問。

「正好相反……」泰絲向兩人搖了搖頭，「我想……請兩位帶我去見水晶龍。」

「咦咦？」多瑪驚訝地放開高泉，眼神中充滿好奇，「帶妳去？為什麼呀？」

「因為……水晶龍是我的弟弟，迪恩。」

此言一出，周遭僅存飛雪的響奏。

泰絲水汪汪的眸子遙望遠方，從那真摯的光澤中，彷彿映出了深淵之底。她的思緒飛越城鎮、穿越數以千計的聯邦軍、最終來到了一座被水晶繚繞的大空洞中。

「姊……姊……」

在不見光的礦山盡頭，晶體構成的爪子割破岩壁，為人們帶來恐懼與別離。那龐然大物長嚎出爆裂的吼聲，聲音中卻挾帶著一絲哀戚。牠久候多時，已經無法控制住結束的衝動。

但牠同時也感受到——近了。

那足以改變結局的人物，已經無比接近。

「請兩位幫助我……殺死迪恩吧。」少女的悲願，為這座城市奏起終結的輓歌。

第二章「羔羊之歌」

「跑哪裡去了！？快把它們找出來！」

急促的腳步聲穿梭於大街上，士兵們試圖從人群中尋獲高泉與多瑪的身影。然而他們卻萬萬沒想到，那兩個人就近在咫尺，而且是幾乎面對面的距離。

喀咚喀咚——泰絲推著一車酒桶與聯邦軍擦肩而過，在走過幾個拐角後，她向著桶內悄聲說道：

「那、那個……安全了唷。」

「噗哈！」

高泉與多瑪同時推開頂蓋，從酒桶裡探出頭來。

「為……為什麼我的桶裡還有半桶酒啦！？」多瑪嬌聲抱怨著，衣服溼淋淋地緊貼肌膚。方才在與泰絲交談期間，聯邦軍正巧來到後巷，情急下兩人只好依照泰絲指示躲入酒桶中——

但很顯然，多瑪的運氣並不是太好，竟然選到一個還半滿的桶。

天空中飄著小雪，氣溫自然是很低，多瑪浸泡在酒水裡好一段路，此刻正瑟瑟發著抖。高泉見狀嘆了口氣，有點好笑又有點同情。

「早叫妳多鍛鍊一下自己的運氣。」

「運氣是要怎麼練——」多瑪正想發怒，高泉卻將斗篷脫下來披到她身上。高泉斗篷穿了很久，裡頭還留有他的餘溫，為此多瑪瞬間語塞，只好紅著臉將斗篷裹緊一些。

「謝謝……」多瑪吸著鼻子，少見地向高泉道謝。

看到她那副模樣，高泉平靜地笑了笑，他接著轉頭望向泰絲，「那麼……是泰絲小姐沒錯吧？關於妳的請求，我們還想聽詳細一些，可以嗎？」

回想起泰絲在後巷中的言論，高泉依然保持懷疑態度。

畢竟——泰絲說自己的弟弟是水晶龍，而且還希望有人能殺死牠，這番話實在太難以置信。泰絲似乎也意料到這點，便抿著嘴點點頭。

「那……不嫌棄的話，請來我家作客。」

「好啊，剛好這傢伙快冷死了，那就麻煩妳帶路了。」

「啊！可、可是……我家有點小，又沒有整理……這個、那個……」

「快、帶、路！」多瑪哭喪著臉哀求到。泰絲聞言則驚嚇地連連鞠躬，「對、對不起！那……那請往這邊走……」說著泰絲小跑步前行，留下後頭的兩人互看了眼。

「……妳怎麼想？」當高泉跨出第一步時，他淡淡地問了句。

「嗯……」多瑪猶豫片刻後，向高泉點了點頭。

他們都認為——泰絲應該沒有騙人，反而對泰絲的故事充滿好奇。周遭越來越冷了，眼見多瑪直打哆嗦，高泉也不再浪費時間，兩人迅速跟上泰絲的腳步，漸地遠離了艾星翠城鎮中心。

「泉哥，左邊有聯邦軍，右邊……嗯，是賣烤肉的，好香喔。」

「……烤肉的就不用提了。」

一路上，經由腰包的探測，倒也沒增添啥亂子。但是高泉卻發現——滿街都是救贖之城王政軍，有別於一般軍隊的他們，是國王的直屬部隊，不免讓高泉感到有些不安。
當他們來到泰絲家時，已經是半小時後的事了。
泰絲一進門就跑去生火，終於讓多瑪感到暖活。趁著空檔高泉環顧室內，發現泰絲家非常明亮，就連牆壁都抹著一層水晶膠。雖說如此，在起居方面卻又非常簡樸，頗有單身少女的風格。
「泰絲，妳自己住嗎？」高泉好奇地問。
「是、是的！」泰絲面頰羞紅，似乎對「被發現單身」羞愧不已，「那個……我尚未找到婚約對象……雖、雖然像我這樣的人，大概也嫁不掉吧……」
見泰絲陰沉的模樣，高泉忍不住笑出聲來，並拍了拍多瑪的肩膀，「有什麼好擔心的，她這樣子都沒在擔心——噗喔！？」
話還沒說完，高泉直接被肘擊腹部。
「去死啦！」多瑪氣憤地將斗篷丟給高泉，隨即冷哼：「你還不是處男一個。」
「什……！妳怎麼會知——」
「嘻嘻，兩位感情真好呢。」
第二次見到兩人打鬧，泰絲終於習慣地掩嘴輕笑。她接著泡了三杯茶，並放到同一張圓桌上，「其實我以前是和迪恩一起住的，但是……」
泰絲沒有把話給講完。
迪恩就是泰絲的弟弟，這點兩人還是記得的。見泰絲已經就坐，高泉與多瑪也放棄挨打與打人的動作，紛紛坐到圓桌旁。片刻的沉默間，是高泉先起了個頭：「泰絲，妳說……妳弟弟是水晶龍嗎？」

「唔嗯。」泰絲搖搖頭，目光凝視著桌面，「正確來說……是變成水晶龍了。」

「咦？這是怎麼回事呀？」多瑪好奇地眨眨眼，「人是可以變成怪物的嗎？」

「多瑪……」為多瑪的言行，高泉嘆了口氣。多瑪也自知失禮地摀住了嘴。

「沒關係……事實上，迪恩確實變成了怪物。」泰絲苦笑著擺擺手，看起來頗為陰鬱。她沉默許久，好似在想該如何講起——

直到最後，泰絲選用一句簡單的開場白。

「十五年前……」

十五年前，艾星翠曾是個貧瘠之地，它盛產水晶，但那些水晶毫無價值，因為它們不會發光也不帶有魔力，簡直跟彩色的玻璃沒兩樣。而在世界失去光明後，艾星翠的困境就越發明顯。艾星翠毫無競爭力，在黑暗世界裡，只能任由魔物宰割。

夜以繼夜，艾星翠的居民一個接著一個死去。在人類瀕臨存亡之際，會將希望寄託於何方？答案是「信仰」。

艾星翠居民重新想起了自己的信仰，那些被他們遺忘的東西，慢慢地又浮現於心頭。傳說中——在艾星翠的礦山裡，寄宿著無名的神靈。

即使不知祂身在何方，人們還是為祂築起祭壇，並且衷心祈望和平到來。直到某一天，有個女孩宣稱自己聽到了神諭、聽到了神靈對艾星翠居民所下達的承諾。

「你們渴望的安樂，終將如約定般到來。」

女孩如此轉述著神靈的預言。

沒有人知道女孩是誰，所以都對她的話感到半信半疑。但不到半年時間，艾星翠忽然光明大作，那些原本死氣沉沉的水晶，竟然在一夜間充滿魔力，並且綻放出七彩的光芒。

在無光的世界裡，掌握光源就等於控制了經濟，艾星翠因此而興盛，正如同預言中所承諾的。

「這就是『水晶約束之地』艾星翠的由來，但是……故事還沒有結束。」泰絲凝視著兩人的雙眼，嚴肅地將話題往下帶，「後來的故事，我們普遍不對外人提起。」

在事情漸漸步入正軌後，艾星翠的經濟不斷向上發展。卻在此時，一批礦工忽然音訊全無，這樣的消息起初沒人在意，只派出一隊人馬搜救，但是足足過了兩週才有個人獨自回來。

那個人的精神衰弱、雙眼全盲，就連頭髮都不合常理地化為灰白色。

「礦山裡……住著……惡魔……」

他喃喃說著這句話，三天後也跟著死去，死因是「凍死」。從此以後，水晶礦山頻頻傳出失蹤事件，人們開始擔心黑暗深處真的住著惡魔。

正當居民們為生活苦惱時，當年的那個女孩又出現了。

「一定是因為你們安居樂業了，卻沒感謝神明呢。」

「我們當然感謝神明大人！但是——」

「但是，你們沒有具體作為呀。」

女孩這番話讓在場居民啞口無言。看著她漩渦狀的眼睛，居民們就像著魔般跪求建言，而女孩也提出一個辦法，那就是「歌頌儀式」。

女孩教導艾星翠居民唱出一首旋律，並告知每年秋分讓兩名孩子邊唱歌邊進入礦山。屆時，孩子們終將回歸樂土，而那年也不會再發生失蹤事件。

「這樣……不就皆大歡喜了嗎？嘻嘻。」

皆大歡喜？抱持著不安的心情，居民們決定接受女孩的提議。他們從孤兒院裡挑出兩名多餘的孩童，並將他們送往礦山。果不其然——那年艾星翠在幽美的歌聲中恢復平靜。

「從此以後，人們便稱那首歌為……『羔羊之歌』。」

聽泰絲講到這裡，高泉與多瑪都感到一股強烈的不適感。很奇怪。泰絲的故事很不自然，就好像被剝離了殘酷要素的童話故事。沉默再次瀰漫，這次也是高泉勇於點破自己的認知。

「這不就是……」高泉猶豫了一會，「這不就是……活人獻祭嗎？」

「是的，艾星翠長年都維持活祭的習俗，好延續城市的繁榮。」泰絲難過地揭示真相，過了片刻，她的目光逐漸黯淡，「而我和迪恩，正是第七年的祭品羔羊。」

「什麼——你們當過活祭品！？」

「咦……但是妳、妳還活著不是嗎！？」多瑪說完後，又被高泉手肘頂了一下。

見兩人是如此驚訝，泰絲默默移開視線。她的雙唇微微打顫，臉色也變得蒼白。

「因為我逃跑了……」當泰絲說出這句話時，她彷彿又回到了礦山中。泰絲緊抱著雙臂，在她眼前浮現的，是一片永無止境的黑暗，「年幼的我們什麼也不懂……我們是流浪的牧羊民族，雙親死於戰爭中……對艾星翠來說，我們就只是累贅而已。」

「泰絲，你們很辛苦吧……妳就帶著弟弟去礦山另一頭的城市過活吧。」

在泰絲的記憶裡，居民們圍繞著失去父母的她。他們告訴泰絲，山的另一頭還有一座大城市。而那座城市，是世上唯一保有光源的地方。

沐浴在陽光底下，她和迪恩都能得到幸福。

年幼的泰絲是如此相信的。

「你們……一定要保重。」當時，泰絲還不懂收養自己的老婦為何要哭泣。她只是揮揮手與養母告別，就在居民的目送下與弟弟踏上不歸之途。

他們邊唱著「羔羊之歌」邊走入礦山，礦山裡頭很黑，沒有任何聲音，而且每當曲子來到一個段落時，地面就會開始微微顫動。

迪恩為此感到害怕：「姊姊……不要放開我的手喔。」

他這麼說著，緊緊握住了泰絲的手。

「放、放心……還有姊姊在呢。」

身為姊姊，泰絲儘管也徬徨不安，卻還是掛上溫柔的笑臉。她認為自己有保護迪恩的責任，而且為了弟弟，她一定要去到居民所說的樂園，並在那裡找回人生。

可是越往深處行，空氣卻越發凝重，兩人始終沒見到大家口中的樂土。就在雙腿逐漸麻木之際，泰絲隱約聽見銀鈴般的嬉笑聲，那笑聲若有似無地從遠處傳來。

「姊姊……？」

「噓。」

彼端的笑聲模模糊糊，就像惡作劇的孩子般。然而，在這樣又黑又狹窄的空間中，如此冰冷的嗓音，只讓泰絲毛骨悚然，「不……不對……迪恩，我們快回去……」

嘻……嘻……

黑暗深處，無以名狀的東西正蠢動著，猶如張牙舞爪的惡魔。

年幼的泰絲第一時間感受到危險，她二話不說拉著迪恩的手，向著礦山出口跑去。四周伸手不見五指，泰絲只能憑藉印象，不斷跌倒又爬起，弄得渾身是傷，但她依然沒停下腳步！

「姊姊！有東西！有東西在追我們——」

耳聞迪恩的喊聲，泰絲也感覺那東西越來越接近。

「加、加油！就快到了！差一點點！」可惜，年幼的泰絲跑得並不快，她一路跌跌撞撞，終於在一次踉蹌中，她不小心鬆手了——

「迪恩！」

泰絲邊尖叫著邊向後抓，好在還是即時握住了他的手。

「呼……呼……呼……」泰絲不斷向前跑著、不斷向前跑著——黑暗卻永遠緊隨在後，甩也甩不開。有一瞬間，泰絲想起了自己聽過的歌謠、一則有關於羊與惡魔的歌謠。

救命、救命！惡魔追過來了！

羔羊們如此喊著，卻沒有一個人伸出援手。他們都認為羔羊的犧牲是理所當然的。於是，小羊在漫長的逃跑途中，自己變成了惡魔，將曾經視而不見的人們吞噬殆盡。

泰絲不想成為那樣的羊兒，更可以說——她不想讓迪恩遭逢這樣的痛苦。黑暗使泰絲窒息，但她秉持著責任與毅力，邁向那唯一的生機。

「到了……前面有光！」

當泰絲再次看見從城市傳來的光彩時，她疲累地撲倒在地。眼望遠處飄緲的光點，泰絲呆呆地傻笑著：「迪恩……你看，艾星翠就在那，夫人還在等我們回去呢……」

泰絲興奮地手指前方，可迪恩卻遲遲沒有回應她。

「迪恩……？」

泰絲又試著叫喚一次，這次從無盡的沉默中，換來了刺骨冰寒。

許久後，泰絲頹然望向自己手裡，那迪恩的半截手臂。終於，泰絲崩潰地哭了出來，她的哭聲響徹黑夜，卻沒有人能夠聽見。就像故事裡的羊兒那樣，泰絲始終沒有獲得救贖。

那年，為求平安的「羔羊之歌」，在泰絲的哭聲中以失敗告結。

「因為我活了下來……羔羊之歌失敗了……」泰絲輕輕撥弄茶杯，使水面產生漣漪。淚水在她眼中打轉，但她還是隱忍回去。

「也因為我放手了，迪恩沒有回來。」

泰絲說完後，小口啜飲著紅茶，久久沒再言語。

「……」

緊隨而來是漫長的沉默，或許是親情讓多瑪想起了哥哥，所以她也難過地垂下眼簾。但在數秒後，多瑪樂天的個性卻使她不再悲傷，「不對！那不是泰絲的錯！」

妳年紀還小、妳因為跌倒才放手、妳只是被人騙了——雖然多瑪替泰絲想了許多理由，但她最終一個也沒說出口。

泰絲見她為難，也欣慰地勾起嘴角：「謝謝。」

說著，泰絲朝兩人深深一鞠躬，這是泰絲長大以後，第一次向別人提起往事。

「……之後一定很辛苦吧？」高泉雙手抱胸，同情地接話。

「嗯……我逃離了艾星翠，做為吟遊歌姬旅行各地，直到我聽見傳聞。」

甩脫悲傷，泰絲認真地看向兩人，「艾星翠的礦山封閉了，因為……礦山裡出現了『牠』。」

「水晶龍……嗎？」

「是的……水晶龍正是從『羔羊之歌』失敗那年，才出現在艾星翠的。」

泰絲將話鋒一轉，切入高泉與多瑪最想知道的主題——艾星翠的水晶龍。

在泰絲逃離城鎮後，人們一如既往地回到礦山。他們深信儀式已經完成了，卻沒想到這只是惡夢的開始。

一頭龐然大物從礦山中顯現，並且將礦工們全數屠殺殆盡。之後又一次、又一次都是如此慘痛的結果，沒有人能在牠的攻擊下全身而退。

而且，從倖存者口中說出的，都是對牠模糊的形容——有人說，牠在黑暗中宛如太陽。也有人說，牠是一隻全身綻放光彩的巨龍，張嘴時可以吞掉一整隊人馬。

為此，艾星翠又實施了一次羔羊之歌，可那東西依然橫行無阻，甚至雇用冒險者也是白白送死。人們畏懼那東西，深信那是神靈的懲罰，也害怕某一天牠會衝出礦山。

於是艾星翠居民將礦山永久封閉，只從外側開採水晶，這樣的情形延續至今。

直到某一天——泰絲回到了艾星翠。

如今的她已亭亭玉立，根本沒有人認出來她就是當年的祭品。泰絲爭取到酒館駐唱的工作，便開始積極地調查水晶龍傳聞。

因為她總覺得——水晶龍的出現與自己有關。

很快的，事實也證明她的想法無誤。趁著某夜警備最鬆散之際，泰絲偷偷潛入被封閉的礦山——

「等等！妳跑進礦山了！？」多瑪驚呼出聲，泰絲則紅著臉向兩人擺手。

「那、那個……只有兩次啦……」

「兩次！？」

第一次，泰絲才剛進礦山沒多久，就因為誤觸警報而折返。而第二次，泰絲足足在礦山中待了一天一夜，那次經歷讓她永生難忘。

「姊……姊……」在泰絲眼前出現的，是一頭全身閃爍光芒的巨大黑影，更可怕的是，牠正以嘶啞的嗓音呼喚自己。

「泰……絲……姊……姊……」

仰望那充斥著壓迫感的生物，泰絲每次呼吸都感到窒息。這種事情是有可能發生的嗎！？泰絲不敢置信地瞪大眼。她可以感覺到，那頭巨物認識自己。

難道——牠就是迪恩嗎？

「迪恩……？」泰絲試著呼喚對方，她想看得更清楚些，卻因強光而睜不開眼。

「姊……」

但奇怪的是，那東西只是重複著單調的句子，並緩慢朝泰絲爬來。泰絲心中激動不已，正想迎上前，牠卻忽然咆嘯：「泰——絲——姊——姊——」

轟！

那東西以巨大的身軀向前奔馳，直接踩塌礦洞。

泰絲險些掉入黑暗深淵中，她驚嚇地抓住懸崖，卻見水晶龍朝自己一口咬來！

「迪恩！」注視著水晶龍的血盆大口，泰絲閉上眼睛尖叫：「對不起！我——」

「殺死——我——吧吧吧——」

那一瞬間，泰絲聽見複數的嗓音，彷彿是許多孩子們齊聲哭泣。水晶龍的巨顎將泰絲咬入嘴中，在意識逐漸消散之際——泰絲最後看見了一頭長著羊角的魔龍。

救命、救命！惡魔追過來了！

羔羊們如此喊著，卻沒有一個人伸出援手。於是，小羊在漫長的逃亡途中，自己變成了惡魔，將那些視而不見的人們吞噬殆盡。

「那一刻，我終於明白……迪恩牠自己化為了惡魔。」

做為親人的直覺，讓泰絲可以感受到，那東西就是迪恩沒錯，但這麼說又有些奇怪，因為那東西支離破碎，好似無法控制自我——

牠非常痛苦、卻也無法自盡。

「殺了我。」泰絲只清楚記得水晶龍的這句話，當她再次醒來時，發現自己橫躺在礦山外的小河邊。

過去放手弟弟的愧疚感再次湧上心頭，泰絲總覺得自己必須去做、必須去完成迪恩的願望——也就是殺死牠。

雖然不解又悲傷，但她還是得去做。

這就是泰絲・羊啼此生唯一的心願。

「不過在那之後，我只能等待。」

因為泰絲兩次闖入礦山，使得礦山外的警倍增強。在這種情況下，泰絲根本無從再犯，她只能抱著一顆著急的心等待，而就在此時，泰絲幸運地遇上他們。

高泉與多瑪——兩位對水晶龍有誤解的亡命之徒。

「這就是……我所知道的一切。」泰絲誠實地告結。

多瑪震驚地說不出話，高泉心裡雖然也很震撼，但更多的是疑問。高泉沉靜片刻後率先開口：

「第一……也是最重要的，牠真的是迪恩嗎？」

高泉為此感到懷疑。

因為依照泰絲的描述，迪恩百分之百是死了。雖然不想戳破泰絲的希望，但高泉還是認為不可能。

泰絲聞言，果然有些激動地說：「我、我確定！那就是迪恩！」

「……好吧。」聽到這裡，高泉嘆了口氣，她希望未來泰絲能好好承受真相，「第二點，當初教導居民『羔羊之歌』的女孩，究竟是什麼人？」

這也是高泉最好奇的一點。

泰絲聽完愣了愣，然後認真地開始回想：「那是我小時候的事了……我只記得她是個很顯眼的女孩，金、金色頭髮綁著雙馬尾……眼睛紅紅的……唔嗯，很漂亮？」

「……不就是妳嗎？」高泉轉頭看向多瑪。

「不是啦！？等等，你在藉機稱讚我漂亮嗎？嘿嘿！」多瑪得意地拍打高泉。

「呃，沒有這回事。」

邊預先防禦多瑪即將打下來的手手，高泉邊嚴肅地繼續問：「第三……雖然有點難以啟齒，但是泰絲，為什麼我們要幫妳？」

聽到這裡，多瑪放下高舉的拳頭。

「等等，高泉……」多瑪小聲地喊著，高泉卻假裝聽不見，於是多瑪也只好乖乖閉嘴。眼見高泉如此質問自己，泰絲一時間也給不出答案，只好遺憾地垂下腦袋。

「那個……不……不能請你們幫幫忙嗎……求求你了……」

「泰絲。」高泉搖了搖頭，「我跟多瑪正在旅行，我們一直在尋找竊光惡魔，然而卻形同大海撈針。這次，我們盯上了水晶龍，可是聽妳一說，我想牠並不是竊光惡魔。」

所以，高泉失去了幫助泰絲的理由。雖然她姊弟倆的事很可憐，但也沒辦法。

「我……」泰絲紅著臉爭辯：「我我我……在酒館幫了你們……」當泰絲說出這句話時，自己都感到不好意思。她知道這只是無理取鬧，但她真心希望獲得幫助。

對於泰絲這樣內向的人來說，尋求協助是件很困難的事。多瑪眼見泰絲都這樣求自己了，便挑眉看了看高泉。

「高泉？」叫喚同時，多瑪語氣中也多了懇求。

「哈啊，真是……」高泉摀住臉，斜眼看向多瑪。

說實話，得知水晶龍並不是竊光惡魔後，高泉一刻也不想留在艾星翠。這全都是因為多瑪……這座充斥聯邦軍的城市對多瑪而言，實在是太危險了。

然而——

「給我們一天時間考慮，可以嗎？」高泉終究也對泰絲的故事於心不忍，他就是這樣的人。

「啊……」見高泉願意考慮，泰絲紅著臉連連鞠躬，「那、那個……謝謝你！」

到了此時，泰絲從剛剛隱忍至今的淚水，忍不住奪眶而出，一瞬間嘩啦啦形同瀑布。

「唔哇！淚腺太鬆了吧妳！？」多瑪驚嚇地手足無措，半晌後三人相視而笑。

與其說是為歡樂而笑，倒不如說是跳脫了方才的沉悶感。高泉看著多瑪不斷在戲弄愛哭的泰絲，心情卻隨之複雜起來。

那天，在泰絲的招待下，三人共進晚餐，倒也沒有很尷尬。應該說，氣氛比高泉想得要和樂，與自己打鬧的多瑪、慌張看著兩人的泰絲，都讓高泉久違地放鬆。

直到泰絲與多瑪都入睡後，高泉仍然一個人坐在窗邊，靜靜凝視著耀眼的城市光芒。他把玩著名為「雙魚座」的機械刀，那上面的鋼鐵傷痕，都來自於那開滿白百合的小鎮。

其實……高泉對於幫助別人這麼猶豫，還有一個理由。

那就是希莉卡。

希莉卡・派克斯特在兩人的幫助下，卻沒有獲得幸福的結局。高泉對此仍耿耿於懷，甚至他還有些自責。

他總覺得自己無法像父親一樣，成為一名可靠的男人。

向多特允諾要保護多瑪、向希莉卡允諾要帶她去外頭的世界、甚至高泉還向多瑪允諾，要找回光芒。許許多多的責任壓在高泉身上，漸漸地讓他感到喘不過氣。

如果幫助泰絲到最後，結果又是悲劇該怎麼辦？

高泉甩脫不掉這樣的負面想法。

「你在想什麼啊，笨蛋。」

穿著睡衣的多瑪爬到窗邊，用力捏了捏高泉臉頰。

高泉為此痛地回神，他愣然看向多瑪，許久後沮喪地垂下腦袋，「我在想，我們真的能找回煌之刻嗎？哈……我每次都要別人向前看，結果自己卻是這副鳥樣，真氣人啊。」

邊說著高泉邊聳聳肩，目光也游移至窗外。

「嗯——」多瑪長髮披肩，思索地歪了歪頭，「以後的事情，鬼才知道啦。」

多瑪的回答顯得大而化之、無憂無慮，頗有她的風格。但是對高泉來說，這樣的回答是他意想不到的。

「你難道會因為明天也要被本小姐打，今天就不防禦我的拳頭嗎？」

高泉發呆許久，最後忍不住大笑出聲：「哈哈！不會，那痛死了。」

見高泉終於勾起嘴角，多瑪也跟著微微一笑：「嗯……我們真的不幫泰絲嗎？」

「……」想起泰絲說故事時的悲傷表情，高泉默而不語。他無法給多瑪確切的答覆，多瑪見狀也不為難他，起身時又揍了他胸口一拳。

「等你答案囉，憂鬱小生高泉！」

「什麼啊。」

高泉無奈地笑著，目送多瑪爬回被窩中。在如此沉寂下，高泉的腰包忽然小幅度震動起來。

「泉哥。」腰包輕聲喊著。高泉為此有些驚訝，因為腰包許久都沒講過話了。

「你先前跑哪去了？」高泉說完後，自己覺得好笑。不對，腰包還能去哪呢？

「……」然而，腰包卻沒替這笑話捧場，他默默躊躇許久才終於開口：「我的能力是感知，我能用空氣流動感應周遭、也能用身體訊號感受危險……我知道很多，我也看見過很多。」

「……？」高泉不明白腰包為什麼突然要講這些，「所以你感覺到什麼了嗎？」

「嗯……泉哥，你仔細聽我說喔。」

腰包深吸口氣，就像在替下一句話做好準備。

「艾星翠這塊土地上，確實存在著『惡魔』。」

當腰包說出口時，高泉猛然從窗邊坐起。惡魔這個詞有著許多意義，雖然有很多怪物都被冠上惡魔的稱號，但真正的惡魔卻少之又少。真正的惡魔，是被世界除名的「情感」……是神一般的存在。

就像曾風光一世、能代表奇蹟的高穹，也死在「貪欲」惡魔手裡般。高泉之所以在遇上多瑪前，一直不敢去找煌之刻，就是明白惡魔的強大：「腰包，你說……」

「嗯。」腰包直言回應高泉：「我認為，煌之刻與竊光惡魔就在這塊土地上。」

這是第一次，高泉感覺腰包那麼嚴肅。

這也是第一次，高泉對未來感到不安。

但是方才那個女孩的話，卻讓高泉再次想起——未來是可以改變的。

「哈……真要命。」

一如既往，高泉勾起倔強的嘴角，說出他原本就想做的事：「看來……泰絲姑娘想奪回希望的委託——我們是必須奉陪啦。」

鏘！蒼藍刀刃猛甩入鞘，是邁進的開始。

第三章「邁進之時」

雖然煌之刻在十五年前失竊，導致世界失去了晝夜，但人們還是制定出一套名為「真夜」的時間，來當作生物睡眠的依據。到了真夜家家戶戶都會熄燈，使世界回歸真正的夜晚。

泰絲曾經很喜歡真夜，但打從失去迪恩以後，她就時常做惡夢。

在夢裡，等待她的只有一片黑暗，不管泰絲怎麼跑、怎麼逃，那條礦道始終沒有盡頭。而在她身後，永遠迴盪著惡魔的嬉笑聲，與諸多孩子們的哭嚎。

「泰絲姊姊……」

「迪恩！？」

聽到弟弟熟悉的呼喚，泰絲停下腳步，然而回應她的，只有握在手裡的小小斷肢，以及對於她的良心譴責——「妳丟下我逃跑了……」

「嗚呀！」又來了，泰絲又一次從夢中驚醒，即使是冬夜她也依然冷汗直冒。

「……迪恩。」她在黑暗的房間裡發呆許久，才注意到自己正懷抱某物。她低頭下看，竟然是跟自己同床的多瑪。多瑪整張臉被埋在泰絲胸口中，看起來有些窒息地緊皺眉頭。

「咦咦……對、對不起……」泰絲慌張地鬆開手，卻發現多瑪並沒有醒，只是呢喃著夢話：「不要啦……軟綿綿的……」

聽到這句話，泰絲紅著臉退開，最後忍不住輕笑出聲。

「我家竟然也會有客人呢……」回想起遇見他們的情形，泰絲總覺得不可思議。

雖然還是做了惡夢，但泰絲很久沒睡得如此安穩。為了不驚動多瑪，她悄悄地爬下床，並順勢望向為高泉準備的地鋪，卻發現高泉不在被窩中。

「泉小哥……？」

「哦，妳醒啦？」

高泉從廚房探出頭來。廚房正冒著熱煙，顯然高泉在煮東西，「真夜剛過，這頓就當早餐吧——啊，擅自用了妳的食材，抱歉啦。」高泉朝泰絲笑笑，神情爽朗。

「不不不……請、請隨意就好！不過……怎麼能麻煩你做早餐……」泰絲著急地穿上拖鞋，想跟過去幫忙，卻被高泉制止了。

「沒事沒事，我來就好，妳坐著。」

見高泉一番好意，泰絲只好羞澀地點點頭，「那至少，等等讓我來洗碗……？」

「好啊——哦對了，別看我這樣，我下廚還蠻行的。」高泉自誇當下，廚房傳來陣陣香氣，證明他沒有騙人。

泰絲好奇地來到廚房，確實看見高泉一手好廚藝。

一鍋鮮蝦濃湯，三盤用料豐富的教國式早餐，不管是哪邊看起來都很美味。泰絲呆然地眨眨眼，似乎對高泉廚藝如此驚人感到不知所措。眼見高泉做菜做得正起勁，泰絲也沒幫得上忙的地方，只好站在一旁傻看，並時不時探頭探腦。

「嗚哇哇……」

「嗯？怎麼啦？我哪裡做錯了嗎？」

「咦？不不不！只、只是好像很好吃，忍不住就……泉小哥是跟誰學廚藝的？」

「哈哈，也沒跟誰學，我這人就手特別靈巧。」高泉笑著旋轉廚刀，其實他很久沒做料理，一不小心就認真過了頭，這頓拿出去賣都能賣個好口碑。

「說來，泰絲——」高泉邊裝盤邊看向泰絲……

「我靠！」沒想到不看還好，一看高泉直接叫出聲。剛睡醒的泰絲穿著一身輕薄睡衣，使得她姣好的身材特別顯眼，她蓬鬆的髮絲垂在雪白肌膚上，配合那仍然迷濛的眼神，可說是非常誘人。

眼見高泉面紅耳赤，泰絲疑惑地歪歪腦袋，「哈嗚……那、那個……怎麼了嗎？」

說話同時，泰絲沒綁緊的肩帶滑向一邊。

「呃呃——就——」如此緊急（？）狀況讓高泉本來想講什麼都忘記了，他只是手忙腳亂地關火，眼睛也不知道該擺哪裡。

「我、我想了想，決定接受委託……」想當初，高泉還準備了一句很帥氣的承諾台詞，但是如今怎麼聽怎麼遜。

泰絲聽完後滿面茫然，直到數秒後，她才興奮地驚呼：「真、真的嗎！？真的願意幫我嗎！？」

「是……是啊，我和多瑪會陪妳找到水晶龍為止。」

泰絲原本都做好被拒絕的準備了，此刻聽高泉這麼說，她自然是驚喜莫名。淚水咕嚕嚕湧上泰絲眼窩，她全身顫抖著，忽然就以羊角衝撞高泉肚子！「謝、謝謝你——！」

「嗚喔喔！？」泰絲腦袋硬得要命，這麼一撞之下，高泉差點真的吐出血來。

乒啷——鍋碗瓢盆隨兩人跌倒散落一地，高泉被泰絲壓在身上，只能含糊地哀鳴著：「羊、羊角撞人……是你們牧羊族的傳統嗎……？」
說完，他就注意到懷裡的泰絲正在哭泣。
「……泰絲？」
「對、對不起！」跨坐在高泉身上，泰絲頻頻擦拭著淚水。突如其來的驚喜讓她反應不及，只能支支吾吾道謝：「不知……該怎麼報答你們，真的……很感謝……」
看著這樣的她，高泉也為自己的決定感到欣慰。但是……泰絲的服裝實在是太尷尬了，高泉連手都不知該放哪，正猶豫要摸摸她頭還是趕緊起身之際，多瑪揉著眼走入廚房中。
「早——」撞見這一幕，多瑪的笑容瞬間瓦解，「那個……你們……在幹嘛……」
「……雖然妳一臉看待垃圾般的表情，但我想妳一定是誤會了。」高泉正氣凜然地解釋著。然而下一秒……泰絲的抽泣聲就佔據了沉默，多瑪聽到後更驚恐地後退。
「誤會！？你根本罪證確鑿好嗎！？聯邦法第十條處男罪！」
「處男罪！？」
「就是說你——」多瑪還想說些什麼，就注意到泰絲緩緩從高泉身上爬起。當泰絲轉過頭時，雙眼閃爍寒光，猶如羊角的惡魔。
「咦。」多瑪不自覺縮身，卻為時已晚。
「多瑪小姐——」
轟隆——
泰絲興奮地朝多瑪撲去，力道之大瞬間將她撞回床上。房屋因此而搖晃，水晶膠也出現許多裂痕。
已經受害過一次的高泉摀住眼，不忍直視多瑪此時的慘狀。

「嗚、嗚啊啊……」有別於高泉，體重更輕的多瑪吃上這一下，直接眼冒金星險些昏死。她勉強維持住意識，吃力地抓著羊角搖晃：「什麼啦……笨蛋羊妹……快放開本小姐啦……」

只可惜，泰絲完全沒聽到多瑪的哀求，她只是淚眼婆娑呆望著多瑪，下一秒又抱住她胡亂猛蹭，「泉小哥答應我了！也謝謝多瑪小姐願意幫我！謝謝妳——」

「癢！等、等等！嗚啊啊啊啊——」

兩名女孩因此而衣衫不整，高泉只好尷尬地移開視線，「泰絲幫過我們，我們就還她人情吧。」他輕描淡寫地解釋原因，多瑪聞言邊抵禦泰絲邊看向不遠處的他。

「嗯……」

多瑪發現，昨晚高泉那迷惘的神情已經不見了，而她也早料到高泉不會輕易地袖手旁觀，因為在她心目中，高泉就只是個正直到不行的笨蛋罷了。

「唉，好吧好吧……」

剛好——她也喜歡這樣的笨蛋。

決定幫助泰絲以後，多瑪的心情也跟著豁然開朗。她故作無奈地嘆口氣，隨即勾起甜甜的微笑，與那個人共同邁進。

「本小姐就赦免你的處男罪吧，笨蛋。」

多瑪的笑容，為那日增添了幾抹色彩。

然後……

「……對不起。」終於冷靜下來的泰絲雙手掩臉，腦袋上冒著縷縷熱煙，「剛才失態了真的很對不起……嗚啊啊……」

泰絲又變回原本的模樣，懦弱而嬌羞。透過指縫，她悄悄望向對座的兩人，只見他們沉默地喝著海鮮湯，似乎已經習以為常了。

「沒事啦……就是肚子有點疼。」

「我是腰快斷掉了……」

高泉與多瑪就像兩個老人般，邊痠痛地全身顫抖、邊小口啜飲著熱湯。雖說如此，但他們好歹經歷過各種打打殺殺，身體倒還是很硬朗……

「噗嗚呃！」吐血的高泉除外。

「好好吃……」吃一口早餐就暈過去的多瑪也除外。

「嗚！？對不起對不起！兩位沒事吧？要不要叫醫生……」

「沒事……倒是泰絲，我們既然答應妳了，妳就必須給我們更多情報。」高泉面色鐵青地擦拭嘴角，滿嘴三明治都有股鐵鏽味。

「好比說……礦山的入口在哪裡？」

當高泉拋出這個問題時，多瑪也豎耳傾聽。因為這幾天他們到處碰壁，就是想得知礦山的情報。兩人聚精會神地盯著泰絲，讓泰絲感到無形的壓力。

「那個……」

泰絲起身走到窗邊。雖然天空仍是一片黑，但過了真夜，家家戶戶都已經點亮光明，使景色清晰可見。泰絲抬起手，指向窗外的另一頭。

「在那邊，有奇蹟神的教會，其中一個入口就在吉爾·哈斯特的雕像下。」泰絲頗為肯定，就像去過一樣。

「教會？」順著泰絲手指方向，高泉與多瑪探頭觀望。一座巨大的水晶聖堂映入兩人眼簾，多瑪看著它忍不住驚呼：「在那裡嗎！？我還以為那教堂是啥觀光勝地呢！」

一想到拼命尋找的目標竟然就在這麼顯眼的地方，兩人頓時懊惱不已。泰絲見狀靦腆地嬉笑：「嗯……當初我扮成僧侶打量守衛時，也以為自己找錯地方了呢。」

……竟然還扮成僧侶，這傢伙真是壞透了。

高泉與多瑪譴責地看著泰絲，但誰也沒多說什麼。高泉仔細想了想教會的地形與風險，最後還是遺憾地駁回：「不行——當初只有妳自己還好，但現在我們有三個人，這樣太容易被發現。」

「那……那麼……」泰絲聞言，憂鬱地垂下腦袋，「還有另一個入口，就是……」

「就是……妳小時候去過的地方吧？」

高泉的話語瞬間勾起泰絲回憶，那段夜夜纏著她的惡夢彷彿清晰可見。泰絲雖然會害怕，但已過了近十年時間，泰絲長大了，心境也必須要成長。

「我知道了，我會帶兩位去那個入口……它在教堂後面，要經過墓園……不過墓園平常也有守衛在巡邏。」

每講一句話，泰絲的胸口就隱隱作痛。果然……她還是對那片黑暗抗拒不已。

望著為過去而痛苦的泰絲，多瑪想起家人陸續慘死的畫面。於是，多瑪同病相憐地關心：「泰絲……還好吧？別勉強自己哦？」

多瑪安慰同時，高泉也點頭同意。

「多瑪說的對……我們可以再想想別的方案。」

「不……沒問題的唷！」泰絲雙手握拳笑著回應，但誰都看得出來有些逞強。她接著匆匆起身，朝著兩人鞠躬說道：「我、我先去整理一下廚房……兩位請在這裡稍等一下。」

「泰——」高泉還想說些什麼，泰絲便將桌面收拾，小跑步抱著碗盤進入廚房。

客廳只留下高泉與多瑪兩人，他們互望了眼，最後多瑪搖搖頭，示意還是讓泰絲靜靜也好。

說到底，心理創傷並不是那麼容易克服的。高泉明白，而多瑪更深知這樣的道理。有好幾個夜晚，多瑪從睡夢中驚醒，想起哥哥、想起爸爸，默默地含淚哭泣。

「對了……」多瑪邊嚼著三明治，邊斜眼看向高泉，「你怎麼改變主意了呀？」

「嗯？嗯……」

高泉並沒有馬上回應多瑪。回想起昨日腰包所言，雖然他後來有問腰包是如何感測到「惡魔」的，但腰包始終避而不提。而且從昨晚交談以後，腰包至今都沒說過任何一句話，讓高泉有些擔心。

雖然腰包舉止異常，但高泉還是相信這樣的他。畢竟在跟多瑪搭檔以前，腰包是他唯一的伙伴，只是這話不好跟多瑪解釋。

「算是……妳推了我一把吧？我也不想棄泰絲於不顧。」

高泉選擇不解釋腰包的情報、也不對多瑪說謊。多瑪的鼓勵的確是推動他的要素之一，而且也是給予他信心的指標。

「是喔？哼哼……」多瑪聽完後，得意地挺起胸部，「那我不就超厲害的！」

「嗯，對啊，謝謝妳，多瑪。」

「咦。」

原本多瑪還以為高泉會像平常一樣玩笑以對，卻沒想到他那麼認真回答。多瑪瞬間害羞不已，只好臉紅地扭頭，繼續咬著自己的三明治，「就、就是說嘛……要好好感謝我哦……」

「……？」察覺多瑪突如其來的變化，高泉撩起瀏海用額頭貼著她的頭，「妳哪裡不舒服——」
話還沒說完，多瑪瞬間飆高的體溫讓高泉驚叫！
「好燙！燙死了！？妳病得都能把魔物燒成灰了！」
「別把人家的頭講得像火球術一樣！我、我沒有生病啦！走開！」多瑪赤紅的臉蛋上虎牙緊咬，她生氣地推開高泉，讓高泉滿面茫然。她接著抱住枕頭，將通紅小臉藏到枕頭後降溫：「煩……」
「咦，好感度下降了……？」
愣望遮遮掩掩的多瑪，高泉顯得不知所措。俗話說朽木不可雕也，或許就是形容高泉這類人。
泰絲在此時剛好回到客廳，眼見略顯微妙的氣氛，她不禁尷尬而笑。
「咦……怎、怎麼了嗎？」泰絲懷裡抱著許多紙捲，踉踉蹌蹌來到兩人身旁。
「沒、沒事……」多瑪從枕頭後探出雙目，好奇地問：「那是什麼呀？泰絲。」
「嘿咻……」當泰絲將紙捲放到桌上時，濺起一小點灰塵，「咳咳！這是艾星翠的地圖……還有一些文獻，希望能給兩位派上用場。」
一甩方才憂鬱的神色，泰絲此刻看起來有精神得多，她迅速地解開絲線，讓地圖攤平在桌上，發出悅耳的沙沙聲。
「那麼……」
「泰絲。」在泰絲開始講解前，高泉打斷發言：「妳確定……自己能去嗎？」
伴隨問題，絕望的黑潮再次湧入泰絲腦海，但這次——她很快就走了出去。
「嗯……我要去。」
即使室內燒著爐火，周遭仍有些許寒意，可當泰絲講出這句話以後，很神奇地她不再感到寒冷。

就像心頭一塊大石落定那般，泰絲・羊啼已決定好未來的方向。

「這是我的戰爭，所以……只有我是絕對不能逃避的。」

很長一段時間，高泉與多瑪說不出話來。原本他倆都以為——泰絲就是個少根筋的懦弱姑娘。然而此時此刻，他們雙雙勾起敬佩的笑容，望向背負起過去的她。

「一起加油吧，泰絲。」

「加——油！羊角妹！」

「啊……」高泉與多瑪的支持，讓泰絲心中燃起希望的火苗。有一瞬間，泰絲甚至覺得……要是能早點認識他們，自己或許會更堅強一些吧。

自己或許也會——更容易嶄露笑容吧。

「請、請多多指教！」

泰絲露出真摯而甜美的笑容，為新的隊伍奠定了第一步。三人圍繞桌邊，開始討論礦山潛入計畫，高泉與多瑪的技能、再加上泰絲對當地的瞭解，讓討論很快就有了初步結果。

整裝、休息、研究、採購、交流——

在這期間，他們盡量保持輕鬆的心情，以面對即將到來的考驗。

直到下一個真夜時分，三人早已準備周全。為了不引人耳目，他們紛紛罩上樸素的旅人外袍，看起來毫不顯眼——

不對！高泉與多瑪同時望向泰絲，就見她身後背著一把比她還要高的巨槌，要說有多顯眼就有多顯眼！

「泰、泰絲啊……那個是啥……」

「對對對……對不起！這、這是我的武器！」

泰絲毫不費力地取下巨槌，雖然那東西看上去就有數百公斤重。她接著弱弱地向兩人展示武器，卻讓他們心底發寒。

長柄巨槌是黑銀相間的漂亮配色，一面做成羊角的倒鉤狀、一面則做成用來搥打的平底——說是平底，上頭卻佈滿兇殘而尖銳的鋸齒。

「這是幹嘛用的……」震驚之餘，高泉伸手想觸摸利齒，卻在肌膚即將要接觸到鋼鐵前，利齒忽然開始激轉，還發出陣陣噪音，簡直像一台絞肉機！

「哇靠！」

高泉嚇得收手，泰絲則驚慌地致歉：「嗚啊啊！不小心按下去了！它是機械！」

原來，和高泉的「雙魚座」同樣，泰絲的武器「牡羊座」也出自於十二工坊。

吱吱吱吱——

巨槌的利齒瘋狂咬合，讓高泉與多瑪不自覺後退，他們開始懷疑泰絲所謂「打暈守衛」是不是把人給絞成肉泥了。與此同時，他們也對泰絲的笨拙感到擔憂，深怕會隨時吃上她一槌。

眼見氣氛凝重，泰絲趕忙關掉機械，並紅著眼向兩人賠罪。

「對、對不起……但是我只會用這個……」

「也……也沒關係啦，是吧？多瑪。」

「……我覺得很有關係。」

回想起剛剛被泰絲撞飛的情形，多瑪畏懼地嚥了口唾沫。他們總算明白酒館裡的鋼琴是如何砸過來的了，只因眼前的這位羊角姑娘，有著與她懦弱外表格格不入的超怪力！

「那個……？」就像做錯事的孩子般，泰絲怯怯地偷瞄兩人。

「算了，這也是某種種族天賦吧。」多瑪說著嘆了口氣，視線從泰絲的臉慢慢移往胸口。在看到她幾乎繫不起來的斗篷棉繩時，多瑪的眼神變得羨慕起來。

「種、種族天賦……」

「別這樣，妳也有自己的種族天賦啊。」高泉笑著安慰多瑪。

「咦咦！？是什麼是什麼？」

「身輕如燕。」

走在飄雪的街道上，高泉摀著被虎爪重擊的臉頰，他再次認知到多瑪並不是燕子。時值真夜，路上果然沒幾個行人，這和高泉預測的大體相近，足以避人耳目。

以自然的水晶光做為照明，三人在夜色下偷偷摸摸走了好一段路。微風徐徐吹過臉頰，還挾帶雪的溼氣，多瑪為此直打哆嗦，明明是冬天她卻依然露著腰。

「嗚……該死的服飾店……」

想起服飾店老闆說什麼「女性服裝暴露度越高，防禦力就越高」的鬼話，多瑪才驚覺自己受騙了。

她正想抱怨什麼，領頭的高泉卻率先止步，並揚手擋住兩人。

「喂——等等下哨後喝一杯吧，酒館應該還開著。」

「好啊，我快冷死了！」

兩名巡邏的聯邦軍走來，還一邊還閒聊著什麼。注視著他們的提燈光芒，高泉默默皺起眉頭。高泉錯估了一件事，那就是聯邦軍為了重啟礦坑，已大量進駐到礦坑附近。

「……」三人藏匿於暗處，靜靜看著鬆散的軍人走過。等他們的腳步聲都被黑夜吞沒以後，高泉才懊惱地搔搔頭，並且走出小巷。

「看來這趟路，沒有想像的——」

「注意！快封鎖關口！通緝犯多瑪・席烏巴和高泉還在城內！務必仔細檢查！」

「……那麼輕鬆。」話才剛說完，官兵的吆喝聲再次傳來，使三人又被迫躲入陰影中。只見大隊人馬奔跑而過，看著他們氣勢凌人的模樣，高泉心裡有股違和感。

「我就覺得奇怪。」高泉思索地皺著眉頭，「重啟礦山需要那麼多軍隊嗎？」

「會不會是為了打倒迪恩？嗯……不然就沒辦法挖礦了？」泰絲順勢推測。

「那樣也很奇怪。」

據高泉所知，聯邦軍應該還在跟東國「大丹」交戰才對，把大隊兵力投到北方的艾星翠，只為擊潰礦山中的魔龍、進而開採水晶，這怎麼想都不划算。而且聯邦若真的急需用錢，應該還有其他更輕鬆的選擇。

百思不得其解，高泉乾脆搖搖頭不再多想。

「走吧！已經能看見教會了……接下來還要穿越墓園對吧？」

「唔嗯，是的。」回話同時，泰絲突然想起了一件事，「那個……雖然在酒館幫了點忙，但兩位是為什麼被通緝呢？」

泰絲感到好奇，畢竟她當初沒考慮那麼多。

高泉與多瑪聞言後面面相覷。

「多瑪，妳來解釋吧。」高泉邊說著，邊將多瑪的雙馬尾轉到左邊，於是多瑪就像機械般開始講解：「我們原本是聯邦將軍的子女，但因為一點狀況，變成了竊賊與強盜——等等！你別把人家的頭髮當成留聲機開關啦！笨蛋！」

多瑪氣鼓鼓地將自己的馬尾轉回原位，還發出老舊齒輪的吱嘎聲。

聽完多瑪的解釋，泰絲茫然傻笑著：「嗚……這是什麼聽起來很奇妙的經歷？」

「我也想知道怎麼會變成這樣。」高泉聳聳肩，望向漸行漸近的水晶教會。近距離觀望下，艾星翠大教院實屬壯觀，它有著半晶體半建材的架構，即使在黑夜裡依然閃耀出璀璨光彩。

泰絲與多瑪也仰頭望著，直到泰絲輕聲開口：「我很喜歡艾星翠。」

「咦？」

即使在這裡，泰絲留下了許多悲傷回憶；即使泰絲與弟弟被當成祭品，而遭到這座城市拋棄，泰絲也依然喜歡艾星翠。因為當無依無靠的她來到艾星翠那天，是這棟壯觀的建築拯救了她的心。

「我覺得……人們是因為富有才失去了很多東西。」

「妳的意思是……那位教導居民『羔羊之歌』的女孩才是元兇嗎？」

「是的。」泰絲點點頭同意：「當小哥問到她時，我才發現一切因她而起……」

回想起腰包那句「這座城市存在著惡魔」，高泉默而不語。過了幾秒後，高泉感覺胸口被搥了一下。抬頭望去，就見多瑪擔心地歪著腦袋。

「高泉，你怎麼了呀？」

高泉恍然回神，才發現自己落後隊伍一小段路了，「啊？喔喔……我沒事啦。」

「別發呆嘛。」多瑪指指教堂後的墓園，示意該趕快行動。眼見多瑪與泰絲都超前自己，高泉握緊拳頭。她想起還有件事沒跟多瑪說，就是多瑪曾問過他的話。

高泉，你是認識聯邦國王的嗎？

只要走進那座墓園，勢必又會與聯邦軍交戰了。高泉總覺得，這是最後與多瑪坦承的機會，於是他快步走上前，拉住多瑪的手。

「多瑪……還有泰絲，等一下。」

「哈啊？又、又怎麼了嘛……」

見高泉有些古怪，多瑪狐疑地皺眉。對多瑪來說，聯邦軍是殺親仇人，所以高泉一直難以啟齒，直到此時，泰絲前進了、多瑪也前進了，沒道理自己駐足不前。

「多瑪……關於妳在酒館問我的事。」高泉深吸口氣，隨即凝視多瑪的雙眼。

「我……曾是妳最痛恨的聯邦軍。」

「咦……」

「而且我……也是現任國王萊恩・日輪的哥哥，高泉。」

第四章「泡影之夢」

那男孩總是追逐著高泉的背影。

不只是因為憧憬，也是出自於忌妒。他將是一國之王，而高泉僅僅是放浪將軍的獨子罷了，兩人的命運從出生那一刻便已界定。然而諷刺的是，做為沒有血緣的義兄長，高泉卻有著耀眼的才能，那是與生俱來的天賦，他的機靈深受旁人期待。

「高泉！你這傢伙！別跑——」

他永遠記得，第一次遇見高泉時，高泉將庫藏的玉米全都拿去餵馬了。馬伕為此氣得要命，追著高泉跑了半座城。可是直到最後，這場追逐劇卻在兩人的笑聲中告結。

這讓旁觀的他驚訝不已，他第一次認知到——開朗的笑容是能夠拯救世界的。

而高泉就是這樣爽朗的一個人，他伶牙俐齒、腦筋靈活、受到人們喜愛。就連他也不例外，在他學習帝王學、劍術、星象等等深奧的學問時，只有高泉的無俚頭能帶給他一絲快樂。

「萊恩！走！去下城抓青蛙！」

看著高泉的笑容，他深深覺得……

有這樣的哥哥，是他人生中最重要的寶物。

可惜的是，隨著年齡增長，貴為王子的他卻漸漸感到迷惘。眼見高泉各方面能力都比自己強上許多，他不禁懷疑——自己真的是成為「王」的那塊料嗎？

自己甚至不能像高泉那樣，在任何時候都保持著笑容呀。

如果……只是如果，自己也做為一個普通人誕生於世。

世界會變得怎麼樣呢？

在男孩腦中緩慢浮現出一個畫面，就是自己尊敬的義兄長成為王，而他默默守護在一旁的情景。那是他夢寐以求的藍圖、也是他計畫實現的願望。但是，這個願望最終卻淪為一段虛假的泡影之夢。

不久後，他便目睹了天空被黑暗所覆蓋的那一天。

英雄們死了、父王也死了、救贖之城淪陷於片刻之間。世界不再擁有光明，前途也僅剩下一片黑暗。年幼的他在這種局勢下被迫繼任王位，並且隨著群臣逃離自己的家園。

他不知所措，沉重的壓力將他重重壓垮，突如其來的慘劇也讓全國陷入低迷。

在那時，他又想起了自己的願望。就算高泉不願意接下眼前的爛攤子，但只要有高泉樂天又開朗的個性，他深信一切都會因此而好轉。

「泉哥！」他不斷奔跑著，在殘磚破瓦之間、在硝煙遍布之下、在人們絕望的殘骸當中，他總算找到了自己熟悉的那個人。

「泉哥！你在這裡！」

只是，當高泉面向他時，一切都改變了。

「萊恩。」高泉的臉上只有一片黑暗。他不知道高泉經歷了什麼，但他似乎再也無法勉強自己笑著。這樣的轉變讓男孩錯愕不已，一直以來他都堅信笑容能拯救世界，其實不然。

到了此時此刻，他才終於明白——自己所尊敬的哥哥，也只是個普通人而已。

「……泉哥，你會陪我一起走吧？」男孩茫然地看著高泉，眼神中充滿了不安。

但是，高泉卻只向他搖了搖頭。

「對不起。」高泉這麼說著，轉身邁向混亂的彼方。

「我們能夠玩鬧的時代已經結束了……萊恩。」這是高泉留給他的最後一句話。

丟下登基為王的弟弟、甩脫來自他的依賴，兩人就此踏上不同的道路。高泉輾轉來到邊境，成為基層聯邦軍的一員。而他則留在阿斯嘉特，忍受光復救贖之城的壓力。

他只要閉上眼，就會想起高泉的笑容，他也曾試圖模仿過他，卻只迎來痛苦。

「泉哥……救救我……」

他知道——自己無法成為像高泉那樣的人，而他也漸漸對那份夢想產生了恨。

為什麼要離去呢？為什麼要拋下我一個人？為什麼你明明能從容笑著，那天卻要露出那樣的表情？諸多疑問盤踞在男孩腦內，當他九歲生日時，負面情感總算使他迷失自我。

在那時，出現在他眼前的，是一張冰冷駭人、卻同時有著燦爛笑容的鐵面具。

「戴上它吧，我親愛的萊恩，然後……你的笑容就能像他一樣……拯救世界。」

「國王。」一道低沉的嗓音，將長大的男孩拉回現實。萊恩藏在面具下的藍瞳冷漠至極，簡直就如同霜蝕的湖面。直至今日，萊恩偶爾還是會夢到過往的片段。

「……」

萊恩沉默許久，接著摀住微微泛疼的太陽穴。透過面具眼縫，萊恩望向比黑暗世界看起來更為漆黑的男人。

嘉德・布蘭卡豎立於國王面前，淡漠地語道提點：「我們快到艾星翠了。」

伴隨他的提醒，萊恩麻木的感覺逐漸復甦，陣陣馬車顛簸從腳底下傳來。

「……知道了，你先下去吧。」寬敞的王轎馬車中，僅有自己與獨眼烏鴉，這讓萊恩有些不自在。望著嘉德默默離去的身姿，萊恩忽然追問：「有高泉的消息嗎？」

「不，目前沒有。」

「好吧，沒事了。」

嘉德再次躬身，隨後掀開布簾走出戶外。王轎馬車的體積巨大，足足需要八匹馬才能拉得動。而在馬車周邊，是大量行進中的士兵，人數上頗為可觀。

「……」看著這樣的大陣仗，嘉德不禁皺眉。他完全不懂，為何國王要派大軍前往水晶城艾星翠。明明東邊的戰事也是國王挑起的——現在卻要將大軍撤往北方艾星翠？再這樣下去，已經很混亂的聯邦，將會面臨分崩離析的下場。

一想到這裡，嘉德緊握拳頭。

「嘉——嘉德隊長——！！」

當他思索間，天上一道閃光乍現，下一秒金髮的女騎士便降落到車上。與嘉德正好相反，她穿著潔白的盔甲，一邊肩膀上有著羽翼裝飾，從服裝到她精神飽滿的臉蛋，都與嘉德格格不入。

嘉德默然凝視著她，直到女騎士慌張地向他行禮。

「失、失禮了！伊絲我有事稟報！水晶城駐軍向伊絲傳達了重要訊息！」

「嗯。」嘉德點點頭，「還有，妳還沒把『伊絲我』這樣的口癖改掉嗎？」

聞言，名為伊絲・席娜的女騎士害羞不已，「伊、伊絲我正在努力……」她纖細的手指交織著，又躊躇了許久後，才想到要呈報。

「啊！嘉德隊長……就是那個——」看向馬車布簾，伊絲刻意壓低音量。

「據報，在艾星翠發現了多瑪・席烏巴和高泉的身影，是昨天的消息。」

伊絲講完後，嚴肅地向嘉德行禮，示意恭候命令。

然而，嘉德卻什麼也沒說。想起國王對高泉那病態的執著，嘉德雙手抱胸考慮許久，最後他還是平靜地點點頭，「我知道了，這件事暫時不要張揚，明白了嗎？」

「咦……？啊！好、好的！伊絲明白！」

「下去吧。」嘉德擺擺手，示意伊絲可以回到崗位去了。可正當伊絲準備離去前，嘉德卻又出聲補充：「對我沒關係，但對下屬講『伊絲我』是會被瞧不起的。」

「唔……」

聽見隊長冷冰冰的關心，伊絲紅著臉向他燦爛一笑：「嘉德隊長沒關係就好！」

說完後，伊絲化為閃光，筆直地衝入天際。

嘉德見狀嘆了口氣，並用自己淡漠的獨眼遙望遠方，在地平線的那一頭，閃耀著水晶光芒的城鎮已經不遠了。想起從自己手下逃走的兩名青年，嘉德的心情頗為複雜。

難道我做錯了嗎？

嘉德摀住嘴，不由自主地呢喃出聲。

「不知從何時開始，國王所經之地……」

都只剩下燎原的戰火啊。嘉德沒有將這句話給說出來，但他有預感、而他的預感一向很準確。他總覺得，這場戲的主角皆已就定位，也將會在這塊水晶約束地做出了結。

＊＊＊

「……大概，就是這樣。」

望著認真聽自己講故事的兩名女孩，高泉顯得尷尬不已。要從自己口中說出什麼「我從小天賦異稟」啦、「弟弟很崇拜我」啦，還真是挺羞人的。

果不其然，多瑪聽完後馬上擺出噁心的表情，「……所以你講了這些，是想告訴我現任國王是兄控嗎？」

「不……呃，也或許啦，但是……」

「之、之後泉小哥就從軍了？那又為什麼……會變成盜賊呢？」泰絲好奇地問。

聽到泰絲的問題，高泉的神色再度凝重起來。他默默望向多瑪，接著繼續說：

「三年前……我聽說多特叔叔遭到通緝，而且還是謀害君主的重罪，我便從邊境回到了阿斯嘉特。我想從萊恩那裡聽到『搞錯了』之類的話，卻沒想到他……變得很奇怪。」

「……變得很奇怪？」

「嗯。」高泉仰望星空，眼中映出了後悔的情緒。

其實高泉一直覺得，自己當年必須離開萊恩。他生為一國之王，不能永遠依賴著哥哥。然而，高泉卻想錯了，十年的時間，萊恩已經變成了陌生人。當他回到阿斯嘉特時，萊恩的鐵面具令他愕然。

「萊恩……？」

那是一張帶有暗沉色澤的鐵面具。就像在補足萊恩不笑的個性般，面具上綻放著惡毒的笑意，就連高泉看了都寒毛直豎。

可隱藏於這樣的面具下，萊恩卻顯得沉默寡言。他的沉默並不是木訥而已，反而像是在觀察、在審視眼前的人有多少價值。

「別來無恙，高泉，什麼風把你吹來了？」

十多年不見，萊恩已具備王者氣息。

「……」即使高泉在這些年也有所長進，但萊恩的成長卻遠遠超出他預期。仰望氣宇非凡的國王，高泉顯得謹慎，但還是略顯輕鬆地說：「是關於多特叔叔的事，這難道不是一場誤會嗎？」

「誤會？」

「是啊！多特叔叔是不可能會……」

高泉原本很期盼萊恩的答覆，卻在長久的對視間，高泉的內心逐漸冰冷。眼前被面具覆蓋的國王，已經不是他所熟悉的那個人了。

「高泉……」萊恩平靜地開口：

「多特・席烏巴就是殺害父王的罪人，這之間——不存在任何誤會。」

萊恩說話同時，向高泉亮出了多特的通緝令。那上面寫著「殲滅」兩字，包括多特的子民、包括任何席烏巴族的血親。看著那血淋淋的字，一股怒火從高泉胸口竄起，令他提高了嗓音：「胡說！是誰告訴你這事的！」

高泉的咆嘯聲迴盪在大堂中，兩旁衛兵因此而躁動不安。高泉用眼角餘光看著他們，直到那曾經的兄弟也走向他。

「高泉……你最好知道，你正在跟國王說話。」

這句台詞，澈底擊碎了來此之前高泉的希望。

「哈哈……」高泉閉眼笑了笑，當他再次睜眼時再也掩飾不住怒氣，「混帳！」

高泉猛然從後腰拔出匕首，衛兵們在此時一擁而上！可惜這些衛兵並不是盛怒高泉的對手，眼見他們一一被撂倒，萊恩不發一語地轉身，向著反方向越走越遠。

「那可是多特叔叔啊！」

擊倒！再擊倒！高泉奮力地想追上他，氣勢猶如猛虎出柙！在救贖之城與萊恩相處的畫面一幕幕湧上心頭，高泉卻只覺得悲傷不已。

到底是從何時開始出錯的呢？

難道，自己不應該離開嗎？

「告訴我！萊恩・日輪——」

衝破層層士兵阻礙，高泉向萊恩伸出手，卻在瞬間，高泉自己停下了動作。他錯愕地瞪大眼，看著那個被黑霧團團籠罩的身姿。記憶裡，萊恩的樣貌緩慢浮現於腦海當中。

「……萊恩？」

萊恩回頭了，雖然只是淡漠地一眼，但高泉在此時第一次與他對上目光。從面具的眼縫中，高泉看見一雙不像是人類的眼睛。與其說那是生物，倒不如說是一具冰冷遺骸。看著這樣的萊恩，高泉的怒火瞬間被澆熄，取而代之是滿心的困惑感。

「不對……你，是誰啊？」

「大膽狂徒！抓住他！」

「唔！」

因為高泉這一瞬間的猶豫，衛兵們趁機將他制伏在地。眼望萊恩越走越遠的背影，高泉放聲大喊：「萊恩！等等——」

然而，他的聲音再也無法傳達給他。

就像高泉曾離開他一樣，這次換那男孩拋下高泉，走上一條無法回頭的魔道。

回憶至此，高泉陷入沉默。片刻之後，他才苦笑著擺擺手，「哈，結果我就被關到牢裡了，之後的事……嗯，總之我設法逃跑，做為一名盜賊開始尋找多特叔叔。」

再後來呢？再後來高泉找到了多特，並且害他的家族走上滅亡一途。高泉沒有將這句話直白說出口，但是多瑪顯然意識到了。

與多瑪沉默地對望著，高泉最終低下了頭。

一切都是天命。多特曾這樣告訴高泉，可是，高泉始終覺得自己也有責任。若不是他離開萊恩、若不是他找到多特，一切可能不會發展至此。

這就是高泉想和多瑪坦承的真相。話說完了，高泉卻沒有勇氣直視多瑪，只好沉聲道：「抱歉，多……」

「什麼啊，這種事早說嘛，笨蛋。」

「咦……」

高泉茫然地抬起頭，就見多瑪一如既往的笑容。他原本預期多瑪會因此而討厭自己，卻沒想到多瑪只是豁然地聳聳肩，「啊——真是的，笨蛋高泉，高泉笨蛋。」

多瑪用手指彈了高泉的額頭一下，隨即笑言：「笨小偷不懂強盜的氣魄啦，我們早就做好隨時會被殺掉的準備了。嗯——而且就算你不來，我們哪天也會和聯邦軍做出了結吧？」

講到這邊，多瑪停頓了下，目光跟著移到一旁，「謝謝你，高泉。」

「謝……謝謝我？」

「謝謝你告訴我這些……還有，若不是你……我大概也跟多蘭哥一起死掉了。」

以感謝化解仇恨，多瑪進一步的思考讓高泉啞口無言。注視呆滯的高泉，多瑪不耐煩地挑眉，

「那什麼表情啦？泰絲，我先過去囉，等等再把這笨蛋帶過來吧！」

「啊……好、好的！」

向泰絲揮揮手，多瑪一躍起身，先一步翻到墓園的圍牆上。他最後又看了眼高泉的面容，便二話不說來到牆的另一頭。

直到在牆下落定、直到高泉與泰絲都離開自己視線後，多瑪才頹然靠向牆面。

「嗚……可惡。」淚水在此時不斷湧入多瑪眼窩。

在她模糊的視線裡，出現了父親與哥哥的身影。為了不讓伙伴們察覺，多瑪趕緊揉了揉眼，將自己軟弱的一面都留給月色。

「笨蛋多瑪……這有什麼好哭的嘛。」擦乾眼淚，多瑪不再感到悲傷了。與高泉經歷的一切冒險，已經取代了她難過的記憶。從今以後，她決定要用自己開朗的笑容，督促著高泉繼續前進。

所以——

她絕不能哭泣。

「我還在等你呢……高泉。」倚靠石牆，多瑪露出了甜甜的笑意。就像隔著牆能與她對望般，高泉也盯著牆面發呆。

長久相處下來，高泉明白多瑪的個性，也知道她一定有逞強的部分。因此，雖然獲得了多瑪的諒解，他卻沒有太多開心的情緒。

回想起多特與萊恩，高泉在原地停頓許久，直到泰絲拍拍他肩膀才回過神來。

高泉回首望去，就見泰絲手握拳、用唇語為自己打氣的模樣。

加油！泰絲如此喊著。

看著這樣的她，高泉又愣了愣神。片刻後，他欣慰地勾起嘴角，「走吧，多瑪還在等我們呢。」與泰絲相視而笑，高泉隨即朝牆垣擲刀，接著拉住繩子一步一步向上爬。

沒錯，多瑪還等著自己。就像她曾說過——未來什麼的不得而知，僅有將過去都背負起來，繼續向著明天邁進，才有尋回光明的可能性吧。

高泉明白這樣的道理。

不再猶豫、不再躊躇，當高泉將泰絲也拉上牆時，清涼的微風吹過臉頰。在那陣風中，他與牆後的多瑪對上眼了。兩人先是尷尬地互望彼此，隨即雙雙勾起釋懷的笑容。

「抱歉，讓妳久等啦。」

一如既往，高泉向多瑪展現自己爽朗的一面。

見他滿臉輕浮，多瑪沒好氣地歪歪腦袋。直到高泉落地、直到泰絲笨拙地壓到他身上後，多瑪忍不住笑出聲來。她緩緩走上前，朝著兩位伙伴伸出手，「走吧！」

接過她的手，三人各自點了點頭。他們打起精神，向著黑暗的深淵繼續前進。

第五章「不明之途」

艾星翠的墓地存在世間已有數百年，從古至今堆積下來的死者，讓墳場一路延綿至礦山山腰。一排又一排的墓碑交錯林立，再加上此地的水晶老是被人盜採，使得墓地深處既安靜又看不見任何東西。

「好……好冷喔，這裡。」

走在伸手不見五指的墓園中，原本就很冷的多瑪忍不住打起哆嗦來。她火紅色眼珠咕嚕嚕轉動著，每當遠處傳來貓頭鷹的鳴啼聲，她便如小貓炸毛般僵直身子。

「嗚。」

說實話，多瑪怕得要死。她並不怕黑，而是怕浮現在腦海裡的各種恐怖情節。從派克斯遇到子虛時就能看出，她對靈異事件幾乎沒有抗性。眼見高泉走在自己前面，她加快腳步，卻在此時鳥鳴聲再次傳來，令她驚嚇地埋入高泉後背。

「高、高泉……」多瑪緊抓著高泉衣服不放，想獲得他可靠的安慰。

「唔啊啊啊——」

但她完全沒料到，兩人身體才剛接觸，高泉就跟著大叫起來。鏘！蒼藍刀鋒在轉瞬間出鞘，高泉暴然回首，險些朝多瑪砍了下去。

「………」

沉默瀰漫，多瑪呆滯地與高泉對望著，直到高泉戰戰兢兢將刀按回鞘中。看他那滿頭大汗的尷尬模樣，多瑪錯愕地回過神來：「你……」

她停頓了一下，「你難道比我還怕？」

她的表情是這樣的，從遲疑、到驚訝、再到鄙視。高泉被她這麼看著，張口欲言又止，最後他乾脆崩潰地坦承弱點，「對啦！我就是超怕的！說到底幽靈到底是啥啦！怎麼會有那種長相恐怖、又砍不到又嚇人的東西啊！」

多瑪差點就忘了，在派克斯遇到子虛時，還有個人嚇得跟她擁抱了老半天。

「唔——哇！你真是比我預想以上的還沒用耶！」

「囉嗦！妳還不是被貓頭鷹嚇到變回女孩子！」

「我原本就是女孩子好嗎！？」

見兩人爭執不休，走在最前頭的泰絲尷尬汗笑，「那、那個……環境也沒有那麼糟糕啦……大教院的光還能照到這裡呢。」

確實如泰絲所言，此處勉強還能看見大教院的光彩。可是該說不愧是經歷過羔羊之歌的人嗎？高泉與多瑪深深地感到敬佩。

「……別、別擔心嘛……如果真的出現幽靈，人家也會保護你們喔……！」泰絲雙手握拳，為面露難色的兩人加油打氣。

一瞬間，泰絲背後彷彿綻放出溫暖的光，令高泉與多瑪的神情立刻軟化。

天使……嗎？

克制住心中想要對泰絲撒嬌的衝動，高泉清了清嗓子：「咳咳！抱歉啊……是我們太沒用了。」先不提泰絲對恐怖的定義，另外兩人對靈異事件抗性極差也是事實。眼下似乎只有盡速穿越墓園，才是對見過大風大浪卻怕鬼的他們來說是上策。

高泉與多瑪互望一眼，雙雙有了共識。他們加快腳步，逼得泰絲也小跑起來。

「啊！」忽然想起什麼，泰絲興奮地向兩人笑道：「說、說來……小時候我確實聽說這裡有幽靈出沒呢……」

她開心地想和伙伴們分享回憶，卻見他們倆眼神逐漸死去。

「泰絲，那啥……回憶篇已經夠長了。」高泉阻斷其發言。

「對、對不起……」

眼見泰絲一臉沮喪，高泉與多瑪反而放下心來。卻在此時，高泉腰際的包包猛然震動，差點又讓他尖叫出聲。

「泉哥，有人接近。」

聽到這句話，高泉一甩方才笨蛋般的蠢樣，趕忙按住兩名女孩的頭，將她們帶往陰影中。多瑪正想問高泉在做什麼，就見他朝自己比了個禁聲手勢，隨即目光望向黑暗的彼方。

「啊——好冷啊。」

不遠處的墓碑後，兩束火把微光飄忽不定。高泉悄悄地看仔細，是泰絲曾提過的墓園巡邏兵，可他們身上卻又刻有救贖之城的標誌，顯然也是聯邦的王政軍。

不只是城內，就連這裡也給他們接管了？高泉默默觀察他們的一舉一動，心裡的不安感逐漸明確起來。

萊恩・日輪——聯邦之王就在艾星翠！雖然先前有聽說他要重啟礦坑，但國王親自來到前線，未免也太不自然了點。

還這麼想著，兩名士兵漸行漸遠，火光也隨之被黑暗吞沒。感覺周遭完全沒動靜後，高泉從墓碑後探出頭，「……如果要進礦山，我們可能要快點。」

「唔，因為你那笨蛋弟弟嗎？」多瑪不耐煩地挑挑眉毛。

「嗯……雖然不知道他要幹嘛，但應該是瞄準礦山來的。」

究竟萊恩要做什麼？重啟水晶礦坑，根本不是派大軍並親自到來的理由。高泉心中有股怪異的感覺，但他怎麼也說不上來。他朝兩名女孩擺了擺手，她們隨即意會，三人便謹慎地加快腳步。

路途中，高泉想起腰包的提點，便向他悄聲開口：「剛才又被你救了一次……不過你之前怎麼都不講話？是不是有什麼心事？」

聽見伙伴關心，腰包停頓許久，這才尷尬笑笑：「是啊，有些事想不明白。」

「朋友間沒什麼好隱瞞的吧？是什麼事？」

「嗯……」腰包停頓片刻，彷彿在想該如何跟高泉解釋，「昨天我不是跟泉哥說過嗎，這裡有惡魔的氣息。」

腰包邊說著，邊用感知示意高泉「礦山入口接近」。在得到高泉點頭回應後，他接著說：「其實我總覺得很不自然——應該說，這件事有點刻意的感覺。」

「……刻意？」

「啊……礦山入口就在前面。」

泰絲的嗓音從側邊傳來，高泉連忙蹲伏於墓碑後頭。他仔細望向泰絲手指的地方，赫然發現礦山入口處已經立起了三個帳篷。這讓高泉感到驚訝，顯然巡邏兵不只兩人，且他們的據點就直接建立在礦山外。

想到此高泉不禁皺眉，並繼續追問腰包：

「刻意是指什麼？你覺得有什麼不妥嗎？」

「泉哥，惡魔是一種如神靈般高等的存在，這你應該知道吧？對我來說，牠們身上都有一股濃厚的硫磺味，所以我可以輕易分辨出來『惡魔』是真是假。」

腰包想了想，似乎在考慮該如何繼續說，片刻後他的聲音越來越細微：「在剛來這座城時，我完全沒感受到類似的氣味，但是……」

腰包話音剛落，帳篷中走出留守的士兵，他一手提著長槍，另一手則伸向溝火取暖。在等待腰包講話期間，高泉一直用警戒的目光盯著士兵瞧，絲毫不敢怠慢。

「……總之，在泰絲姑娘說故事時，我突然聞到了這樣的氣味。」

「什……」高泉訝異地張大嘴，視線移到了多瑪身旁的泰絲身上。他突然想起了希莉卡，同樣的情形他不想再經歷第二次了。

「不，我不是這個意思啦。」似乎也明白高泉的疑慮，腰包趕緊解釋：「不是指泰絲姑娘是惡魔假扮的，而是她或許接觸過惡魔，並且那傢伙的氣味還遺留在她身上，當我們遇見泰絲姑娘時，惡魔才巧妙地釋放出自己的氣息。」

講到這裡，腰包總算做出結論：「簡單來說——我覺得這是陷阱。」

「……」陷阱？如果泰絲曾經接觸惡魔，那就只有一種可能性了。

「水晶龍。」

「不一定。」

腰包沒同意高泉的想法，但也不表示答案錯誤。他只是誠實而真慮地向高泉分析：「總之，我們大概在那傢伙的掌控中，但也只能走一步算一步了吧，畢竟惡魔是千載難逢的東西，如果泉哥還想追求光明——就勢必不能逃開。」

「我明白。」

高泉嚴肅地點點頭，這才發現兩名女孩都傻看著自己：「呃？」

「泉、泉小哥在跟誰說話，好恐怖……」雖然不害怕幽靈，但高泉的自言自語卻讓泰絲雞皮疙瘩猛起。而多瑪雖然習慣這樣的高泉，但在如此環境下，還是不禁讓她背脊發涼。

「這、這傢伙總是這樣……他是不是有幻想朋友？超噁超恐怖的……」

「……妳們這種憐憫的眼神，真的會讓很我受傷喔。」高泉淚眼懶得再解釋。

「唷。」

沒等高泉被唾棄完，帳棚那傳來了動靜。方才站在溝火邊取暖的士兵向著礦洞揮手，從黑暗中便走出類似小隊長的傢伙。小隊長面色疲憊，走到士兵身旁時，長長地嘆了口氣。

「沒轍……雖然明天就要進去了，但裡面黑得澈底。」

「入口不止咱們這裡有，希望明天別從這裡下去就好……」士兵煩惱地搔搔頭。

躲在墓碑後的三人你看看我、我看看你都不知道他們在說些什麼。雖然想多聽點情報，但士兵和小隊長轉而閒扯起來。眼看時間一分一秒過去，高泉明白不能再耗下去了，他向伙伴們比了個手勢，隨即抽出後腰的刀。

「來看看身手有沒有退步吧。」

高泉自信地咧齒而笑，忽然就將右手的刀刃投出！

刀尖筆直地劃過夜色，最後釘在一座墓碑上，造就黑夜裡的細微聲響。站火邊的士兵茫然看去，也讓他的顏面嶄露在火光下。高泉與此同時再擲出左手的刀，刀刃飛速迴轉，牽動後頭的機關繩——

噹！

先是撞擊墓碑，隨即直角彈射，刀刃神奇地劃過士兵臉頰卻沒傷到他。而在刀刃飛越以後，緊隨的鋼繩纏住士兵脖子，使之驚慌不已。

「什——嗚呃呃——！！」

「你……哇！這是什麼！？」

小隊長吃驚地想幫助伙伴，卻在他剛挪動步伐時，高泉將釘在墓碑上的刀藉由繩索扯出。刀刃收回途中又纏繞住最初的那一條繩、再捆到小隊長脖子上。

一幕神奇的景象就此完成，黑夜中兩人相互掙扎，卻因為彼此的力量，而將繩子越收越緊。就像兩具被絲線牽動的傀儡般，士兵與小隊長跳著詭異的舞蹈，沒過多久，窒息的紅潤逐漸浮現在他們臉上。高泉在兩人都口吐白沫時，突然將繩子放鬆，好讓他們不至於死亡。

眼見他們軟趴趴倒臥在地，高泉呼了口氣：「畢竟我是小偷嘛——能不殺人就不殺。」

一邊碎碎念著奇怪的堅持，高泉一邊將刀刃扯回手中，隨即熟練地甩入刀鞘。

這一幕看在兩名女孩眼裡，紛紛驚訝地目瞪口呆。泰絲率先拍拍手，面帶羞澀地稱讚道：「好、好厲害！泉小哥一定是玩繩子的達人！好會綁人！啊……那個……」

眼見泰絲越講越害羞，高泉苦笑吐槽：「嗯，別把我講得像SM狂熱者似的。」

「這是聯邦軍的技巧嗎？」多瑪疑惑地歪歪腦袋。

回想起自己曾待過的匕首隊，高泉平靜地向多瑪解釋：「擲刀的部分，是聯邦匕首隊的戰技，但操縱繩子的部分則是我自己摸索的。」

「嘿──」

「幹嘛？」

多瑪擺了擺手，輕鬆地回應：「沒有啦，本小姐只是覺得──每次被敵人打得血肉模糊的高泉，還有看起來『好像』很可靠的高泉，哪個比較貼近真正的你。」

「我哪有每次都被敵人打得血肉模糊啊！？」

高泉厲聲駁斥，多瑪卻沒有理會他。檢查帳篷中再無其他人後，三人立足於礦坑洞口。眼望裡頭無盡的黑暗，泰絲的臉色有些難看。對她來說這裡一直都沒有變。

和弟弟分別的那一天歷歷在目，泰絲捏緊拳頭，不再讓自己被過去束縛。她向身旁對自己投以關懷目光的伙伴們微微一笑。

「還、還是有點緊張呢，不過沒事。」

「確定嗎？」

高泉邊說著邊翻找帳篷，找出幾盞提燈後，他與多瑪合力將昏迷的士兵拖入帳篷中。在他們都完成動作之際，高泉笑著接續剛剛的話：「確定的話，我們就去找迪恩吧。」

「嗯！」

再度回到礦坑，走著十年前同樣的路，三人告別了外界的清新空氣。眼見入口與營火離自己越來越遠，直到變成一個小小光點，多瑪反而鬆了口氣。

「總算離開墓園了──嗯？」多瑪疑惑地眨眨眼，她注意到自己的臉頰旁，正淡淡地亮著紫光。

「哇？多瑪，妳的耳朵……」

高泉與泰絲同時湊上前，好奇地打量多瑪。原來是高泉先前送她的耳墜，此刻正在暗處閃爍漂亮光芒。

泰絲見狀訝異地說：「咦……這是礦山內部的水晶呢。」

「礦山內部？內外有差別嗎？」

「有的哦……雖然艾星翠的水晶都會發光，但若是在礦山內開採的水晶，就會在入山後越變越亮呢，我們都稱這種水晶叫『指晶針』，它們在礦山封閉以後就幾乎停產了。」

多瑪聞言摸了摸耳朵，而高泉也挑起眉毛：「所以說……這是貴重的東西嗎？」

「唔嗯！市價大概是外頭水晶的三倍哦！」

「多瑪，還我。」高泉立即向多瑪伸手，而他的舉動沒意外換來多瑪一拳。

雖然只是玩笑話，但高泉挺開心的，沒想到隨手買來的東西，竟然還有特別的價值。

具泰絲所言，這種水晶在越接近礦山核心時，光芒就會越發漂亮，於是三人便以水晶光為依據慢慢向深處走。

與高泉想的一樣，礦山內壓抑地令人窒息，如果不開口說話，就只有朦朧的滴水聲能聽見。然而在這樣安靜的情況下，高泉反而能整理自己的思緒，來到艾星翠後，高泉都沒好好思考一下，畢竟這裡的怪事實在太多了。

發起「羔羊之歌」的神祕女孩、水晶龍、救贖之城的異常進軍、萊恩戴上面具後的性格轉變。這一切的一切乍看下沒有任何關聯性，但高泉隱約覺得有環環相扣的地方。

「……共通點是，都發生在煌之刻失竊後。」腰包輕聲點出高泉心中的想法。

「嗯……竊走光明的是三隻惡魔，但這些事……或許都出自於同一個敵人？」

「那可不好辦囉，泉哥。」腰包苦笑了聲，「那只代表……對方非常棘手唄。」

腰包的話語迴盪在高泉心中。有一瞬間，高泉彷彿聽見遙遠的彼方傳來陣陣竊笑聲，但這也只是剎那間的錯覺罷了。

越是思索泰絲所說的故事，高泉就越相信黑暗深處有著無形的大怪物，牠正蓄勢待發，準備將不知死活的闖入者給狠狠撕碎。

艾星翠的水晶礦道果然已經封閉許多年，開鑿的痕跡都變得模糊不清。不知不覺間，三人開始感到路有些難走，與其說是變得狹窄，倒不如說是有種煩悶的閉塞感湧上心頭。

走在這樣的窄徑中，腰包忽然出聲：「泉哥！這附近似乎有大量的空氣流通！」

「嗯？」高泉舉起提燈，前方依然是向下蔓延的窄道，「有嗎？我怎沒——」

轟隆！

話還沒說完，一聲爆裂巨響，高泉身旁的岩壁轟然炸裂！在漫天碎片都還沒落地以前，高泉與多瑪立即反射性退開，就只有泰絲反應較慢——

「泰絲！小心！」高泉驚呼提醒，卻已來不及了，一道比人類還要壯碩的黑影衝出牆面，朝著泰絲急撲而去！

「吼喔——」黑影咆嘯著，用牠壯碩的手臂往泰絲臉上砸。眼看泰絲嬌嫩的臉就要被砸得血肉模糊，多瑪連忙出鞭，鞭子打在怪物手上，卻絲毫沒停下牠的動作！

「耶！？」多瑪滿面驚訝，只能眼睜睜看著泰絲被——

砰轟！比岩壁破碎更大的巨響震撼高泉與多瑪的聽覺。兩人呆呆凝望泰絲，就見她單手擋下攻擊，還反之推開對方。

「唔吼？」

怪物訝異地跌坐在地，並望向自己龜裂的手臂。在牠視線可及之處，是泰絲手持巨槌、紅著眼滿心抱歉的模樣：「對、對不起！但是！但是——人家最討厭偷襲了！」

怪物嘗試著爬起身，泰絲卻高舉巨槌——砰！又是一記驚天動地的捶打，它重重砸碎了怪物的甲殼，然後——吱吱吱吱！巨槌上的利齒高速轉動，將怪物一層又一層地絞碎開來！

「噢啊啊——」

「對不起！對不起對不起對不起對不起對不起！」

先是堅硬的裝甲、再來是血肉，不斷有物體從怪物身上剝離。泰絲邊驚慌失措地道歉，邊讓掙扎的怪物漸漸失去生命。

這一幕看在高泉與多瑪眼裡，讓他們雙雙張大了嘴，誰也沒敢多說一句話。不久後，利齒停止旋轉，泰絲滿身血沫地回望兩人。

「對、對不起……讓兩位見笑了。」泰絲說話時微微發抖，臉上掛著皺眉苦笑。

「之前太囂張了真是對不起。」高泉與多瑪有默契地同時向泰絲鞠躬。

「咦咦！？為什麼！？」

「總覺得……該道歉。」

「所、所以說為什麼呀！」

泰絲淚眼追問兩人，兩人卻不發一語地看向地面，地上四分五裂的屍塊正透著淡淡光芒。

「是水晶。」高泉驚訝地拾起怪物碎片，藉由水晶光芒，高泉才看清楚對方的真面目。那是一隻人形的生物，說是人卻又有些肥大，四肢短小而身軀壯碩。

「巨魔……」高泉馬上認出怪物的真身，「正確來說是礦石巨魔吧？不過竟然有水晶樣子的礦石巨魔。」

高泉嘖嘖稱奇，在漫長旅途中，他不曾見過水晶製成的巨魔。

巨魔是一種生存於洞窟內的食人怪物，他們與大地融合，有時是石頭、有時是泥塊，而現在倒在眾人面前的，擺明是跟水晶融合的亞種。牠的身軀散發著陣陣藍光，讓多瑪遺憾地皺眉。

「明明挺漂亮的……卻是巨魔，不過原來這裡有巨魔哦？」

「嗚嗯……？」泰絲邊擦拭身上的血跡，邊疑惑地噘嘴，「我、我沒聽說礦山裡有巨魔出沒……而且我上次從別的地方潛入時，也沒有遇到水晶龍以外的怪物，真奇怪呢……」

「還真的很奇怪。」

高泉細細思索，接著望向被巨魔撞破的岩壁。一陣清新冷風從裡面吹來，令高泉感到訝異。

「腰包……你說的空氣流通，難道是指這裡面嗎？」

「啊，就是這裡！」

腰包延展自己的感知範圍，確實岩壁內非常遼闊——應該說，即使腰包把感知範圍擴到最大，也沒有感受到盡頭。

腰包為此驚訝不已：「這裡簡直是個大空洞啊……」

「……」大空洞？在這種礦山裡？思索腰包的話，高泉皺眉將上身探入洞窟中。

「高泉？」

看見高泉一個人朝岩壁裡探頭探腦，多瑪疑惑地喊住他。高泉隨即想起別人聽不見腰包說話，便向兩位女孩解釋：「有風吹出來，裡面應該很寬敞。」

「唔嗯……為什麼礦道後頭會有寬敞的空間呢？」

「嗯……」高泉想了想，目光停留在巨魔屍體上。不管是巨魔還是「那傢伙」都不應該存在於狹小的礦道中。一想到此，高泉的眼神便得肯定。

「泰絲，妳說妳曾見過的水晶龍，應該不是在這種窄道中遇見的吧？我記得妳當時是說……妳去到了一個裂谷？」

「嗯！那、那裡被稱為幽邃斷層……離水晶大教院的入口比較近，但從這裡我不知道該怎麼過去……」泰絲停頓了一下，突然明白高泉問題的意義。

「啊！難道……」

「沒錯……這後面應該連接著幽邃斷層，一座小山不可能同時有那麼多空洞。」

高泉邊說著，邊緩緩抽出刀刃，他的目光越過兩名女孩，冷冷看向漆黑破口的後方。在那裡，蠢蠢欲動的巨魔越變越多，多瑪與泰絲也注意到了，她們各自將武器拿上手。

多瑪見狀不悅地嘆了口氣：「從剛剛看來……我的攻擊好像不太奏效呢。」

高泉聞言也看向手上的雙刀：「呃嗯。」

刀子砍石頭會比鞭子厲害嗎？他不確定。

明明是接受了泰絲的委託，但這兩人卻一點也派不上用場。高泉與多瑪尷尬地看向泰絲，泰絲也左右回望兩人，片刻後泰絲會意地燦爛一笑：「沒、沒關係！都交給我吧……！」

說著，她的臉頰逐漸紅潤，似乎對自己能派上用場感到害羞，「不、不介意人家把牠們全都打壞的話……嘿嘿。」

……這個委託人好可靠！

高泉與多瑪互望一眼，隨即哈哈苦笑。

轟！烈焰染上多瑪的鞭子，高泉的鋼繩也發出撕裂空氣的巨響聲。眼望在岩壁後蓄勢待發的一群巨魔，高泉向著牠們咧齒而笑，「雖然還有很多不明朗的地方，但是嘛——」

嘶！高泉俐落地旋轉刀刃。

兩把鋼刀在黑暗中飛速舞動，製造出陣陣湛藍色反光。當高泉的刀刃回到正手之際，他率先跨出一步，走入漆黑的洞穴後方，「也只能走一步算一步了，是吧？」

在更幽遠、更深邃的深淵之底，一道視線悄悄觀察著與巨魔對峙的三人。當視線主人見到一切都如她預期般，她便忍不住勾起輕靈嘴角，繼續等待訪客的到來。

她會一直等待。

直到最後一天。

第六章「惡魔之聲」

「吼——」

水晶巨魔咆嘯時，半透明的身軀綻放光彩，牠們如岩石裂縫般的嘴正不斷上下咬合著、試圖威脅眼前的人類。然而，沉重的鞭擊卻不吃這一套，只見它燃著火光重重朝巨魔砸下！

咻啪！

烈焰長鞭給巨魔的甲殼留下了一道燒傷痕跡，卻沒辦法擊碎牠們的無敵盔甲。

「咕唔……果然不行啊。」

多瑪喪氣地退後，不論是先前對付裝甲士兵，又或是如今面對水晶巨魔，多瑪都深刻體會到自己的弱點，那就是——她不擅長應付防禦力高強的敵人。這讓她有些焦躁不安。

一方面，她不想拖伙伴們後腿；另一方面，她也害怕自己必要時派不上用場。

「要是我也能變身就好了……」

多瑪喃喃自語著，目光在高泉與泰絲之間游移。這樣的舉動被高泉發現了，但他選擇將注意力放在眼前的戰鬥上。

周遭的巨魔約四到五隻，由於身處暗處，巨魔的亮光又黏在一起，高泉一瞬間難以辨別。但是不管有幾隻巨魔，若想要繼續前進，就勢必得突破他們。一想到這裡，高泉稍稍挪動步伐。

砰！

沒想到，高泉的舉動卻給了巨魔信號，牠們瞬間朝三人衝來，速度可比快馬！

巨魔身軀雖然笨重，卻是致命的捕食者。高泉毫不猶豫甩出繩刃，他巧妙地操控鋼繩，讓刀鋒斬在其中一隻巨魔的膝蓋內側，剎那間那隻巨魔向前傾倒，在地上刮出長長的痕跡。

「多瑪！這些傢伙跟穿盔甲的士兵一樣！牠們的關節很軟！不然不能移動的那麼迅速！」高泉向多瑪提示著，巨魔的拳頭卻砸向他腦袋，逼得他只能專心躲避。

「原——」聽見高泉的話，多瑪赤紅的眼眸重新燃起自信，「原來是這樣哦！」

轟！烈焰長鞭如法炮製，在一秒的時間內，抽打向某隻巨魔的兩手肘。那巨魔暴吼出聲，雙手竟然直接被熔解而垂掛著。

砰轟——

牠立即狂怒地咬向多瑪，卻在觸及她以前泰絲挺身而出，「對、對不起！」泰絲使勁全力拉高槌子，在巨魔眼中形同山崩。

那一下的力道，幾乎讓高泉與多瑪都快站不穩。水晶巨魔並沒有被擊飛，而是在原地四散爆裂。

高泉見狀呆然地眨眨眼，但沒給他喘息時間，與他周旋的巨魔扯住了他手腕！

「嘖！」高泉咋舌，手臂上傳來刺痛的擠壓，他立即舉起空出來的那支手，將刀刃狠狠刺入巨魔眼窩中。

「唔噢——」

巨魔哀鳴出聲，痛地鬆開了爪。也就是那一個空檔，高泉順勢又迴轉刀刃，將雙刀都砍進牠的嘴巴裡。他接著朝左右兩側橫向揮刀，巨魔柔軟的口腔剎那間被撕裂，導致整顆腦袋應聲落地。

噗咻！

高泉向身旁甩刀，血跡便在地面畫出漂亮的弧形。無傷的巨魔只剩下兩隻，眼見伙伴一一死去，巨魔們躁動不安。高泉在此時瞪了牠們一眼，牠們身上的光芒便瞬間淡去，最終隱沒於黑暗。

眼見危機似乎告一段落，在場的三人各自鬆了口氣。

「唔——這些傢伙有夠難纏。」

多瑪撩動金髮，早先還嫌冷的她此刻已然熱身，氣色變得紅潤無比。泰絲也小口喘息著，胸口隨之上下起伏。

眼見兩位姑娘煽情的模樣，高泉默默將視線移開：「嗯。」

「……嗯什麼啦？接下來呢？如果還有其他巨魔……要繼續深入會很危險喔？」

「哈，這裡打從一開始就不是什麼安全的地方吧？」高泉笑著聳聳肩，隨即抬起頭觀察周遭。

此處並不是斷層，而是如腰包所言的大空洞。洞頂高約五六層樓，寬度則無法測量。與窄道不同的是——黑暗中處處都有細微的光亮，表示晶礦依然健在。

這裡沒有礦工來過嗎？

那麼對於泰絲而言，這裡也是塊陌生之地吧。

高泉推測再繼續向深處走，遲早能到達泰絲口中的幽邃斷層。所以，眼下似乎沒有離去的理由。

「……嗯？」高泉思索時，無意間看向多瑪：「多瑪……妳的耳環更亮了嗎？」

確實如高泉所言，先別提那明顯的亮光，多瑪甚至感受到耳垂一陣灼熱。她摸了摸耳墜，果然帶有一點溫度，於是她驚呼出聲：「只不過一片牆的距離，變化可真大耶，難道……」

「難道……這裡真的可以通往礦山核心……！」泰絲接續話語，神情難掩興奮。

雖然明白泰絲離弟弟越來越近而激動的心情，但她似乎忘記了「見到迪恩，就必須殺死牠」的約定。為此高泉與多瑪都有些擔心她，不知道她能不能接受這之後的戰鬥。

高泉轉念一想，如果泰絲無法下手，那就自己來做吧，因為他敢肯定那東西不是迪恩，而是別的某種怪物。

「……」

越過多瑪與泰絲，高泉毅然前行。即使在這次委託中，高泉挾帶著「要找到煌之刻」的私心，但他也是真心想要幫助泰絲、給她一個更好的結局。

高泉於心底發誓，絕對不會重蹈過去的覆轍。

沒錯，這次絕對不會……

「我們就依照耳墜指示，繼續往深處走吧。」高泉果斷地說。

有了巨魔偷襲的前車之鑑，三人不敢再大意。一路上壓抑的感覺，逐漸轉變為一種未知的緊張感。

腰包的感知不曾怠慢，就算只是蝙蝠飛近眾人，腰包也會立刻讓高泉知道。這一次，高泉又比派克斯那時成長不少，已經隨時都做好最壞的準備。

好比突然山洪爆發、把大伙都沖散啦，又好比突然地面坍崩，掉到無底礦坑之下啦。高泉心裡還胡思亂想著，就發現路漸漸來到了盡頭。

一座斷崖出現在眾人眼前，就如同洞窟內的峭壁，有外頭世界錯置在其中的反差感，令人啞然。

「這裡就是……」

高泉震撼地眺望遠方，水晶礦脈遍布在岩壁上，讓此處形同銀河。而在點點星光照耀下，懸崖後的世界卻是漆黑一片。

深淵。

高泉腦海中浮現出這樣的字詞。

不對，應該說不管是誰，都會這樣子去形容它吧。

幽遂斷層——「水晶約束之地」艾星翠的起點，在這塊土地上的許多傳說都是由此而衍生。十五年來，有多少人葬身於此？這麼一想，高泉與多瑪不禁寒顫。

呼——呼——

黑暗高歌著艾星翠不為人知的祕密，那悠遠的歌聲藉由風編織成旋律，進而吹進三人心中。高泉與多瑪互看了一眼，紛紛對周遭釋出戒心，就只有泰絲仍在四處張望。

「啊！就、就是那邊！」泰絲忽然手指前方。眾人要聚精會神才能看見，遠處還有座對向的峭壁，兩側離了足足有半公里遠。

「上次……我就是在對面遇到迪恩的。」

「對面……」多瑪試著走上前，並向斷崖下方眺望，然而當她來到崖邊時，她立即收回身子不敢再看下去。

「唔——哇——我說……這個摔下去百分之兩萬會死吧！？」

「……不會摔下去啦，只有故事裡的主角才會沒事摔下去。」

「唔……說得也是，嗯……應該吧。」多瑪不安地同意高泉。

注視猶豫的多瑪，高泉也隨之向下俯瞰。生命誕生於火中、進而消逝於水，下頭潮溼的水氣正向上張揚著，被那股潮氣吹拂顏面，高泉一度想縱身一躍。

那是一種致命的吸引力，但高泉沒有被它給誘惑，他隨即收身，轉頭望向旁邊的泰絲，「那麼泰絲，都來到這裡了……」

盯著泰絲咖啡色的眼眸，高泉嘆了口氣。他原本不想說出口的，但是情理上和安全上，他都必須對泰絲提出質疑：「妳差不多該對我們說了，妳還隱瞞了什麼？」

「咦。」

高泉的話瞬間讓泰絲僵立，而多瑪聞言也茫然地眨眨眼。被兩人這麼注目，泰絲難過地垂下腦袋，終於讓多瑪也察覺事有蹊蹺。

「唔？隱瞞？泰絲隱瞞了什麼……？」

沉默蔓延開來，多瑪緊張地左右張望兩人，似乎只有自己沒進入狀況。高泉的視線持續聚焦在泰絲身上，數秒後才淡漠地解釋：「在聽泰絲講故事時，我就有股很奇怪的感覺，她對水晶龍的事特別輕描淡寫，甚至……她根本不該活著回來才對。」

「哈——！？等一下啦高泉！你到底在講什麼啊！？」

多瑪困惑地追問高泉，反而讓泰絲的臉色越來越蒼白。

「……泰絲說，在她昏迷之際，她看見水晶龍朝她張口，等她醒來時，已經躺在礦坑外的小河邊。」高泉停頓片刻，挑眉問道：「這合理嗎？難道是龍帶走她的？」

「這麼說來……是有些奇怪？」

多瑪想像，礦坑的入口處隨時都有巡邏兵佇紮，如果真是水晶龍把泰絲叼著走出來，那還不鬧大事才怪。一想到此，多瑪狐疑地將目光轉向泰絲。雖然多瑪不認為泰絲想加害自己，但她有所隱瞞，確實是有可能的。

「我……」

即使身處密閉的礦坑中，冷風還是不自然地從懸崖下湧出，高泉與多瑪都沉默地等她說話，但時間一分一秒過去了，泰絲還是沒有開口，直到刺骨的寒風將她頭髮掀起，她才終於抬起頭。

一直以來，泰絲都用瀏海遮住右邊眼睛，高泉原本以為這是她害羞的表現，但如今看來，泰絲的右眼雖然很不明顯、但跟左眼色澤完全不同。那看上去更偏向米黃色，就好像某人的眼睛被錯置在泰絲臉上般，有股微妙的不自然感。

「對不起……我確實說謊了。」

「泰絲……妳的眼睛……」

「嗯。」泰絲將瀏海撥回原位，數秒後她苦澀地微微一笑，笑容甚是悲傷：「這顆眼睛……是迪恩的。」

在她說出這句話的同時，被她塵封的記憶漸漸湧入腦海。

那天——泰絲遇見了水晶龍，並且葬身於龍口之中。

「嗚……啊……」

說是葬身其實也不太對，她幾乎支離破碎，右眼也被胃酸腐蝕掉了，但她仍然活著、活在慢慢被消化的地獄裡。

周遭悶熱而窒息，泰絲卻漸漸感受不到疼痛，取而代之的是一股失落感。她很遺憾、遺憾自己苟延殘喘這麼多年，卻仍然救不了迪恩。

「嗚……」泰絲僅存的左眼留下血淚，她低聲啜泣著，等待死亡剝奪自己。然而當意識慢慢被抽離身體之際，泰絲卻隱約聽到了聲音，是如同划水般的詭異音色。

啪答！啪答！啪答！

那聲音由遠而近，泰絲逐漸能聽明白，那是許多人一起鼓掌的躁動。就好像觀眾們在歡呼著某人的華麗登場般，一道幼嫩的嗓音緊隨而來。

「嘻嘻！小姊姊好狼狽呢！」

對方的聲音和言詞都讓泰絲為之一愣，她依稀覺得，自己曾經在哪聽過類似的語氣。或許是很久以前……不，是非常久以前，泰絲曾與她擦肩而過也說不定。

泰絲咬著唇，試圖辨識來人的身分，然而她的傷勢卻不容許她挪動半分。

「妳是……誰？」

「啊、啊——與其說是小姊姊，不如說是小姊姊肉塊呢！真搞笑！」

那人自顧自說著，聽見泰絲的問題也只是停頓一下，便用笑聲回應：「唔嗯？人家是誰一點也不重要哦！倒是小姊姊大概只剩一分鐘可活……唔，算上頭頂兩支角的福相，三分鐘吧！」

「……」不用那聲音提醒，泰絲也知道自己大限已至。她不再有力氣說話，甚至開始覺得對方的聒噪也只是幻聽罷了。

眼見泰絲沒有回答，那人失望地鼓起小嘴，「已經死了嗎？唔——還想著要跟小姊姊做個交易呢！」

「交易……？」聽見這句話，泰絲勉強擠出微弱的嗓音。

「是的，交易。」

在又腥又臭的胃酸海洋中、在絕望的地獄深處，泰絲睜開了僅存的左眼。周遭的黑暗是如此沉寂、卻又讓人心跳加速。泰絲清楚看見了，一雙如漩渦般的紅色眼睛，正在暗處散放光芒。

該如何去形容那雙眼睛呢？她的瞳孔一圈又一圈，向著內部不斷收縮，彷彿要將全世界都吞入其中般。只是與她對望，泰絲就快要發瘋了。

「泰絲・羊啼——我呀，可以實現妳一個願望。」

暗處的紅瞳如此說著，勾起她玩味而惡劣的眼角。

聽泰絲講到這，高泉與多瑪背脊發涼。無論泰絲先前有沒有欺騙他們，此刻已經不重要了。他們可以確信，泰絲現在講的絕對是真話！

因為這種令人不敢置信的遭遇，編成謊話實在太過可笑。高泉可以明顯感受到腰包在顫動，彷彿他也在害怕。

「腰包……」高泉喊了他一聲，腰包卻沒有回應。他開始覺得不安，畢竟沒人知道泰絲在水晶龍體內遇到的那個——究竟是什麼？

「泰絲……所以妳向她許願了嗎？」

「嗯。」面對詢問自己的高泉，泰絲歉疚地點了點頭。

「我、我希望她拯救迪恩，但是她拒絕了。」回想起那人的戲言，泰絲咬緊下唇沉痛地說：「她說，未來數個月內我會遇到兩個人……只有那兩個人能幫我完成心願……前提是我必須帶他們來到這裡。」

「咦？什、什麼呀……」

「兩個人……？難道是指我……還有多瑪？」

「我想是的……」泰絲閉上眼睛，繼續回憶。

當時，泰絲的四肢都在不斷滲血、內臟也持續翻攪著。在瀕死的恍惚之間，泰絲同意了交易。

她永遠記得，當下對方發出既開朗又令人毛骨悚然的笑聲。那笑聲一度讓泰絲窒息，但沒等泰絲完全失去意識，那人便捧起了她滿目瘡痍的臉蛋。

「讓遊戲開始吧！」那人興奮地說著：「如果奇蹟能發生，一定會很有趣呢！」

「什麼……？」泰絲茫然地眨眨眼，隨即渾身一震，「嗚！？啊——啊啊啊！」

沒給泰絲多餘的心理準備，強烈的劇痛感突然從全身上下襲來。那是五臟六腑都被割開般的疼痛，泰絲曾以為自己很會忍耐，但那些「以為」如今都像兒戲一樣可笑。在狂亂的渦流裡，泰絲只能勉強聽著她越來越遠的笑聲。

「記得哦！這可不是一場夢呢！」

全身血液在泰絲體內狂亂奔流著，將她之前所受的傷硬生生縫補。灼熱的感覺從腳底一路蔓延至心臟，泰絲只能崩潰地尖叫，來面對肉體上永無止境的拷問。在她即將失去意識的最後關頭，泰絲聽見了對方的臨別之語。

「如果妳忘記了……」

「呀……嗚啊啊啊啊啊——」

「就看看自己的右眼吧！嘻嘻！」

那人留下這句話後，隨即銷聲匿跡。

然後，泰絲終於昏了過去，她不知道時間過了多久，一天嗎？二天？還是更長更長？泰絲只明白，當她再次睜開眼睛時，迎接她的只有潺潺溪水，以及外頭世界的清新空氣。

泰絲倒臥在一條小河邊，浸溼衣服的河水與乾渴的喉嚨都很真實，讓她再次有了活著的感覺。泰絲掙扎著爬起身，用顫抖的掌心舀水。卻在此時，她看見了自己新的右眼。

雖然記憶有些模糊，但她還是能清楚辨識出這支眼睛的主人：「啊啊……啊？」

泰絲姊姊！在泰絲的腦海中，這支眼睛的原有者，正用燦爛的笑容迎接自己。

「嗚啊……啊啊啊……啊啊啊啊！」

泰絲不敢置信地抱頭哀鳴，好似當年歷經羔羊之歌的孩子。那是她弟弟迪恩的眼珠！迪恩米黃色、總是帶笑的漂亮眼珠！就像殘酷地要泰絲認清現實般，她的右眼被烙入了惡魔的印記，以親人器官要求履約的印記。

「迪恩……」

至此——泰絲終於明白了。與自己進行交易的並不是神明，而是猖狂的惡魔。

如果，自己不引領那兩位命運之人去到礦坑，下一次送來的會不會就是迪恩的腦袋呢？泰絲嘴巴上雖然說要殺死水晶龍、要讓迪恩獲得解脫，但是身為至親……

她何嘗不想獲得一個更好的結局呢？

「事到如今……我也不能求你們原諒，但是還是……對不起。」

泰絲深深地向高泉與多瑪鞠躬。高泉能明白、多瑪也能明白，泰絲隱瞞一切的原因，不外乎就是害怕他們拒絕委託。畢竟，龍腹中的不明妖邪能夠預知兩人的到來，而且還要泰絲誘惑他們自投羅網。

要是換作常人……一定都會拒絕請求吧。高泉與多瑪面對著未知的恐怖，雙雙感到毛骨悚然。

他們同時想到了這個字詞，但他們誰也沒有對泰絲生氣。

「不是不能理解……」多瑪說出了高泉的內心話。是啊……換作是他，就不會想救自己的弟弟嗎？高泉腦海中浮現萊恩的身影，或許他也錯過了拯救弟弟的時機。

「高泉？」多瑪看著高泉，似乎想尋求他的意見，「你是不是還知道什麼？」

「……」高泉沒有回應，只是用他冷冽的黃瞳凝視深淵。

在來到這裡以前，腰包就曾向高泉說「他聞到了惡魔的氣味」，而如今看來，所有事都串聯起來了。

那不自然的引誘，還有惡魔的存在都說得通。只是高泉唯獨想不明白，為何惡魔要誘惑自己來到此地？還在思索著答案，高泉就聽腰包顫抖出聲。

「泉哥……」腰包的嗓音顯得激動不已，「這果然……果然是陷阱啊！你知道這代表什麼嗎？那傢伙能預知未來、能救活泰絲、甚至他只把我們當成玩笑看待！」

「腰包，冷靜一點……」高泉皺眉試圖安撫腰包。

「那傢伙——是貨真價實的『原罪魔王』啊！」

咚。

腰包話才剛說完，平靜的顫動便從地上傳來。三人反射性抬頭，就見遠處閃爍起飄渺的藍光。

腰包的嗓音立即煞止，他似乎在感受著，而他的感覺也直接傳達給高泉。那是恐懼，從腰包首次聞到惡魔的氣息後，他的態度就沒像以前那麼輕鬆。

為此，高泉不禁想像，惡魔真的是那麼可怕的東西嗎？在很多的神話裡，高泉都曾聽過惡魔的蹤跡，然而如今實際遇上了，他卻沒有半點真實感。

說到底啊……

人類與惡魔……是可以放在同一個天秤上衡量的嗎？

咚！又一次顫動，這次藍光照亮了直線的遠方，彷彿一顆蒼藍太陽從地平線上升起。岩壁被割裂的聲響不絕於耳，在那陣詭異音色當中，泰絲取下槌子，向著高泉與多瑪點了點頭。

就像大難臨頭之前的信號，熱血同時湧現在所有人體內，讓他們能夠面對任何挑戰。腰包的感知能力正將來者的體型不斷放大、放大、再放大。

最終，高泉要抬起頭，才能仰望那逐漸顯露的角。

人與惡魔是能夠抗衡的嗎？高泉始終沒想出答案。

嗚——呼——哈啊——嘎啊啊啊啊啊——

因為這聲瘋狂的咆嘯，終結了高泉的思緒。

如同人的哀鳴、卻又似獸、似怪。高泉等人被聲音嚇得僵立原處，烈風將他們的頭髮打亂成線、也牽扯著他們的肌膚與汗毛。

從峽谷的另一端，一支湛藍色巨爪從五層樓的高度攀爬而出，就像牆角的窺探者般，牠緩緩露出了自己冒煙的巨首。

水晶龍。

從牠現身以後，時間就彷彿凝滯了。要說人類是否能與惡魔抗衡，高泉並沒有得到一個答案，但是——要人類對抗這麼巨大的怪物，似乎就真的是強人所難了。

凝視著眼前的龐然巨物，高泉啞口無言。水晶龍的黃瞳吞噬黑暗，猶如夜空中的太陽。牠爆燃的視線正緊盯三人，灼燒了他們心中的恐懼感。

水晶龍的身軀看起來像是龍，卻長著人的手臂，畸形的晶體遍佈全身，彷彿拷問般壓垮著牠的身形。

「高泉……」多瑪邊向後退，邊看著水晶龍噴吐白煙。長久以來，多瑪與老虎共處，深知野生動物的習性。而水晶龍如今的動作，就是瞄準獵物準備起跳的猛獸。

「高泉！」多瑪又喊了一次，高泉這才終於回神——

「小心——」看著蹲低身子的龍，高泉向眾人吼叫！

「咆嗚——」

只是一瞬間，水晶龍從對岸暴起，然後跳過了半公里的距離。高泉不可置信地目睹一切發生。只見對方比馬車還要大的爪子重重砸來，高泉卻沒能反應、而他身旁的多瑪也束手無策——

「嗚！」就只有泰絲用槌子接下這擊，使地面瞬間崩裂！

砰轟！風壓割開了三人的肌膚，山崖也在同時四分五裂。如同孩子在摧毀積木那般，水晶龍的力量無人能敵，但泰絲卻在如此強大的攻擊下死撐著，讓受到保護的高泉與多瑪擔心不已。

「泰絲！」

「咳、咳嗯……」

強大的力道就算是泰絲也承受不住，她緊咬的嘴角滲出血來，只能顫抖地漸漸被爪子壓下。然而，在這種情況下，泰絲卻苦笑著望向兩人。

「請、請兩位不要再管我了……是我騙了你們……我只求你們，救救他吧！」泰絲的嗓音氣若游絲、隨時都能與世界斷絕。

聽到這句話，高泉與多瑪猶豫了。與她相識的兩天記憶迅速濃縮，在他們腦中重複撥放。

那是略過欺瞞進而顯現的回憶。泰絲遲鈍又害羞的個性、泰絲說故事時悲傷的表情、泰絲與他們的共同邁進。還有很多很多，都讓高泉與多瑪相信——泰絲是伙伴！

「開、開什麼玩笑啊！」高泉立即拔刀，用鋼繩纏繞住水晶龍的手指，並使勁全力拉動！

「唔喔喔——」他的全力扯動了水晶龍，但依然無法讓泰絲脫身。

「泉小哥！？」

泰絲驚呼出聲，但沒給她驚訝的時間，長鞭咻咻兩聲擊向水晶龍雙眼。水晶龍暴然大吼，施加的力道也因此放緩。高泉抓準這唯一的機會，配合泰絲的力氣，將水晶龍的手鬆開許多！

「多瑪——」高泉大吼著，就見多瑪靈巧的身姿衝入龍爪下，將泰絲帶出水晶構成的魔爪。

泰絲見著這一幕，更不知該如何是好了，「多瑪……我……」

「沒有什麼妳不妳的！」多瑪厲聲阻斷了泰絲想要說的話。

在水晶龍的低吼聲中，多瑪緩緩站起身來，眼中充滿了決心，「妳是委託人，而且也是我們的朋友！沒理由會棄妳於不顧吧！」說話同時，多瑪頑強地勾起嘴角。

看著多瑪的笑容，高泉腦中忽然閃現那座潔白的棺材。

在派克斯，也有個女孩欺騙了他們；在派克斯，那個騙了他們的女孩，最終卻犧牲生命，拯救了他們。

「我說過了……」

高泉猛力一推，退出水晶龍的爪邊，「這次結局會不一樣！」

又一次，高泉與多瑪同進同退。看著他們的背影，泰絲的眼眶逐漸模糊。

她抽泣著爬起身，雖然對高泉與多瑪非常歉疚，但現在更多的想法是：她想與這兩位伙伴一起並肩作戰，不是為了迪恩、也不是為了自己，而是為了與他們共同邁進。

「迪、迪恩——」

泰絲閉上眼睛放聲大喊，聲音裡參雜著諸多情感。她一直都覺得自己錯了、覺得自己沒救到弟弟、覺得自己放手了——但這股壓力她也已經扛了十多年，足夠了吧？真的已經足夠了吧！

「我——我不會再對惡魔言聽計從了！我決定——決定要殺死你！迪恩——」

拉起帶有尖牙的巨槌，泰絲對著水晶龍伸來的爪子猛力砸下！

砰轟！

強烈的衝擊吹翻周遭碎石，也讓水晶龍堅硬的甲殼上出現細微裂痕，卻沒能造成更多傷害！

「……？」擋住泰絲的攻擊，水晶龍為之一愣。牠停下了出爪的動作，沉重的腦袋也隨之歪斜。

「……泰絲……姊姊……？」

高泉與多瑪訝異地瞪大眼睛，望著開口的水晶龍。

「什麼？」在接觸水晶龍以前，高泉甚至有想過「這僅僅是泰絲的幻想」是泰絲期望怪物有著弟弟的身分。然而如今真的聽到水晶龍講話了，高泉反而有種被潑冷水的感覺。

這傢伙真的是迪恩嗎？那麼……

還沒想完，高泉就察覺地面正在晃動。

「怎麼了！？」高泉愕然發現腳邊的裂痕正逐漸擴大——

「泉哥！地質密度已經……糟糕！懸崖要崩潰了！快跑——」

耳聞腰包提醒，高泉才想起水晶龍先前的攻擊，還有裂痕的來源。他瞬間寒毛直豎，並朝天空猛力擲刀！但一切都來不及了，當三人注意力都集中在水晶龍身上時，懸崖被龍的重量給壓毀。

砰——土石轟然崩塌，使站在上頭的他們落入深淵！

「呀！？」

「咦咦——」

「多瑪！泰絲！」眾人的叫喊被風聲給蓋過。高泉伸手想抓住兩名女孩，卻有塊巨石忽然墜下，將他們硬生生分開。

高泉最後看見多瑪驚慌的神情，隨即下墜。

「混帳！」高泉怒吼出聲，奮力想用繩索勾住什麼，卻都徒勞無功。他著急地想尋找伙伴與落腳點，但落下的石頭越來越多，導致他根本沒辦法辨識方位。

深淵下的潮氣再次衝擊顏面，讓高泉漸漸抵抗不住睡意。

好睏……？

高泉茫然地感受著，就像在邀請高泉邁向死亡般，莫名的疲勞感蔓延四肢。高泉雖然想抗拒那股奇特的力量，但他還是慢慢閉上了眼。有一瞬間，高泉聽見女人的嗓音在呼喚自己。

然後……高泉便失去動力地向下墜去、墜去、墜去。

最終——他來到了那個女人的領域。在那裡，目光一直停留在書本上的她，正望向三人所掉下來的方位。

撲通！耳聞清脆的落水聲，女人靜靜地闔上書本。

「……歡迎你，蒼藍奇蹟，這是你的第二次到訪。」

第七章「深淵之底」

有生就有死，一切宛如循環般永無止境。

曾經有個男人，他渴望更多的生命，所以他迎娶了永生的鳳凰神，並創立起東方的大國。起初他威風無比，很快就稱霸東方所有國家，卻在長久的時光中，他漸漸迷失了方向。

無聊。

他不會死，卻得看著所愛之人一個個在眼前死去、也得見證各種悲傷的離別。

無聊、痛苦、煩悶。在負面情感的包圍下，他最終選擇向鳳凰神的妹妹求救。

妹妹看著男人痛苦的臉龐，深深地表露同情心。她認為永生是一種罪惡，任何生命都不該拒絕死亡。於是，她親手賜予男人死亡的恩惠，並且從他幸福的表情中獲得解答。

人生在世尋求的終是一死，何不早早獲得救贖呢？這般思緒讓她踏上旅途，也讓她所到之處只剩下死亡與荒蕪。久而久之，人們開始如此謠傳——

有一個絕美的女人，她騎著枯瘦的灰馬四處遊歷，不要直視她的眼睛，因為從中你所能見到的，只是睿智之窗的一小部分。然而這一小部分，就足以讓你付出慘痛代價。

她是死亡、是睿智、是大水，她是災厄的象徵——「恆亡神」潭淵　幽玄。

……

好冷。

最初，是一種包覆住身體的冰冷感受，隨即這種感覺被窒息感給取代。高泉在痛苦中甦醒過來，他掙扎著扭動四肢，並且不斷向上划水，直到脫離水面為止。

「噗哈！」衝出水面，高泉在四散的水花中大口喘息，久違的氧氣因此而湧入鼻腔，卻帶有一絲沉悶的錯覺。高泉的腦袋一片混亂，只有拼命摸索，才能將沉在水中的腰包給卸下。

「腰包！」水流從腰包中傾瀉，高泉漸漸能聽到他微弱的答覆聲。

「咳……咳咳！我、我沒事……泉哥……」

「沒事就好……嘖！該死……好痛啊……」

高泉咬著牙按壓腹部，下墜的力道撞在水上，使得他有些內傷。他吃力地環顧周遭，是一片伸手不見五指的景色。當他抬起頭時，更是連摔下來的懸崖都看不見了。

好深！這裡究竟是多下層的地方？一想起先前墜落的畫面，高泉忍不住顫慄。

時值冬日，水中的低溫正不斷侵襲著高泉，令他兩排牙齒上下哆嗦。然而在此等艱困的環境下，高泉卻首先想到了自己的伙伴，於是他趕忙追問：「她們呢！？」

「泉哥……」

腰包遲疑了一會，畢竟高泉不僅受傷還泡在冷水中，他本想勸高泉先安置自己再說，但感覺他意志堅定，腰包也不多說廢話了，「我馬上找，等我一下。」

「好……快點吧。」高泉仰頭吐息，將身體的疼痛感忍耐下來，感受腰包正專注於探測上，高泉也仔細觀察周遭。

此處是沒有任何波瀾的死水，高泉猜測應該是地底湖之類的領域，他接著踏了踏腳，腳掌碰不到水底，證明水深已足夠淹死成人。

「……」

想起兩位女孩下墜時的模樣，一股不安感湧入高泉心頭。

他曾經擁有許多牽絆，包括宮廷裡認識的人、包括軍中的兩位摯友、也包括這趟尋光旅途的伙伴。但到了此時，他卻發現自己仍然是孤單一人。他握緊拳頭，忍不住放聲大喊。

「……有誰在嗎！？多瑪！泰絲！妳們在哪裡——」

高泉的吼聲在洞窟裡陣陣迴盪，卻得不到任何人的回應。冷酷的寒意包裹著高泉，而腰包的結論更把他推入谷底。

「泉哥……別喊了，周遭沒有任何生命跡象。」

「可惡！怎麼會……」

「啊！不、不過嘛——前方約二十公尺處，有個類似小島的淺灘！我們先上去再想辦法吧？」不想讓高泉太難過，腰包盡量保持樂觀，並且在高泉腦中連動方位。

高泉雖然心裡著急，但他也明白腰包是對的，於是他二話不說，立刻朝小島方位擲出刀刃。感受刀尖刺入泥土地當中，高泉便拉緊繩索，一點一點向小島位置游過去。

然而，每當高泉前進一小段距離，他的身體就會被凍得發疼。很冷，真的比高泉想像中還要難受，他咬緊牙關，即使視線已經模糊，他也依然繼續向前游。

「我討厭冬天！」

記憶裡，多瑪的愁容清晰可見。她總是邊搓揉著小手，邊向高泉如此抱怨。突然想起她怕冷的模樣，高泉勾起無奈的笑容。現在的他感同身受。

還思索著，高泉就發現自己來到了岸邊。他狼狽地爬上島，並試圖擰乾被水沾溼的衣物，卻在此時，高泉忽然發現此處根本不是一座島，僅僅是個可容納數人的小平台而已。

「……？」高泉為此感到困惑，但他還是挺起身子，向著黑暗中眺望。

放眼望去，所見的深淵裡什麼也沒有，彷彿置身於汪洋大海的正中央。有一瞬間，高泉以為自己來到了異世界，畢竟在來此以前，他未曾見過這般沉寂的景色。

好孤獨。

多瑪驕縱的責罵、泰絲遲鈍的語氣、希莉卡的無言吐槽，那些東西都離高泉好遠好遠。

「……」思念著旅途中遇到的人，高泉好想和他們說說話，以彌補此刻的孤寂。

「……泉哥，還有我在啊。」

彷彿是感受到高泉心中的寂寞，腰包忽然這麼說了句。聽到這句話，高泉笑著拍了拍腰包。

是啊，或許正因為認識了太多人，才會越來越害怕失去吧？以前只有自己與腰包時，可沒有這樣的困擾呢。

「……人類這種東西，還真是意外脆弱啊。」

高泉仰頭苦笑，卻慢慢地振作起來。似乎在勉勵這樣的他，遠處一道亮光映入高泉眼中。高泉愣了愣，赫然發現那道光芒他曾經見過！

「多瑪！」高泉喊出聲，因為那正是多瑪紫羅蘭色的耳環光！為了讓多瑪注意到自己，高泉又跳起來再喊一次：「多瑪──泰絲──是妳們嗎！？」

「！」這一次，對方聽到了高泉的叫喚，光芒也隨之左右搖曳、彷彿在尋找聲源。但是沒過多久後，光芒的主人開始感到不耐煩，取而代之的是一聲高泉再熟悉不過的嬌罵。

「唔——你在哪裡啦！？笨蛋笨蛋！——快出來！這裡很冷耶！笨——蛋！」

那是既暴躁、蠻橫、又一點也不可愛的嗓音。但是為什麼呢？高泉竟然覺得非常懷念。一幕又一幕共同冒險的記憶湧上心頭，高泉再次察覺自己並不是一個人。

「那傢伙笨蛋也罵太多次了吧……」

經歷了那麼長的旅途、認識了那麼多的人，卻沒有什麼比多瑪・席烏巴安然無恙更令高泉開心的事。高泉釋懷地勾起嘴角，但隨即又想起另一名重要的伙伴，於是高泉再次吶喊。

「多瑪——妳還好嗎！？泰絲呢？泰絲有沒有在妳那邊？」

喊完後，高泉靜靜等待多瑪答覆。時間明明只過了三秒，卻彷彿數日般漫長。

「泰絲也在這裡哦——我們在一座小島上！你要過來找我們嗎？」

聽到多瑪說泰絲也沒事，高泉終於真正放下心來。但是島……？高泉斜眼看向自己所在之處，沒想到這種淺灘還不止一個。該說是幸運嗎？不，應該說……從那麼高的地方摔下來，卻三個人都還活著本身就是一種奇蹟。

想到這裡，高泉輕嘆口氣。

奇蹟……還真是諷刺的字。

從前有一個被稱作「蒼藍奇蹟」的男人，最終卻沒有成功喚醒奇蹟。而他就是高泉的父親，死於神之棋盤當中。有時候高泉不禁去想像，自己的運氣也會有用完的一天，就如同父親那般。

甩了甩頭，高泉決定先著手眼前的事。

「我這就游過去！」

高泉大喊著，小跑步就要縱身入水，卻在此時腰包的嗓音再次傳來，還多了一絲困惑：「等等！

泉哥！先別跳，這裡有些奇怪。」

「哇！？」高泉聞言猛然煞止，「嚇死我了！腰包！又哪裡奇怪了！？」

「抱歉，就是啊，我剛剛根據兩位姑娘的位置，朝反方向探測出去，結果發現那裡也有座島，距離和大小都跟這裡一樣。」

腰包停頓了下，彷彿在等高泉消化自己的意思，隨後他繼續說：「簡直像刻意修築的……在這種毫無人跡的地底深處。」

「……刻意修築的？怎麼可能。」

高泉蹲下身來輕撫地面，的確有部分泥土的觸感，不過在這之下是更為堅硬的材質。為此高泉困惑不已，在這種如何回去都不知道的鬼地方，竟然有人刻意去蓋什麼平台？

還思考著，高泉就見水面泛起螢光，是如繁星般透亮的純白色光點，「什……」

噗咻——

沉寂的水面忽然炸起水花，令高泉嚇了一跳。

隨即，光線構成的階梯緩慢浮現於水上，並且綻放出光彩。階梯不止一個，而是數百數千交織而成、化為懸浮於半空的步道。它們整齊地向外延展，漸漸在島與島之間拉成長線，最終連接至某處。

一角為天、二角為地、三角為人、四角為禽、五角為獸、六角為鬼。一幅巨大的六芒星圖，藉由小島和步道繪製而成，而在星陣正中央，則是一座看起來格外莊嚴的島嶼。

高泉在此之前一直沒有發現那座島，彷彿那座島是隨陣列而出現那般。

「這是……」

注視眼前壯觀的景象，高泉一時間說不出話來。過了片刻，是腰包恍然大悟地喊出聲：「這是神壇！泉哥……這是六角星神壇！」

「六角星神壇？那是什麼？」

「唔……以前，在天界曾以星等來區分神格……而六角星並不是真正的神靈，只是某種元素精靈化作的『信仰神』……呃，白話一點就是土地神之類的低階精靈。」

聽了腰包的解釋，高泉滿臉不解，「六角星是最低階的？那最高階又是什麼？」

「這個嘛……神格最高位者降臨時，其星星為不可視得的一角，有點難理解吧？」

「確、確實難理解。」一角要怎麼畫成星星？高泉百思不得其解。但是聽腰包講得那麼認真，高泉也不好吐槽，於是只好苦笑，「腰包，不是我在說，你懂得可真多耶。」

「啊！沒、沒有啦……只是略有耳聞唄……對了，泰絲姑娘說礦山裡有位名稱不詳的神靈，我想就是指這座山的山神了。」

想起泰絲所言，腰包肯定地說。

對於神話的領域，高泉實在搞不太懂，所以他也不多做評論。高泉試著踏了踏光之步道，發現有別於它飄渺的外型，竟然還算挺牢固的。如此一來高泉也不再猶豫了，他順理成章走上步道，迎向那漸行漸近的耳環光，是多瑪與泰絲走了過來。

「多瑪！泰絲！」

「高泉！」

多瑪小跑步來到高泉身旁，望著高泉說道：「笨蛋！我還擔心你摔死了……！」

說完後，多瑪自己覺得害羞，越講越小聲：「啊……只、只有一點點擔心哦？」

見多瑪還是這麼不坦率，高泉微微一笑。隨後，高泉的目光落到了慢慢走來的泰絲身上。泰絲回望高泉，也向他揮揮手。

「泉小哥……沒事真是太好了呢……」

看著歸來的兩名伙伴，高泉開心地說不上話。多瑪依然是傲氣凌人的模樣，而泰絲雖然頭上包著繃帶，但看起來也很有精神。

高泉又看了看她們，突然注意到兩人衣服都很乾淨，讓高泉不禁好奇，「呃？奇怪……妳們難道沒有掉進水裡面嗎？」

「嗯？」高泉的話語讓兩位女孩同時眨眨眼，隨即她們就注意到高泉如落水狗般的慘況。

「噗！」多瑪在第一時間爆笑出聲：「哈哈！高泉你是怎樣啊！水煮海帶哦？」

「水煮海帶……」聽多瑪這麼說，泰絲也試著想像一下，的確現在高泉頭髮塌塌地蓋著臉，頗有海帶的風格。一想到這裡，泰絲也忍不住笑出聲來：「嘻……泉小哥海帶的模樣也很帥氣，不要太灰心哦。」

「……妳們的反應很讓人火大喔。」

原來據多瑪所言，她們下墜時剛好趴在一塊落石上，而那塊石頭也恰巧掉到其中一座平台邊。多瑪在石頭沉入水面以前，將撞到頭的泰絲一起帶上平台，才沒有造成雙雙溺水的窘境。

高泉這麼一聽，真的覺得自己倒楣透了，不但落水還獨自在那孤單寂寞覺得冷。

「……唉，好啦好啦，沒事就好，不過泰絲……妳的頭還好吧？這裡很高耶。」

高泉抬起頭，看了眼沒有盡頭的天頂，再看看泰絲頭上簡陋的繃帶。先別說輕盈的多瑪，泰絲是直接撞到頭，居然沒把腦漿爆出來，簡直難以置信。

多瑪也看了眼嬌羞的泰絲，用看怪物般的神情說：「……就是啊，你知道我當時有多驚嚇嗎？」

多瑪回想起當時的情形……泰絲一頭撞上岩石，幾乎要將石頭都撞裂了，然而卻在下一秒，泰絲從多瑪的驚呼聲中爬起，滿身是血但臉上仍掛著笑容，甚至她還關心多瑪，以為多瑪尖叫是哪裡受傷了。

泰絲邊聽多瑪描述，邊羞怯地手指點著手指，「那、那個……我的腦袋好像還挺硬的呢，嘿嘿……」

「嘿什麼啊……」多瑪無奈地扶額，真是為難她了。

聽著兩人有趣的敘述，高泉只是默默笑著。從他親眼見到兩人平安無事後，他心中一直懸浮的大石頭才終於落定。於是，高泉正經地開口：「謝謝妳們還活著。」

多瑪與泰絲愣了愣，隨即多瑪開心地捶了高泉一下：「嗯！」

泰絲也溫柔地微微一笑，三人同時望向腳下的光階，是多瑪率先發問：「不過嘛……這是啥大陣仗啊？」

多瑪邊說，邊望向中央最大座的島嶼。所有光之階都連接到那裡，使得那裡格外耀眼。高泉與泰絲也同樣看著，三人最後有所結論：既然無法回到懸崖上，也無法找到水晶龍，那就只好去了。

他們各自整理好裝備，便朝著中央島嶼方向進發。

一路上，高泉簡單轉述腰包所說的「人造祭壇、六芒星神」等等話題，讓多瑪與泰絲聽得一愣一愣。

泰絲仔細想了許久，一邊喃喃自語：「土地神……祭品……」

「唔——搞不明白。」多瑪緊皺眉頭，將現有的線索簡單整理：「總之，有個神祕的女孩弄了祭品儀式，但泰絲讓儀式失敗了……接著水晶龍那傢伙就出現了？」

「嗯……然後現在看來這座山真的有神靈存在，就不知跟水晶龍有啥關係。」
「我想……水晶龍或許是孩子們與山神合成的。」
泰絲突然接話，令高泉與多瑪訝異無比。畢竟泰絲的假設，反而讓迪恩的處境變得離奇恐怖。
泰絲見兩人都關心自己，也苦笑著歪了歪腦袋，「沒關係，任何可能性都必須要考慮……我能夠承受的。」
「……嗯。」聽泰絲這麼說，高泉認真地點了點頭。但是泰絲的假設，卻讓高泉背脊發涼，「妳的意思是……某人將山神還有祭品的孩子們加以融合，製造出水晶龍這種怪物嗎？」
「嗚嗯……這、這只是我的猜測……我一直覺得『牠』不只是『迪恩』而已……」
三人陷入沉默，路上沒再多說話。當他們來到中央島嶼時，才發現此處是座像小山般的岩體，而在山腳下是一棟小小的祠堂。
祠堂的出現，讓腰包的推測變得確切無誤。這裡是人工建造的，或許在幾百年前、亦或是幾千年前，歷經時光的風霜。
眾人你看看我、我看看你，紛紛往祠堂走去。卻在此時，腰包的警訊突然衝擊了高泉的思緒！
「什麼！？」高泉立即攔住兩名女孩，感受腰包正不斷解析、並且將他感應到的事物向上提升層級。
六角、五角、四角、三角、兩角——終於，那東西成為了不可視得的一角星！
「泉哥——不要往祠堂那邊看——」腰包大吼出聲。
然而，他的提醒終究是晚了一步。

不只是高泉，就連多瑪與泰絲都往祠堂方向看過去。在那裡，突兀的擺著一張圓桌，圓桌旁則放著燭台與搖椅，這一幕景象出現在深淵中，顯得格外孤寂怪異。

「書……齋？」高泉訝異地說著。正如他所言，那是一座小小的書齋，僅有堆疊而成的書本，與一支燭台的照明，然而那確實是個書齋，且書齋之中也有讀書人。

嘶……嘶……

蠟油靜靜地從燭台上滑落，燭光將椅子上的人影清晰顯現出來。

那是個苗條的女人，靜止時猶如一張水彩畫，然而她卻是活物，且她正用自己枯井般陰鬱的眼神回望眾人。如果，那個女人真的是一幅畫，她也絕對是高泉見過最美的一幅。

那個女人的美，遠遠超出了世俗標準。她有著白皙如紙般的肌膚，在那上頭是相對烏黑的秀麗短髮。女人身穿一件似喪服卻又像婚紗的奇異服裝，服裝上的一針一線都完美襯托出她流線的身形。當她眨眼時，她如沼澤般的綠色眼眸毫無生氣可言，正可謂嚴酷冰山。

高泉在看她的第一眼時就已經明白了，為何神會有一角星之稱。

因為……所謂的至高神靈，就如同一角星那般不可視得、不可分析、亦然也不可能猜測。人類的知識無法畫出僅有一角的星星，眼前的女人正是超出人類知識範疇的存在。

高泉發現自己無法抽離目光，四肢也僵硬地動彈不得。

「泉哥！不要看！」

高泉的視線終究被深淵吞噬了，而他腦中也立即響起破碎的聲音。那些聲音穿插猶如雜訊，卻又像有人在耳邊低語。世界彷彿靜止了，高泉只能看見她、也只能聽見那些隻字片語，一開始高泉還聽不明白，但久而久之——高泉開始沉溺其中。

「死亡是……」
「悠久的旅行。」
「甘美的夏夜。」
「即使活再久也沒有意義。」
「看著我。」
「徒勞無功。」
「大可卸下生存的重擔。」
「擁抱我。」
「現在……去死。」
她的聲音非常悅耳，悅耳到高泉不禁失神。更多溫柔的話語如雨水般包覆著高泉，讓高泉彷彿置身於漩渦中。漸漸的，高泉的肉體隨渦流而扭曲變形，最終從世界上消失。
那是一種奇怪的感覺，好像現實與自己無關般，讓高泉感到無比輕鬆。
就這樣……消失……或許也是不錯的選擇吧。
又一次，高泉被無邊的睡意給吞沒，然而與上次不同的是，這次腰包的嗓音叫醒了他：「泉哥！醒醒！不然會死的——」
「唔……？唔哇啊啊啊啊！？」
腰包的叫喚令高泉驚醒，才發現自己正將刀架在頸子上，險些就要朝頸動脈劃了下去。那個女人的存在誘惑人們走向死亡，她為世人帶來知識、卻也帶來悲痛與離別。
高泉眼見多瑪與泰絲也一臉迷離，連忙將她們拉得向後退，「妳們不要看她！」
「咦！？」
「呼嗯！？」

被高泉叫醒的兩位女孩渾身一震，雙雙被冷汗浸溼了衣服。而高泉也沒有好到哪裡去，他感覺自己的心跳劇烈，幾乎就要衝破胸膛。

高泉大口喘息著，以眼角餘光偷瞄深淵之主，發現對方並無動作後，才斗膽地發問：「妳……不，您是山神嗎？」

女子沒有回應，只是默默地翻閱書本。死亡的靜寂圍繞著彼此，高泉在這般沉寂中聽到腰包的細語聲：「不對……」他講得極細微，如同在隱藏自己，「她是……」

「我有很多名字。」

終於，搶在腰包說完前，女子闔上了書本。她的視線緩緩掠過三人，又令他們渾身一顫。

「旅行者、玄武神、睿智神、恆亡神，更有人叫我騎著灰馬的噩耗，但很可惜……小女子我並不是此地之主，更不是公子所謂的山神。」

「那麼……妳，是誰？」

為高泉的問題，女子微微側過腦袋，令她一絲髮尾滲入唇間。她用空洞的目光凝視水面，水中映著死亡的陰鬱。

「我是潭淵幽玄，是『死亡』這個概念的本身。」

「咦咦——潭淵幽玄！？」

多瑪忽然驚叫出聲，令高泉與泰絲不明所以地看她。見兩人是這種反應，多瑪誇張地比手畫腳，「真的假的？你們沒聽說過嗎？有一個女人騎著灰馬，傳授世人知識的同時也帶來災厄——這是老爹告訴我的，他說自己曾親眼見過那傢伙！那傢伙就是死亡的化身！」

「是的，虎血姑娘，很高興見到妳……妳與妳父親有著相似之處。」幽玄面無表情地說著，視線越過震驚的多瑪，再望向另外兩人，「還有蒼藍奇蹟與羊兒亦同。」

「……『蒼藍奇蹟』應該是我父親的稱號才對，這麼說來……妳認識我們嗎？」

「我認識你們所有人。」

簡單的一句話，瞬間讓在場三人毛骨悚然。幽玄的目光如同睿智之窗，彷彿只要透徹其中，就能明白世上所有的道理。

知識、大水還有死亡，潭淵幽玄這名神祇掌握的就是以上三者，當高泉等人首次踏入礦坑時，便已經落入睿智神的視線中。

然而對她來說——觀察只是興趣，她並沒有對三人抱持敵意，更沒有幫助他們的意思。直至此時，三人來到她的面前，幽玄認為這也是因果律中有趣的一部分。

「……試問，卿等能遇見小女子我，是緣分嗎？還是有人從中穿針引線了呢？」

「……？」高泉不解地凝視幽玄，幽玄雖然也回望著他，卻沒有先前那種吞噬生命的恐怖感。取而代之，幽玄的瞳孔中挾帶著回憶，她想起了過往所遇見的畫面。

曾經，有三個英雄來找過幽玄，並且得到了扭轉戰局的力量。他們分別是前任救贖之城城主亞當、黃金暴虎的多特，還有蒼藍奇蹟的高穹。而此時此刻，那三個人換成了眼前的三位年輕人。

為此，幽玄微微勾起嘴角，綻放出戲謔而曖昧的笑。

「啊……多麼巧妙的安排。」

渴望拯救弟弟的羊角姑娘。

思念父親下落的虎血少女。

以及探求光明的蒼藍奇蹟。

他們一定都不明白，自己的願望竟然是如此相近。這一切的一切，都是由那名惡魔精心串聯起來，猶如未經彩排卻完美的戲劇。幽玄覺得很有趣，或許如今告訴他們真相，也是劇裡的一部分……

但是——結局會如何，就連她與惡魔都還不知道呢。

「卿等心中各有疑慮……而這些問題，或許能透過我來解答。」

「咦？」高泉等人訝異地同時出聲，不明白幽玄的言下之意。

幽玄輕輕擺弄纖細的指尖，剎時圓桌旁的書本齊聲攤平。書頁一張一張自動撕下，並且在三人面前交織變形，化為三張牢固的椅子。

幽玄面無表情地望著眾人說道：「小女子的眼睛是『睿智之窗』……若卿等勇於凝視我，便能從中得到解答。」

「等等！為什麼突然……」

幽玄沒有理會高泉的質問，她僅是留下三張無人的空座位，以作為對高泉等人的邀約。高泉看著那些椅子，喃喃自語道：「問題的解答嗎……」

是的，高泉有很多問題想要獲得答案，而多瑪與泰絲亦同。

他們各自嚥下唾沫，紛紛對探求睿知感到不安。

但是……

高泉望向多瑪與泰絲，她們也肯定地朝他點了點頭。雖然仍對幽玄的話感到半信半疑，而且剛剛只是看她一眼就險些自盡，但高泉還是率先坐上椅子，然後是泰絲，最後才是猶豫的多瑪。

在這地底幾千尺的深淵中，不同的三人有了共同的信念。

「勇氣可嘉。」

幽玄如沼澤般的瞳孔微微泛起光芒，當高泉等人凝視她時，他們看見身歷其境的過往片段。在那之中，高泉看見救贖之城、看見萊恩與多特……還有某個女人。

那個女人有著一頭淡紫色的長髮，雖然不及幽玄的美，但她也著實是國家指標性的美人。注視著這樣的她，高泉不敢置信地張嘴，並且喃喃說道：「瑪麗叔母？」

「是的……瑪麗・日輪，救贖之城的皇后，她就是招致一切的元兇。」

「妳說什麼！？」

高泉震驚地站起身，他以為自己碰倒了椅子，但他身後什麼也沒有。在高泉眼前的，只有令他懷念的景色。

陽光如絲線般灑落城牆，將白城的一磚一瓦都照得特別耀眼。鳥鳴聲嘰嘰喳喳地響著，偶爾還能聽到拍打翅膀的聲音。最令高泉訝異的是，陽光的溫度竟然直接滲入肌膚中，使寒冷的他暖活起來。一切的感覺都是如此真實，高泉甚至懷疑城市毀滅只是一場夢。

沒錯，高泉記得這裡，這裡就是他兒時所待過的救贖之城！

「高泉……這裡是……」

多瑪的聲音從身後傳來，高泉回首望去，就見多瑪與泰絲也在那裡。她們同樣訝異地環顧周遭，尤其是年紀較小的多瑪，因為這是她第一次這麼有印象地直視太陽。

高泉心裡有股激動的情緒，他緩慢向前踏出步伐，走在高聳而潔白的城牆上。

「泉兒。」

熟悉的叫喚聲令高泉心頭一驚，他望向聲源，赫然發現那個美麗又溫柔的女子正看著自己。高泉訝異地迎上前，卻有一道小小的身影先越過他，進而奔向那名女子。

高泉等人定睛一看，是泰絲第一個驚呼出聲：「咦咦！那孩子……長得好像泉小哥！」

「啊……」高泉傻笑著勾起嘴角，「那是我……沒錯……」

在他眼前的，是自己年幼的身姿、與自幼喪母的他唯一視作母親的女人——瑪麗・日輪，受萬民寵愛的玫瑰皇后。在高泉的記憶中，瑪麗皇后是歡樂的體現，她有著一張令人仰慕的笑臉。

「而她，就是『第八原罪』的歡愉——也是招致毀滅的竊光惡魔。」

幽玄靜靜地闡述真相，將高泉記憶裡封存的美好，全數剝削殆盡。

第八章「睿智之窗」

救贖之城的前任國主——亞當・日輪年輕時也曾是一名冒險者，他告別了名為皇宮的舒適圈，逕自踏上傳奇般的世界巡迴之旅。

在那趟旅途中，他先認識了大丹的高穹、再認識了喀爾登的多特，甚至他還拯救了一名被惡魔挾持的少女，並與他們出生入死同進同退。

當旅途來到尾聲時，亞當成功在各國間寫下許多神話，也成為人們口中津津樂道的太陽王，將聯邦推往最繁華的時代。他的伙伴高穹與多特接任將軍職位，至於那名少女——就是後來廣為人知的玫瑰皇后了。

由於是平民出生，皇后從來沒有貴族的架子，反而以開朗的笑容深得人心，受到萬民景仰。見證這樣的他，亞當未曾想過自己選錯了人。他總是認為……皇后的笑容足以感化世界，使延綿的紛爭就此止歇，甚至他還為了摯愛的皇后，將聯邦貨幣改為她的名字。

瑪麗。

那是一個多麼好聽的名字啊。

猶如寶石般優雅、卻也像烈火般盛放，瑪麗就是這樣的玫瑰花。當所有人都被她華美的外觀、神祕的內在給吸引時，卻不會發現自己手上已經多了幾道帶刺的傷痕。

唯獨那潺潺湧動的鮮血告誡著眾人——銀白的救贖之城，將會隨著遍地盛開的紅花，進而葬送於黑暗中。

——直到她滿足為止。

「高泉。」

「…………」

「高泉！！」

「哇啊？」緊貼耳畔的呼喚讓高泉回過神來，他側眼望向身旁凝視著自己的少女目光。多瑪雙手抱膝蹲在一旁，表情就如往常那樣凌厲，只是背景換成了一片朝陽畢露的景色，還是讓高泉有些不習慣。

陽光暖洋洋地包覆住高泉，一度使他鬆懈不已。兩人就這麼互望彼此，卻誰也沒先說什麼。來到救贖之城的幻境已有半小時之久，高泉仍然沒有習慣陽光的直射，或許多瑪也是，她頻頻以小手遮掩太陽，終於是捏了捏高泉的臉頰關心道：「你還好嗎？在發什麼呆啦，笨蛋。」

「唔……」高泉臉皮被掐成麵糰狀，有點吃疼地苦笑，「我沒事啦，只是……」

面對幽玄對瑪麗的指控，高泉的心情著實複雜。他不斷去思索這其中的可能性與真實性，但是越去想、他就越覺得每個人都藏有什麼祕密，不禁就沮喪起來，「不過……除了發呆好像也不能做什麼呢？」

高泉無奈地聳聳肩，隨即往身旁的花叢一揮手，手指竟然直接穿越過去。

當高泉等人來到此處後，接連做了許多嘗試，他們最終也有所結論——這裡並不是現實，而是類似歷史的回放。他們無法干涉其中的一花一草，也無法自由選擇想看的地方。

雖說如此，但真正令高泉洩氣的是——幽玄無視了他們的呼喚，而且腰包在這個空間中也不知去向。高泉摸了摸腰包，裡頭空無一物，就只是普通的布囊罷了。

「……」

少了腰包的協助，高泉總覺得很不自在。他想起腰包似乎也認識幽玄神，便慎重思索幽玄的用意。究竟她為什麼要給自己看這些呢？高泉心中有著最壞的解答。

狂暴之火點燃了高泉的記憶，在他眼前出現的是一具又一具的死屍，他們交織堆疊著，使鮮血染紅整座街道。高泉親眼目睹怪物將人們生吞活剝，兒時玩伴一個接著一個被撕裂，只有他躲在馬車下逃過一劫。

沒錯……那即是救贖之城毀滅那天。幽玄想讓他們看的，很可能就是那一天。

高泉搖了搖頭，「唔……多瑪，泰絲人呢？」

轉過神來，高泉突然發現泰絲不在這裡。多瑪見狀嘆了口氣，似乎在怪罪高泉的心不在焉，「泰絲在監視皇后啦……還不是因為你聽到幽玄的話就自己跑掉了？」

「……抱歉。」高泉苦笑著搔了搔臉。果然，他不想去相信幽玄的話。在他的印象中，皇后總是愉快地笑著，從來不會讓人看到她氣餒的模樣。她很親切、開朗甚至還有些孩子氣，明明貴為皇后，她卻會跟宮廷的孩子們一起玩耍。

高泉也是受她照顧的其中一人，每當高泉待在皇后身旁時，就能彌補自己沒有母親的孤獨感。

但是……

高泉站起身來，望向眼前璀璨的皇宮。沒有理由再逃避了，多特之所以會殺死國王，一定有他的理由。或許當初多特不告訴高泉，就是希望他自己找出解答吧！

「走吧！放泰絲一個人也不好，還是先回皇宮吧？」

「嗯！」多瑪向高泉欣然一笑，「對了高泉……那個皇后，是你重要的人嗎？」

聽多瑪這麼問，高泉也明白對方察覺了自己的芥蒂，於是他也不再隱瞞，向多瑪坦言：「……該怎麼說呢？如果多特是我養父，那瑪麗叔母就像是我的養母吧。」

「……這樣喔？那就別苦著一張臉嘛，本小姐甚至連媽媽的記憶都沒有呢！」

「是嗎……」

看著多瑪的笑容，高泉五味雜陳地走上紅毯。白城位於聯邦中央，可以說是各方文化的交流地。西方梵亞斯最強大的魔法、東方大丹帝國最厲害的武術、南方薩爾巴德最先進的機械，甚至北方喀爾登最奇特的猛獸，在這裡都有機會見識幾分。

一路上，各種奇珍異寶讓多瑪眼睛發亮。她不斷追問高泉那些是什麼，而高泉也不厭其煩地為她講解，直到兩人看見泰絲的身影。

遠遠望過去，泰絲笨拙地躲在梁柱後方，正偷看著花園中的某人。於是高泉躡手躡腳接近，並拍了拍她的肩膀。

「泰絲——」

轟！高泉側臉瞬間被割出一道血口子。

「咦。」高泉愣了愣，就見泰絲瑟瑟發抖的模樣——

「咿——對、對不起！對不起對不起！我……我只是負責跟監的羊兒！」泰絲邊喊著對不起，邊閉著眼胡亂揮拳。她的每一擊都被高泉躲開，卻在空氣中轟出爆炸巨響。

「哇！？等、等一下啊泰絲！是我啊！」這類型的「是我是我」詐騙已經騙不到人了，眼見泰絲完全沒停下來的意思，高泉連忙出聲補充：「這裡既然是歷史的回放，就不會有人發現妳啦——」

「咦咦……」聽高泉這麼說，泰絲總算鎮定下來，「這、這麼說來，也是呢……」

「……」

高泉與多瑪看著她，又過數秒後，泰絲恍然大悟地驚呼：「也是呢！」

似乎直至此時，她的腦袋才終於開始運轉。看著羞怯不已的她，高泉本想說些什麼，卻突然發現身旁的多瑪停下動作，並且愣愣地直視前方。

「多瑪？」高泉順著她的目光往花園看去，瞬間凝滯當場。在那裡，有著高泉與多瑪再熟悉不過的身影。那是個年約三十歲的壯漢，他有著一頭銳利金髮，火紅的眼睛裡滿懷傲氣。

他是多特‧席烏巴——十五年前的多特‧席烏巴！

「啊……」

高泉為此感到懷念莫名。畢竟，就像穿越時空般，這是一種激動的心情。多瑪更是如此，她小時候被送往北方，幾乎沒有與父親相處的記憶。或許是第一次，她記起父親年輕時的模樣。

「欸……高泉……我跟老爹長的像嗎？」

「啊……？像吧……？暴力的部分……」

見伙伴們胡言亂語的呆傻模樣，泰絲歪著腦袋笑言：「唔嗯！果、果然是多瑪小姐的父親呢……我就覺得很相似！」

說完後，泰絲向兩人解釋自己看到的，「是叫多特先生吧？我在觀察皇后的時候他剛好從北方出征回來……唔唔……好像是從什麼隆……德克……的地方？」

「隆德克？隆德克……等一下……隆德克荒原！？」

高泉突然驚呼，泰絲聽到後興奮地彈起食指：「嗯嗯嗯！好、好像就是從那裡回來的唷！……咦？我說錯什麼了嗎？」

泰絲立刻發現，高泉與多瑪的臉色變得非常蒼白。

「高泉，隆德克難道是……老爹擊退異民族的……」

「嗯……就是那天。」高泉點了點頭。在他因幽玄的話離開皇宮時，他看見的是自己五歲時的情景。而多特從隆德克回來的時候……應該是他七歲，也就是救贖之城毀滅那天！

沒想到短短幾分鐘的離去，時間竟已推進兩年，令他感到措手不及。

外界曾經傳言──「黃金暴虎」多特在隆德克戰役中功績非凡，然而回到救贖之城後，卻沒有得到國王相應的評價。有人推測這就是多特謀反的原因，但高泉與多瑪始終不以為然。

畢竟在他們的認知中，多特對於功名財富是能夠一笑置之的。

「報！」

高泉等人還沒從震驚中平反，騎著獅鳩的傳令兵忽然從天而降，在花園中心颳起一陣旋風。他手裡拿著令書，恭敬地對多特行禮，「多特將軍！國王請您召集城內部隊，並於半小時內前往大練兵場！」

多瑪與泰絲好奇地打量獅鳩，只有高泉將視線放在傳令書上。

他認得，那是王印的國書。

「嗯？」一直沒說話的多特困惑地嘀咕著，挑眉的神情與多瑪有幾分相似。他先是揭開國書詳閱，接著就望向身旁正與自己聊天的女性。那女人豔紫色的長髮垂掛胸前，看起來格外端莊典雅。

「唉，妳家國王怎麼啦？我才剛回城呢，還真是饒了我吧。」多特聳了聳肩。

「嗯……誰知道呢？」女子俏皮地歪歪頭，與其說她是皇后，倒不如說像是童心未泯的少女。瑪麗皇后噘起嘴唇，向著多特笑言：「搞不好他吃醋你沒先去找他？」

「……妳別把自己的老公講得像個基佬似的。」

「嘻嘻……妾身可是很開放的唷？」皇后瞇起眼睛，笑容彷彿能融化人心。她接著朝多特點點頭，示意他應該要先去處理正事。多特倒也不推辭，一甩披風就準備離去。

「瑪麗啊。」

卻在臨行前，多特突然停下腳步。他沉默了好一陣子，這才勾起嘴角，「我們大家一起旅行，不知不覺已是十多年前的事了，沒想到在這之間高穹卻先掛啦……」

講到此，多特垂下腦袋，眼神中充滿遺憾，「啊——沒事啦，我只是想說，妳和亞當要長命百歲啊。」

「多特也是，如果你不見了，妾身絕對會很傷心的。」

皇后誠懇而大方的表現，讓多特微微一笑。凝視著多特離去的背影，皇后她許久沒移開目光。

高泉等人也一直看著，從這段對話中，他們感受到深厚的友誼。

聯邦四位英雄，或許也經歷了只有他們才知道的牽絆與回憶吧。

還這麼想著，場景突然轉變了。就像舞台劇的背景被人抽換般，高泉等人瞬間來到了下一個地方。那是個類似廣場的空地，而豎立其中的是一排又一排銀白色的盔甲。

高泉馬上認出來，這是聯邦的練兵場，但他從未見過有這麼多士兵聚集於此。

「嗚哇……」

「頭、頭好痛……」

突如其來的場景轉換，讓高泉等人感到噁心。高泉皺著眉頭低吟：「……似乎幽玄只讓我們看重要的片段啊……」

正如他所言，此刻銜接著上一幕，多特已經來到練兵場等待國王發落。他站在數千白銀列隊的最前方，看起來意氣風發、神采飛揚。

「這些人……都是老爹的士兵嗎……？」多瑪睜大眼睛環顧眼前的場景，雖然她曾聽許多人說過父親是個偉大的將軍，但等她親眼見證以後，還是覺得非常震撼。

畢竟，被認定為賊寇的多瑪，始終都沒想過自己會與聯邦軍站在一塊。注視父親威嚴的背影，一股榮譽感慢慢浮現於多瑪的嘴角上。

「果然……老爹酷斃了！」

即使有數千名士兵在場，現場依然寂靜無聲。沒有人在竊竊私語，只是全神貫注地凝視前方。白銀盔甲代表著紀律，只要穿上它們，就是偉大白城的一員。而白城的首領，也就是世代守護「煌之刻」的日輪王，此刻正緩緩地從高台上走出。

「各位。」

亞當・日輪銀白色的髮絲藏在王冠下，他本該威嚴的面容卻顯得有些憔悴。

看著台上的他，多特不禁皺起眉頭。這次多特提早回國，有一部分是因為某個傳聞。

高泉當時也聽說過——國王病了。不知從何時開始，國王變得心不在焉，面容也逐漸消瘦。有人傳說，國王在進行一項研究，但具體內容是什麼，卻沒人知曉。

多特與台上的亞當對望著，直到他繼續說：「感謝你們能來，如各位所見，我時日不多了。」

「什麼……」多特訝異地眨眨眼，有股奇怪的感覺，但又說不上來。在他的記憶裡亞當不曾說過喪氣話，更沒有此刻軟弱的模樣。

他默默凝視著亞當，從他的瞳孔中，多特看見了一絲妖異。

「亞……當？」

多特眼睜睜看著他從懷裡取出某樣東西，接著令人毛骨悚然的事情發生了。亞當將那東西按到臉上，所有人漸漸能看清，那是一張帶有詭異笑容的鐵面具。從面具陰森的嘴角中，傳出似笑非笑的嗓音：「嗯……修正一下我說的話。」

亞當抬頭看向在場所有人，接著向他們張開雙臂，「是包括我在內的各位，都時日不多了。」

轟！話音剛落，強烈的光熱從天而降，直接在廣場上炸出一個大洞！

「什麼！？」

震盪波迎面而來，狂風將多特吹得差點站不穩。那是一道直達天際的火柱，彷彿要將天空與地面一同吞噬般，發出震耳欲聾的爆破聲響。

熱浪緊隨而來，轉眼間熔解士兵們的銀白盔甲。慘烈的哀號聲不絕於耳，不只是高泉等人，就連多特也驚訝地呆在當場。他親眼目睹部下們相繼融化，直到此時他才終於回神，向著亞當咆嘯！

「亞當——你他媽的——到底在搞什麼啊！？」

多特暴然撲身，在半空中化型為猛虎，朝著亞當全力衝去！然而亞當卻不躲也不閃，只是一言不發地拔出配劍。

咻——噹！

巨斧與日輪聖劍相交擊，製造出不亞於方才光砲的巨響。亞當透過面具眼縫凝視多特，聲音逐漸變得尖銳妖邪：「呵——不過是個將軍，還真敢砍我啊？欺君犯上、死路一條。」

「混帳！你——」

多特猛力抽開斧刃，卻在此時亞當一揚手，天上的太陽光再次轟炸地表。這次光芒砸在了救贖之城的光導儀上，藉由光導儀的傳力，高熱朝著王城下方噴散，不只是宮殿，就連大街上也燃成一片火海！

「——創世之光（Ray of Genesis）。」

「啊……」多特震驚地見證一切毀滅，身子也不由自主發起抖來，他扭過頭，紅眸中傳來了無與倫比的殺氣，「你——究竟是誰？」

咚咚。

高泉感覺自己的心跳加速。多特的這句台詞他似曾相識，因為在三年前，他也對自己的義兄弟說過——

「你究竟是誰？」

多特與高泉，都察覺了昔日友人的巨變。

「哈哈……多特，你還記得尼德霍格嗎？」

斧刃如星火般砸下，全盛時期的多特強到令人畏懼。然而亞當雖然一副重病的模樣，卻還是能擋下多特的全部攻勢。

「……」多特沒有回應亞當的問題，但是……尼德霍格？尼德霍格？多特慢慢對這個名詞有了記憶，當他想起來時，訝異地向後抽身，「……等等！尼德霍格，是我們從睿智神那裡得知的兵器！」

「你還記得啊？那真是太好了，省得我還要費心解釋。」

「不對。」

多特搖了搖頭，神情中帶有一絲茫然，「不對！不對不對不對！亞當不知道這個東西啊！當時從睿智之窗內看見尼德霍格的——應該只有我和她才對！」

記憶的潮水瞬間淹沒多特，過去為了扭轉與惡魔之間的戰局，他們四人拜訪了深淵的睿智。而「神之棋盤」正是高穹與亞當所見的魔法，至於多特與她，則看見了一個永遠不該存在於世上的兵器。

那就是吞噬世界之龍——毀滅一切的尼德霍格。

在多特的印象中，只要尼德霍格完成了，世上就沒有任何東西能阻止牠。牠會以冰晶的氣息凍結萬物，將世界推往一個死寂的紀元。

所以——牠不應該存在於世。

所以——他與她才保守了祕密。

「亞當……不知道才對。」多特喃喃自語著，隨即不可置信地抬起頭，望向那不再一樣的友人，「瑪麗？」

沒錯，當時與自己看見尼德霍格的，應該是那個人才對。

應該是瑪麗・日輪——玫瑰皇后才對！

「……嘻……嘻嘻嘻………………」最初，只是一道沉悶的嬉笑聲，隨後從面具底下散發出來的，是既高亢又尖銳的雜音。那聲音複雜而空洞，挾帶著粗獷、童稚、嬌媚與老邁等各種音色。就像許多人一起大笑那般，令多瑪與泰絲恐懼地摀住耳朵。

「呀哈哈哈——哈哈哈——嘻嘻嘻——」戴著面具的亞當，在多特眼前以不自然的姿態扭動著。無邊的黑色魔力像藤蔓一樣在地上流竄，最終群聚於亞當周圍。

「這是……」

高泉錯愕地瞪著亞當，從亞當身上，高泉看見了萊恩當時的模樣。沒錯，這東西與附著在萊恩身上的，絕對是同一種事物。那是既邪惡又瘋狂的東西、讓人無法直視的東西——

原罪魔王。

察覺到這一點的瞬間，多特只覺得無比悲傷。那個女人，那個愛笑的女人……

「為什麼……」

與伙伴相處的記憶一一湧入腦海。已經死去的高穹、最初便結伴的亞當，還有那個一度讓自己傾心的女孩。他們四人是經歷了多少次的冒險，才有了白城今日的輝煌？

「為什麼啊。」

多特完全想不明白。

「告訴我吧，瑪麗……」

他只能沮喪地垂下頭，不願面對眼前的故人。白銀的巨塔在多特身後瓦解，也潰敗於他的心中。四處傳來模糊的慘叫聲，多特卻不予理會，內心深處毫無起伏。

「……嘻嘻！多特應該能明白吧？」

亞當停止發笑，欣賞著漸漸著火的皇宮。他不再掩飾瑪麗的語氣，整體散發出怪異的反差感，「要製造尼德霍格，總共有兩種方法，其一是剝離神核、再與十四名純真孩童的靈魂做結合，耗費七年製成；其二則是以偉大魔術師的血肉與數千屍塊混組，現地製作。」

亞當說著說著，依序將比出去的兩支手指扳回，他凝視著多特，聲音中挾帶著一絲笑意：「我呢，選擇其二。」

話音方落，廣場上突然浮現血紅的魔法陣，其範圍之巨大多特前所未見。法陣像有生命般，糾結纏繞著士兵的血肉，最終連結至亞當的軀體上。

以偉大魔術師亞當・日輪的命脈、還有那數千名士兵的犧牲，瑪麗決定在救贖之城內，製造出「吞噬世界之龍」。

「我不是問這個。」

多特捏緊了拳頭，連看也沒有看身後的魔術陣。他的身軀微微顫抖，低垂下來的腦袋也發出咬牙吱嘎聲：「我是問妳為什麼……他媽的！背叛我！背叛亞當！背叛了這裡所有人——！」

黃金暴虎的狂嘯響徹天際，以他背後焚毀的皇宮、與無數士兵慘烈的屍骸為背景，宣洩出他悲慟的情緒。

理由已經無所謂了！怎樣都好了！唯獨瑪麗的所作所為，是絕對不能原諒的！

多特雖然心裡明白，但他還是希望瑪麗能講出一個答案。

或許是難言之隱！或許是情非得已！她才會做出這種——

「啊，那是因為很有趣啊。」

從亞當嘴中吐出來的回答，令多特的心跳凍結了。

多特茫然地看著亞當，只見他以皇后習慣的動作解釋著：「真的很有趣呢！起初只是佔據了人類女性的身軀——然後一天一天腐化著夫君的心智，他也曾察覺過不對勁，並用自己的意志抗衡我，但是但是！那個嘛！男人終究敵不過女人是吧？我和你們一起去見了睿智神，得知了更有趣的玩具——所以，我才背叛魔族幫你們贏下了『神之棋盤』哦。」

「……閉嘴。」

「啊！那個啊！如果真要說有什麼遺憾的話，就是跟三位帥哥一起旅行，卻非得要選一個嫁吧！

別人是怎麼稱這個的？好像是……好像是逆後宮嗎！？嘻嘻——」

「閉嘴啊啊啊啊——」

與多特長期相識的多瑪與高泉，是第一次見到多特如此憤怒。黃金暴虎的斧頭燃上兇炎，地面也噴湧出岩漿的長河。多特二話不說朝亞當猛斬過去，他的每一刀都代表著一次回憶。

從最初與亞當相識、然後是高穹、最後是惡魔之巢內的瑪麗。

噹！噹噹噹！

即使多特揮出了十斧、二十斧，也未能結束一切。他很想斬斷自己的依戀，但他與這些伙伴的回憶就是這麼多。當中有好的，也有壞的，直到此時卻要他放下所有一切，並同時與兩位曾經的伙伴兵刃相向，那是多痛苦的感覺呢？

「瑪麗喔喔喔喔喔——」

暴虎的咆哮聲不再只有殺意，而是流露出無盡的傷感。為什麼還不倒下？為什麼不讓我快點解脫？多特祈求自己能從夢中獲得解放。

從這場絕望的惡夢中。

「老爹……加油啊……」

看著父親如此痛苦的神情，多瑪也難過地握拳加油，然而他們都知道，結局是怎樣的——

「啊。」在最後一次交鋒中，亞當的劍被擊開了，他隨即攤開雙臂，迎接巨斧朝胸口斬落。

砰轟！那一下的力道劃開了空間，也劃開了亞當虛弱的身體。

時間彷彿停止了，包括高泉一行人在內，所有人都目睹亞當、目睹聯邦的國王如斷線風箏般向後飛去。亞當臉上的鐵面具掉落在地，露出了多特熟悉的那張臉。

「亞──」

「吾友啊，我也能像高穹一樣，拜託你一件事嗎？」

亞當的嗓音在多特腦中迴盪，那天的陽光彷彿再次映照於多特眼前。亞當轉過頭面向多特，並且朝他微微一笑：「如果我死了，拜託你對萊恩像高泉那樣照顧。」

「你在說什麼啊？白癡嗎你？」

「拜託了，多特，我的朋友。」

當時，多特還不明白亞當為何要說出這種話。但或許那個時候，他就已經意識到自身的變化了吧。一想到這裡，淚水緩緩湧出多特眼眶。他沉默地看著亞當倒在血泊中，再回首於數千士兵陣亡的廣場，最後，她聽見耳畔傳來代表絕望的竊笑聲。

「呀……還真的變成這樣了呢。」紅袍的玫瑰皇后來到多特身後，輕輕樓住他的身子，好似戲弄、卻也像疼惜。

「多特……你應該知道……這也在我的計畫中吧？」

「……」多特連反擊的力氣都沒有了，只是沉默地拋下斧頭。他當然明白，未讓王子繼承「煌之刻」而死去的亞當，會造就什麼、會讓世間失去什麼。

多特仰望著半空中的黃金時鐘，煌之刻的指針硬生生斷裂，並且漸漸被黑暗給撕裂成三等份。

「妳……做這些……就沒有半點愧疚……嗎？」

「呵呵……如果我是人類的話，會呀。」注視著太陽逐漸黯淡，瑪麗皇后微微勾起嘴角，卻沒有太多嘲笑的情緒，「但妾身是惡魔……代表著『快樂』的惡魔，我們只能遵從自己的慾望而活，真可惜呢。」

如此說著，她站起身子，面向黑暗中的世界。

「不過嘛……真要說的話，與你們一起冒險的日子，還是挺快樂的呢，嘻嘻。」

少了煌之刻的光輝，萬般魔物從深淵裡傾巢而出，多特就這麼跪坐在魔物大軍的穿梭間，卻沒有任何生物選擇攻擊他。或許——從那一刻開始，多特・席烏巴就已經死去了吧。

看著這樣的父親，多瑪含淚奔上前。她想要伸手扶他，卻遺憾地無法改變歷史。

「老爹……笨蛋！」

「多瑪……」

「明明拯救了世界……明明阻止了尼德霍格誕生！為什麼！為什麼要背負罵名那麼多年啊！？笨蛋笨蛋！莫名其妙……」多瑪激動地喊著，卻見多特的身影逐漸模糊，不只是多特，整座皇宮也隨之瓦解，看來救贖之城的記憶，就此來到了終點。

「老爹……不要走……等等我——」

「多瑪！夠了！」

高泉拉住掙扎的多瑪，心中卻湧出一股刺痛感。他先是看著多特，再望向逐漸走遠的瑪麗。在最後的那瞬間，他看見瑪麗朝著自己回眸一笑。那個笑容究竟意味著什麼？高泉弄不明白。他只與多瑪泰絲一起，見證世界淪入虛無中。

「多特・席烏巴，已經死了。」

眨眼瞬間，坐在搖椅上的幽玄出現在眾人眼前，細微的流水聲也再次湧現。這裡是深淵的底部，高泉等人一刻也沒離開過幽玄的視線。耳聞幽玄如此說，多瑪先是空洞地直視前方，最後是顫抖著垂下腦袋。

高泉與多瑪其實一直都有這種預感。

多特已經死了，就在他們逃離嘉德與萊恩的那天，只是誰也不願意說出來。直至此時經歷了多特的回憶，再聽到幽玄平靜的宣告，他們反而接受了。

高泉遺憾地閉上眼睛，多瑪久久不再說話，而被夾雜在其中的泰絲，也被氣氛渲染而熱淚盈眶。

「那……迪恩呢？」

「迪恩•羊啼也死了。」幽玄淡漠地再次開口，視線完全沒離開書上，就好像一點也不在乎那般，「在那之後……皇后用了另一個方法來製造尼德霍格，然而這次也失敗了……因為祭品逃離了『不可逃離』之境。」

講到這裡，幽玄終於將書本闔上。

「祭品……是指我嗎？」聽聞迪恩的死訊，兩行眼淚從泰絲臉上滾落，但她只是堅強地抹去淚珠，便鼓起勇氣再次追問：「我確實逃走了，但是不可逃離之境是？」

「叫泰絲姑娘別再問了。」腰包的嗓音突然傳入高泉腦海，很明顯挾帶著一絲不悅。那份不悅箭指幽玄，似乎在不久前，他與幽玄有過什麼摩擦。

可惜高泉還未能開口，幽玄便站起身緩緩走向泰絲。強烈的寒氣迎面而來，使泰絲不住地打顫。

「人類擁有喚醒奇蹟的本能。」

如同鬼魅那般，幽玄的身影飄忽不定，一下子在泰絲左邊、一下子又來到了泰絲後方。她以修長手指捧起泰絲的臉蛋，好似在品嘗她五官裡滲出的恐懼。

「羔羊之歌成立以後，礦山便有了結界，無人能出無人能進……然而妳的求生意志卻打破了不可能。」

「我、我做了什麼呢？為什麼迪恩沒有一起……」
「叫她別再問了！」
幽玄的嘴角淺淺上揚，幾乎沒有笑容，卻像是非常愉快，令人毛骨悚然。她無視腰包的嗓音，輕呼口氣繼續說：「羊兒跑著跑著，跨越了不可穿越之門，然而其胞弟卻未能喚醒奇蹟，反而被留在了門後。於是——名為迪恩・羊啼的孩子活生生被妳撕裂了。」
「什……麼……」一瞬間，泰絲再次感覺到掌心上黏膩的觸感。她茫然地低頭望去，就見手中真的握著小小的殘肢。
「呀啊啊啊啊——」
泰絲驚聲尖叫，雙手抱住腦袋幾近崩潰，然而幽玄卻還是不停地說下去：「他流血、痛苦、嚎叫、一邊呼喚著姊姊一邊哭泣爬行……」
「潭淵幽玄！別再說了！」腰包大吼出聲，幽玄終於鬆開自己的指尖，僅留下泰絲一人抱頭瑟縮、跪坐在地上顫抖。幽玄默默將視線轉向腰包，卻什麼也沒有說。
「泉哥，這傢伙是世界上最惡劣的神，不要被她玩弄了。」
「……看得出來。」不用腰包提醒，高泉早已站到多瑪與泰絲身前，將幽玄與她們隔開。高泉回望兩名失神的女孩，緊皺的眉頭說明自己也不好受。
「於是，性格惡劣的睿智神……妳讓我們看這些，不會只是想讓我們崩潰吧？」
「……不，只要有人來向小女子我求知，我便會予以解答。」
「包括告訴瑪麗皇后『吞噬世界之龍』的製造方法嗎？」
「公子所言甚是。」

「妳這混帳。」

從遇上幽玄的那刻起，高泉就有股奇怪的感覺，此刻他終於弄明白了，並不是所有神靈都有義務去解救蒼生，眼前的睿智神正是一個反指標。

死亡的本身自然也希望萬物能簇擁自己，所以，潭淵幽玄不管對方的用意是好是壞，都會提供自己的知識。

這就是「睿智之窗」與「死亡恩惠」的掌鑰人——潭淵幽玄她所做出的選擇。

靜下心來，高泉轉念一想，與其跟幽玄生氣，不如利用她的特性，於是他抬起頭，向幽玄追問：「這樣看來……水晶龍即是『尼德霍格』的未完成品？那麼被控制的萊恩會來到這裡……就不是巧合了吧？」

當高泉這麼問時，心中有了最壞的猜測。

「公子所言甚是。」幽玄又重複了一次，這次她勾起嘴角：「竊取煌之刻不過是第八原罪的備案，完成尼德霍格才是她原本的目的。」

她邊說著，邊緩緩飄向高泉。

「……我要怎麼阻止她？」

「只有一個方法。」

睿智的黑影雖然面無表情，卻莫名流露出惡魔的戲謔。她近距離與高泉定睛互望，烏黑的髮絲也隨風搖曳。

「也就是殺死國王，如同當年的多特·席烏巴那般。」

第九章「終結之始」

萊恩・日輪在這十五年間，記憶總是模糊不清。

那是一種極其曖昧的感受，就像從旁觀者的角度去看自己一樣，萊恩發現自己時常無法做主，每當他回過神來時，往往都已經講出了違心之言。究竟那是自己的本意嗎？還是其他什麼？萊恩難以分辨，他只知道——自己無法違抗那股奇特的力量。

或許是血濃於水、也或許是因為自身的軟弱，萊恩選擇成為言聽計從的傀儡。

就如同此時此刻，萊恩也不知道自己為何會來到此地。

水晶約束之城，這座城市的約束是向誰締結的呢？向自己嗎？萊恩看著數百人的大隊在眼前進進出出，終於是忍不住發問：「嘉德先生，請問我們現在……在做什麼？」

「……？」不同於以往的語氣，讓獨眼的軍神皺了皺眉頭。他雖然感到疑惑，卻不對王提出任何質疑，「依照您的意思，我們正設法引誘水晶龍，並準備活捉牠。」

「是、是這樣啊？」

「是這樣。」嘉德點了點頭。

「那麼……多特・席烏巴呢？」

「多特・席烏巴已經死了，早在三個月前。」

「……」萊恩陷入沉默，遲來的記憶就像一封未能寄出去的信，在此時才終於回到他的手中。

萊恩想起了多特臨死前對自己憐憫的眼神，然後是耀眼的水晶城，與民眾們不信任的目光。他都想起來了，是他挑起了大丹帝國的戰爭，讓戰士們客死異鄉，然而軍備卻未能達到預期，所以他需要錢、需要代替錢的無敵力量。

就在那時，萊恩愛戴的母后向他透露了一個祕密，那是存在於上一輩的事情。

奠定救贖之城輝煌的四位英雄，在艾星翠封印了一項毀滅性武器，瑪麗皇后稱牠為吞噬世界之龍——尼德霍格，而世人則給了牠另一個別稱，那便是艾星翠的水晶龍。

萊恩明白——只有得到牠，才握有打贏千年大丹帝國的籌碼。

所以……

「……嘉德，進度如何了？」

萊恩戴上鐵面具，語氣瞬間變得冰冷無比。嘉德看著這樣的國王，默默地向他行了個騎士禮，「先前曾派入三支部隊，卻未有一人成功引誘水晶龍出山，而兩小時前進入礦山的第四支部隊也……」

嘉德沒有繼續說下去。

「也沒有回來嗎？真是一群飯桶。」眺望包圍住水晶礦山的數百座帳篷，萊恩已經在此地布局了將近一天，可都沒有獲得相應的成效。

對外，萊恩曾向居民承諾「將替他們除掉水晶龍，並重啟礦山。」可現在時間拖久了，聯邦真正的目的將會有暴露風險。

這是萊恩最不樂見的情況。

「我要進山。」嚓！萊恩拔出了日輪聖劍，強烈的熱能瞬間湧現。嘉德見狀微微愣神，但還是在第一時間勸阻萊恩：「陛下，若您想要得手，派我與伊絲便是。」

「……不，你留下來保護母后。」

嘉德聞言，順著萊恩的目光看向不遠處。與聯邦王轎並駕齊驅的，是一架以玫瑰花與藤蔓裝飾而成的小轎子。

先皇后「紫煙玫瑰」瑪麗・日輪也隨大隊來到了水晶之城，這舉動讓嘉德百思不得其解。不知從何時開始，那位受人愛戴的皇后也變得不同於以往，她總是放任萊恩、放任他去做一些殘酷異常的行為。

不，應該說，嘉德總覺得——

國王的所作所為……其實是受到那位大人操控的。

還這麼想著，嘉德一個分神，便讓萊恩越過了自己，他本想再次勸阻，但遠方傳來了陣陣規律的號角聲，讓他們倆同時停下腳步。

咻！一道閃光以迅雷般的速度降至嘉德與萊恩身前，銀白的女騎士伊絲・席娜單膝跪地，向著眼前的兩位上司報告。

「報、報告！第四小隊的生命跡象就要脫離礦山了！還請嘉德隊長先行準備！」

嘉德聞言，看了一眼萊恩，萊恩倒也不多說什麼，只用下巴指示嘉德上前。嘉德與伊絲並肩同行，向著礦山入口處走去，一路上帳篷裡的士兵皆已動員，軍靴的踏響不絕於耳。

嘉德斜眼看身旁的伊絲，小小聲詢問：「伊絲，妳覺得情況如何？」

「……伊絲認為，還是一樣。」

「……是嗎。」

「還是一樣」這句話對嘉德來說，是相對遺憾的句子。礦山漆黑的洞口中寧靜異常，就像無人存在那般。所有人都沉默地等待著，就連國王也是，他們都希望能看見不一樣的結果，只可惜……

「來了。」嘉德平靜地開口，並且緩緩拔出了黑劍。

「全員——請就白翼方陣！」伊絲一聲令下，全體士兵依軍階排成數道防衛陣線。最前排的士兵舉起盾牌嚴正以待，他們看著礦山入口，漸漸感受到腳下的震盪。

一秒過去、然後兩秒、三秒——

「嗚吼喔喔喔喔喔喔——！！」

伴隨咆嘯，大量的水晶巨魔從礦洞中衝出，牠們劇烈的步伐造成地面撼動，也讓士兵們趕緊擺好架式。

砰！

衝擊緊隨而來，凌厲的撞擊聲響徹天際。巨魔們龐大的身軀擠壓在盾牌上，差點讓最前排的士兵被撞倒，然而，士兵們卻撐住了，因為他們唯一的任務就是防禦而已，要是這都做不好，又該怎麼面對迎擊的那個人呢？

「……收拾牠們，嘉德。」

「得令。」耳聞國王如此要求，黑影即刻化身為風，穿梭於戰場之間。它無法捉摸、無法跟上、無法超越，當巨魔們回神時，身上最軟的關節處早已被切開。意識還跟不上解體速度，巨魔們便淪為四分五裂的屍塊，三隻、五隻、十隻二十隻都如法炮製。

飛揚的鮮血猶如紅花，豎立於盛放的百花之間，嘉德默默地收刀入鞘。

咚。咚咚咚！咚咚咚咚！大量的屍塊如雨水般灑下，沾染了士兵們銀白色的盔甲。就只有嘉德‧布蘭卡一人乾淨地走出血雨，並冷聲回報：「屬下已完成任務。」

——好強！

此時此刻，所有士兵心中都只有這樣的想法。果然——聯邦軍神是沒有任何人能夠戰勝的。眼見嘉德點了點頭，士兵們便鬆開防禦陣列，而伊絲則走上前，皺著眉頭摸索屍塊。

「有了，嘉德隊長。」從血肉中，伊絲捏起一塊銀閃發亮的東西，是勳章、聯邦正規軍第四小隊的勳章。

「隊長，果然他們也……」伊絲的神情難掩悲傷。

「……」

第一次進山，出來七隻巨魔；第二次進山，出來十一隻巨魔；第三次進山，出來十五隻巨魔，而第四次進山——則整隊人馬到齊。

不用嘉德明言，所有人都能感受到——方才手刃的對象，無疑就是自己曾經的伙伴沒有錯。水晶龍似乎有讓萬物冰晶化的能力，而其中最可怕的，莫過於將生物改造成水晶魔物，足以讓世人自相殘殺。

究竟還要犧牲多少人呢？士兵們不禁在心中起了埋怨。說到底，他們根本不清楚萊恩這麼執著於水晶龍的原因。或許萊恩也是，他的眼神中充斥著困惑與疑慮。

「王啊。」從伊絲手中接過勳章，嘉德向萊恩展示，「再這樣下去不是辦法，是否指派我與伊絲副官親自前往？」

聽隊長這麼說，伊絲也毫不遲疑地向萊恩行禮。

「國王陛下！伊絲必然不負所望！」

「嗯……」

萊恩猶豫了，提在手中的日輪聖劍閃耀光芒。他本來就是個溫柔之人，不是害怕與尼德霍格一戰，而是開始擔心部隊會因此而陷入困境中。

但這個想法只存在於一念之間，還沒等萊恩想出答案，嬌媚的嗓音隨即劃破夜色：「嘻嘻！真有趣呢！」

「！」聽到這句話，全體士兵包括嘉德與伊絲都同時跪下，他們望向自由聯邦現今的最高權力者，紛紛閉上了嘴巴。

月光下，玫瑰皇后瑪麗看起來還是像十五年前那般美艷，她不知何時出現在萊恩身旁，當她視線掃過之際，眾人都感受到一股惡寒。尤其是伊絲·席娜，被白魔力所包覆的她，在此時甚至不自覺地打起哆嗦來。

「唉呀？銀閃卿——妳……身體不舒服嗎？」

「啊……不！伊、伊絲只是……請皇后赦罪！」

從以前開始，伊絲就很害怕皇后，不是敬畏，而是恐怖。對於伊絲來說，皇后就像一個深不可測的存在，比起嘉德與其他人的感受，伊絲更能體會瑪麗的本質。

「嘻嘻……無罪何以赦罪？倒是布蘭卡卿呀？」

「屬下在此。」嘉德沉聲回應。已經很久沒聽皇后直呼隊長的姓氏了，伊絲緊張地偷瞄嘉德，卻發現嘉德面不改色，只是靜靜盯著皇后瞧，絲毫沒要退縮的意思。

皇后見狀微微一笑，反而越來越喜歡嘉德了，「呀，布蘭卡卿露出這麼熱情的眼神，哀家可是會被燒傷的哦？那個那個呀——哀家只是想說，接下來交給小萊恩與我便是。」

「皇后……您要親自進山嗎？」嘉德訝異地睜大眼，只見瑪麗悄悄地在萊恩耳邊說了什麼，萊恩便點點頭，向全軍號令：「全軍，在我與母后出來前死守礦山不讓人進出！」

「陛下——」

砰！日輪聖劍敲擊地面，剎時金黃色的熱能爆發而出。那一瞬間的閃光如熱浪般襲向嘉德，嘉德卻不躲也不閃，任憑高熱在自己面前停下。

嘉德沉靜地與萊恩對視著，片刻後能量從兩人間消散，只留下冷漠的嗓音：「無須異議，布蘭卡卿。」

「……遵旨。」

王族親下的命令，讓嘉德也不得不接受。嘉德猶豫了一陣，雖然覺得國王的舉止非常奇怪，但他也不想做出反駁。他只與伊絲立於礦山前，目送皇后與萊恩走進黑暗中。

萊恩什麼也沒說，就像一具牽線的傀儡，但他在嘉德的心目中，仍然是聯邦之王不曾撼動。當皇后與萊恩消失在礦山深處時，瑟縮不語的伊絲終於開口了。

「嘉德隊長，伊絲我有時候很茫然……」

「……」嘉德沒有答話，但他大概能猜到伊絲想說什麼。長久以來的默契也告訴伊絲，隊長正在等自己把內心話說完。

「我們侍奉的……真的是所謂的『正義』嗎？」

沒有人可以回答這個問題，只有寧靜的黑暗包覆著眾人，也包覆著走入礦洞中的萊恩。

比起外頭的空曠，萊恩更喜歡礦山內的閉塞感。從以前開始，萊恩就受到周遭人們的期待，而他也總是能回應期待。

但……那些都是虛假的。

萊恩害怕與人相處，因為隨時要在意那些期待的目光，壓得他喘不過氣。他需要的只是一個肯定，只要某個人能夠肯定自己，那就足夠了，即使旁人再怎麼貶低他，他也不需要為此感到恐懼。

那個人的名字叫做高泉——對萊恩來說，他是個怎樣也無法取代的哥哥。

但諷刺的是——那個人最終也離他而去。

從那一刻起，萊恩就什麼也不剩下了。

「……」

望著走在前頭的瑪麗皇后，萊恩發現她在黑暗中通行無阻，絲毫不會受到視線遮蔽。為此萊恩好奇地歪了歪頭。自己是何時進入這座礦坑的呢？萊恩感到一陣暈眩，於是他摀著面具問道：「母后人人，我們現在要去往何方？水晶龍呢？」

「嗯？嗯——你馬上就會見到了。」瑪麗竊笑著，聲音在洞窟內陣陣迴盪。前行的路途崎嶇異常，萊恩不知道自己走了多久，只聽到瑪麗銀鈴般的嗓音，向他述說起過往：「小萊恩呀，讓哀家跟你講一個故事吧？」

瑪麗邊說著邊回望萊恩，她紫色的瞳孔在黑暗中逐漸化為血紅。

「其實——吞噬世界之龍並不是被封印於此，而是儲藏呢。」

「儲藏？」

「嗯！哀家在十五年前第一次製造牠，卻失敗了。」回想起十五年前煌之刻崩毀的瞬間，瑪麗感到一陣興奮。她紅著臉舔了舔嘴唇，向著萊恩繼續說：「那是多麼陰錯陽差的奇蹟呀！你的多特叔叔竟然在千鈞一髮之際……阻止了一切發生呢！」

沒錯，本該完成的尼德霍格，因為亞當的死而中斷了。雖說如此，世界卻也陷入無盡的黑暗中，煌之刻在亞當死亡的瞬間被撕裂成三等份，而代表光明的日輪也不再出現。

雖然這是許多惡魔都渴望的劇情，但對瑪麗來說還是尼德霍格比較有趣。

「我不是很明白……母后大人。」

「啊——多特真棒，奇蹟真棒。」

沉浸於回憶中，瑪麗一時忘了回應萊恩，她捧著雙頰陶醉地喘息，滿腦則分泌著瘋狂的喜悅感。啊——多麼遺憾！英雄多特背負了一世罵名，卻直到死前也沒人理解，真是有夠絕望的！不過——也真是美妙！

「咕嚕——」喜悅的潮水化為魔力，在暗處激發渦流。瑪麗差點就要控制不住慾望，突破名為皇后的皮囊。她的頭髮無風而飄起，如同張牙舞爪的夢魘，她的倒影在石壁上開懷笑著，笑容漸漸割開岩石。

但在下一秒，這一切便消失於虛無中。

「唉呀？我說到哪裡了——？」

「說到多特叔叔，母后大人。」

越過水晶巨魔撞開的窟窿，瑪麗與萊恩去往了更寬敞的空間。就在他們繼續往前走時，四周傳來了巨魔的咆嘯聲。萊恩默默地拔劍，瑪麗卻笑著擺擺手，「對了對了——再來說說尼德霍格吧！一定會很有趣！」

伴隨話語，巨魔的聲音瞬間消失於黑暗中。

「咦？」

一切就像未曾發生過那樣，圍繞在周遭的壓迫感也隨之舒緩。但萊恩明顯聽到牠們最後並不是在咆嘯，而是某種異樣的哀鳴。

對此，瑪麗絲毫不感到在意，只是將未完結的故事繼續說下去：「後來呀……我嘗試了第二次，明明參透了因果律，卻還是發生了奇蹟，那個奇蹟源自於一名羊族小姑娘。」

「她做了什麼？」

「她活下來了。」

「只是這樣嗎？」

「嗯！只是這樣。」

萊恩覺得腦袋昏昏沉沉的，從剛剛開始就越來越疲倦。

不對，這種感覺早在十五年前就已經產生了。萊恩並非王子、也並非國王，他總覺得自己只是恰巧生在皇宮中、恰巧父親是一國之王而已。周遭要他做的，他會去做；但他自己想做的，卻一直都沒有勇氣實行。

或許正因為這樣，他才戴上了那張笑臉面具，也得到了威信。

然而——他卻喪失了做為人類的資格。

向下沉淪、向下墮落，萊恩一直以為自己需要別人「肯定」自己，但即使真的成為受人恐懼的魔王，他卻還是感到空虛無比。他漸漸發現了，只有高泉的肯定才是有意義的，或許他不是想成為受人肯定的國王，而是僅僅想成為「那個人」罷了。

比誰都還自由、比誰都還隨興、比誰都還弱小，但卻能在關鍵時刻勇往直前。

萊恩想成為的——就只是那樣的人而已。

豎立於耀眼的光輝前，萊恩茫然地看著眼前的龐然大物。在幽邃斷層的大裂谷中，水晶龍的身姿昂首挺立，牠在暗處猶如輝煌的太陽，卻也像殺人的寒光。

瑪麗也和萊恩一同看著，水晶龍是多麼漂亮啊，牠的爪、牠的血肉中蘊含著十三名孩子的靈魂，與當地山神的神核，但即使如此牠也還不完整，因為羊角的祭品逃跑了。

「不完整、不完整、不完整……拼圖缺少一塊，遊戲就不會結束，是吧萊恩？」

「牠……還缺少了什麼？」

「你。」

尼德霍格就要完成了，但泰絲已經長大，不再適合成為祭品，而其他孩子的靈魂也不行，因為龍的體內有個男孩，他的靈魂正抗拒著他人。

所以……唯有將第一個方法與第二個方法混合，才能把拼圖做完。

瑪麗知道，取代亞當的祭品就在此處。

「為我奉獻吧，萊恩。」

瑪麗血紅色的瞳孔乍現光芒，一瞬間整座峽谷都開始震盪。豎立於劇烈搖晃的山谷中，萊恩就像失了魂般，慢慢走向水晶龍身旁。當他手指觸及龍身時，水晶龍立刻昂首振翅，發出宏亮的咆嘯聲！

「嗚啊啊啊啊——」

那聲咆嘯全艾星翠都聽見了，候鳥飛離枝頭、動物四散逃離山谷，全人類、全世界、全部的物種，都因為這聲咆嘯得知了一件事。

世界的盡頭來臨了。

砰！

水晶龍以音速衝向洞頂，直接在礦山上撞出一道大裂縫。萊恩與瑪麗就在龍身上急速上揚，當新鮮的空氣流入萊恩鼻腔時，他看見不遠處耀眼的水晶城。那座城市雖然不及救贖之城，卻漂亮地令萊恩深深懷念。

啊啊……真的好想回去啊。

好想與泉哥一起，回到那座美麗的城市……

意識從萊恩身上剝離，轉換時刻已至，瑪麗捧著昏迷的萊恩，接受水晶龍的保護來到山頂。在山頂的高原上，瑪麗攤展雙臂，迎接著從城市吹來的風。

這裡就是高潮！歷經了十五年，瑪麗精心安排的戲劇幾經波折，卻還是來到了同一個結局！

「諸神的黃昏已近！當這個世界毀滅之際，長久以來的戰爭也將告結！天界將陷入永恆的冰晶中，就像那曾經斷裂的世界之樹——嘻嘻！不過那些都隨便啦！」

竊取煌之刻的是三名惡魔，牠們各自秉持著自己想法，去完成慾望所指引的事物。而瑪麗就是一個異端，她沒有任何想完成的事，就連尼德霍格也一樣。她想得到的——

僅僅是遊戲過程中的快樂，因為她就是第八原罪、第八原罪的歡愉惡魔！

「遊戲——開始了！」

咻。

最初只是一道微小的聲音，就好像新品拆封的碎響。緊接著，撕裂大地的咆嘯聲傳遍方圓數百里，地震在所有人的腳下撼動著，猶如終結的起始。

艾星翠居民慌張地跑出戶外，卻沒人知道發生了什麼事，但他們心中，都湧現一股不安的恐懼感。

「媽媽……妳看。」

街道上，其中一名小男孩仰望天際，並揚起他天真的指尖。

順著他手指方向看過去，母親驚恐地瞪大雙眼。黑夜裡，礦山從中撕裂。在那巨縫上頭，吞噬世界之龍緩慢地現出身形——牠水晶外殼上的彩光，幾乎遮蔽了繁星庇佑。

在數千人注目下，龍王誕生於世，卻沒有人記得逃跑，僅是仰望著那道炫彩。

「是大怪獸！」男孩開心地拉了拉母親的衣角。

「呀啊啊——」隨即，崩潰的尖叫聲此起彼落，蓋過了男孩的嗓音。他的母親將他緊擁入懷，頭也不回地向後逃難。

逃難、逃難、逃難——

但是，能逃到哪去呢？失去了土生土長的故鄉，艾星翠居民還能逃去哪呢？就這麼一念之間，男孩的母親突然被撞倒在地。她護著兒子迷茫地抬頭上望，最初是黏膩的口水滴落，隨即她就見到一雙赤紅的眼睛正俯視著她。

哧！血花噴散，慘叫聲不絕於耳。

不只是一隻，數以千計的水晶巨魔紛紛傾巢而出。牠們從城內四處聳立的水晶柱中誕生，肆虐的陰影很快便將艾星翠大教院給侵占下來，人們祈禱著、人們抵抗著，卻還是被壓制於地，放入嘴中啃咬。

當巨魔啃食人類血肉時，他們的生命便也流入尼德霍格體內，使牠昂首吼出終結的歌聲。

那歌聲傳唱至萊恩雙耳中，使他感到迷惘。他先看著尼德霍格振翅飛起，再看向遠處火光四射的艾星翠。耳聞不斷響徹的爆破巨響、耳聞苦痛交織的慘叫聲——

萊恩對此深深感到迷惘。

我……究竟在做什麼呢？

雙手緊握住拳，萊恩一生隨波逐流，沒有自己的想法。他無力地倒臥著，感受生命慢慢被尼德霍格吸走。

在彌留的瞬間，萊恩最後想起的，還是那個人的微笑。

「泉哥……」

＊＊＊

「開始了。」

外頭的震撼，就連深淵都能感受的到。幽玄面無表情地仰頭，使她白皙的頸子側露而出。許久沉默後，幽玄將視線收回眼前的三人身上。

「你們確定……要去嗎？」

她所注視的三人，各自有著不同的表情，但唯一的共通點，就是他們都已經想好了答案。

泰絲靜靜地抿著嘴，向幽玄點了點頭；多瑪默而不語地捲起皮鞭，瞳孔中燃著憤怒的烈焰；而高泉只是與幽玄對望著，似乎對幽玄這位神明起了對抗心。

「我們必須阻止萊恩。」

「嗯，必須殺死他呢。」

「不。」高泉搖了搖頭，既平靜卻也讓幽玄訝異。幽玄沉默地注視著他，直到高泉微微勾起嘴角，向著幽玄說道：「妳有很多名字，睿智神、恆亡神、玄武神、更甚至是騎著灰馬的噩耗，但是——妳卻沒有一個名字，能顯示妳是全知全能的。」

「這世界上……沒有誰是真正全知全能的，高泉公子。」

「所以——妳說殺死萊恩是唯一的方法，那並不正確，因為還有可能性是妳不知道的。」

當高泉說出這句話時，幽玄將他的身影看成了別人。曾經有個與高泉外貌相似的青年，他有著同樣傲慢不遜的氣質，他看起來非常弱小，卻也強大地嚇人。

在幽玄的記憶中，那個人總是勇往直前，即使沒有人對他賦予期待，他還是不斷邁進。那個人叫做高穹，也就是終結神之棋盤、造就原罪魔王之一被消滅的傳奇英雄。

「只要妳並不是全知全能的，妳就不能斷言其中的可能性——潭淵幽玄。」當年，高穹曾指著幽玄如此說。而他的這番話，也打動了一度想放棄的亞當與多特。

「……啊啊。」

幽玄面無表情地眨眨眼睛，片刻後她終於勾起嘴角，這是她今天笑得最明顯的一次。

「有趣，奇蹟這種東西……是會遺傳的嗎？真不可思議，竟然會如此相似。」

「相似？呃，是指我……和我父親嗎？」高泉茫然地詢問幽玄。

「是的，蒼藍奇蹟……小女子我現在也能這麼稱呼你了。」

噗咻。

高泉才正想說些什麼，就見幽玄揚指畫了個圈。隨著她手指舞動，空間逐漸被撕裂出一團黑洞。從那黑洞中，碩大如龍的灰馬走了出來，牠的眼珠是混濁的灰白色，就如同死屍那般。灰馬昂首吐息，每一口都挾帶著死亡冰寒。

「就讓小女子我……送各位最後一程吧。」

幽玄手按裙襬，朝著面前的三人微微躬身。

「……這傢伙不可能這麼好心，泉哥……小心。」腰包提醒高泉，但高泉看著幽玄無情緒起伏的臉，卻莫名地感到信任。於是高泉走上前，些許謹慎地輕撫灰馬。

嘶——灰馬長鳴，以後足仰立，牠巨大的身軀每一個動作都震撼異常。多瑪與泰絲看著牠，先前那種無言的悲傷與憤怒消失殆盡，取而代之只有決戰的真實感。

「多瑪、泰絲。」高泉轉過頭來，面向兩名女孩。看著她們疑惑的神情，高泉在片刻後深深地一鞠躬。這個動作代表著歉意、也代表著期望，高泉是有史以來第一次對伙伴們請求。

「雖然事到如今講這些有點奇怪……但是請妳們千萬別死。」

那是一句很沉重的期許。高泉並沒有要多瑪與泰絲逃離戰場，因為他知道這兩個人都有必須了斷的理由，所以高泉能做的，僅僅是祈禱她們平安而已。

看著這樣低聲下氣的高泉，多瑪一時間忘記了殺父之仇、泰絲也對拯救弟弟這件感到悵然若失。

「哈——」最後，是多瑪先搔搔臉頰做出答覆：「說得也是呢……同歸於盡、魚死網破……本小姐剛剛竟然在想這些無聊的事。」

這麼說著，多瑪搥了高泉一下。

「如果我死了……就沒人能照顧你這笨蛋了吧？那看來本小姐還身負重任呢。」

「多瑪……」

「我、我也不會死的……請泉小哥放心。」泰絲靦腆地手指點著手指，面頰也跟著紅潤起來。

「突、突然被這麼請求，其實有些害羞呢……不過……很高興唷！在遇見你們兩位以前，我滿腦子都是迪恩的事，更甚至……我還希望當年死的人是我。」

泰絲沉默了一陣子，當她抬頭時，藏在瀏海下的雙眼閃耀出一抹光芒。那是背負迪恩繼續走下去的希望之光。

「或許……嗯嗯！或許我已經找到了活著的理由！」

三人相視一笑，那是一種很奇妙的感覺。明明誰也不能保證——在明天過後自己會活下來，但他們都不感到害怕了。

高泉以肩車方式將兩名女孩送上灰馬，自己也跟著跳上碩大的馬匹，當他看向幽玄時，眼中有了不一樣的意志。

「我們走了。」

「……」幽玄微微頷首。告別的時候到了，從這一刻開始，他們將踏入命運的分歧。如果問幽玄還能做什麼，也就只是默默地觀劇罷了。

「在此之前，羊角姑娘。」

「咦咦？我、我嗎？」

「很多時候，救贖的形式不侷限一種……還請牢記，並且三思。」

沒等泰絲理解自己的話，幽玄又將目光放往看向自己的多瑪，「虎血姑娘……不要憂慮自己沒有化身之力，妳的潛能遠在別的地方。」幽玄如此說著，淺淺一笑。

聽幽玄一番話，高泉才想起多瑪說過什麼「要是我也能變身」之類的感嘆。高泉好奇地看了眼多瑪，發現對方也跟自己一樣茫然。

但是多瑪卻意識到了，純血的席烏巴族人擁有化型為虎的能力，而自己從小到大都沒有像這樣的才能，這是為什麼呢？或許——

「……是、是血緣嗎？我的母親……和多蘭哥的母親是不一樣的人？」

「……最後，是高泉公子。」

避開了多瑪的提問，幽玄將視線轉往最後一個人。

「也有什麼驚人的話要對我說嗎？」高泉苦笑著聳聳肩，做好了十足的準備。

但是，幽玄卻搖搖頭，「不，小女子我已無話可說。」當她開口時，灰馬發出震耳欲聾的鳴叫聲，馬蹄也不安分地刨著地面。在最後，幽玄向眾人躬身。

「所以……」

砰！巨馬奔騰，直接撕裂了時空，衝入扭曲的虛無中。

高泉等人還沒來得及聽完幽玄的最後一句話，便驚恐地抓緊馬匹鬃毛。周遭僅存劇烈的風聲，就連互相在吶喊些什麼，他們也聽不見了。

意外的是，他們的視線卻清晰可及，他們越過了礦坑、越過了艾星翠、越過了每一個人的死亡。人們被巨魔撕咬著，艾星翠駐軍也一個接著一個倒入血泊中。水晶龍的巨影盤踞在大教院上，就連繁星也受其掩蔽。

人們曾傳言，即使世界黯淡無光，生命也會依據星辰而找到方向。然而當吞星之龍誕生於世之際，便是萬物的終結點。猶如神話故事般的景色，此刻映照在所有人眼中。

高泉等人看著、艾星翠居民看著、聯邦軍也看著，特別是為首的嘉德與伊絲，他們目睹艾星翠陷入一片冰與火的地獄中。他們都明白——抉擇的時刻就要來了。

「對不起……對不起……對不起……」

宛若回到了幼童時期，萊恩瑟縮於溫暖如羊水般的夢境中。即使生命即將走到盡頭，萊恩卻只是一味地道歉，他也看見了地獄，但這個地獄早在十五年前就已成形，那是名為自卑感的牢籠。

得知萊恩正受困於其中，自責的情感湧入高泉胸懷。

「萊恩……你真傻。」躍下馬匹，感受灰馬正撕裂空間離去。高泉等人以災難的艾星翠為背景，面向數以千計的水晶魔物。他們各自拾起了武器，邁入終結之始。

「再等一下，我這就來了。」

噹——蒼藍之刃出鞘，少年踏上了最終的旅途。

第外章「正義之心」

伊絲・席娜，二十五歲。

如果說軍神是影子，那她便是部隊中的光芒。伊絲生長於救贖之城，也經歷了世界轉暗的那天。她永遠記得，自己與母親在尖叫聲中不斷跑著、不斷跑著，卻用盡氣力也逃不出死亡的陰霾。

她的母親當時告訴她：「要將希望永遠留在心中」，但這也是她留給伊絲的最後一句話。那天，伊絲被母親丟上馬車，並目睹她遭到生吞活剝。

「媽媽！」即使伊絲再怎麼叫喚，急馳的馬車也沒有停下來的跡象。魔物們尖銳的獠牙刻在母親身上，也刻在伊絲的記憶裡。

從那天開始，伊絲就忘了該如何說話。

她喊不出聲音、也哭不出眼淚，與其他女孩們相同，伊絲落入了強盜手裡。那些人見伊絲尚且年幼，便決定將她賣往大丹，有很長一段時間裡，伊絲在鐵籠中不見天日，她好幾次問自己：是不是要放棄了呢？但她總是在猶豫過後，便咬緊牙關搖了搖頭。

即使她口乾舌燥、即使她身心俱疲，她也不想要放棄，因為她明白——

「要將希望永遠留在心中。」

或許是受到這句話庇佑、也或許是伊絲本身的樂觀，奇蹟發生了。在伊絲即將被送往大丹之際，復仇的魔影來到她面前，只是一眨眼功夫，所有強盜都被俐落地殺害。從他們身上流出來的鮮血，在伊絲腳邊匯集成河。

伊絲驚嚇地瑟瑟發抖，直到某個人打開牢門，那人被黑影所覆蓋，渾身上下都是血腥味，目光卻又特別柔和。

「握住自己的命運。」

邊說著，那個人邊朝伊絲扔出一把匕首，並看向還沒有斷氣的強盜。強盜雖然遍體鱗傷，卻還是有餘力在地上爬行。看著那個人的眼睛，伊絲就像被施加了魔法般，讓她有足夠的勇氣握起匕首——

嚓！

那是伊絲第一次殺人，掌心的觸感讓她止不住顫抖，卻因為那個人溫柔地摸了摸她的頭，讓伊絲在喪母後首次流下眼淚。

「妳叫什麼名字？」

「我……」許久沒說過話了，伊絲顯得生澀無比，「伊絲我……叫做伊絲席娜。」

「是嗎？好名字。」沒有嘲笑伊絲古怪的措辭，那個人平靜地點點頭。雖然那天距今已有十五年之久，但伊絲還是記得對方斗篷裡的溫暖，與那天在心中奠定的誓言。

「第一戰線崩潰！退守墓園區！重複一次——唔啊啊啊——」

慘叫聲讓伊絲從記憶中甦醒，她茫然地看著眼前火把舞動。聯邦軍正與不明的魔物大軍交戰著，數以千計的水晶光芒從艾星翠湧入山頭，彷彿要將殘存的人類屠殺殆盡。

打從國王進山後，一切就變得不對勁了，先是水晶龍衝破山頂，再來是滿坑滿谷的怪物摧毀了艾星翠。這一幕幕景象都似曾相識，讓伊絲想起白城崩壞的那天。

「副長！請快逃——噗哇！」

一名傳令兵在伊絲眼前被撕成兩半，從他噴湧的鮮血中走出一隻巨魔，那巨魔高舉著拳頭，眼中佈滿了凶光。

「以雷磨槍——雷槍（Lightning Spear）！」

但伊絲可不是省油的燈，她在瞬間就反應過來，細長的光線刺入巨魔眼窩，發出陣陣烤焦的臭味。沒有給巨魔掙扎時間，光熱從牠五官中噴發，讓牠猶如一盞造型怪異的燈籠。

啪吱！

巨魔原地四散爆裂，電漿的吱喳聲在戰場中響徹。伊絲的軍靴發光，手中細刃劍也受到電光繚繞。眼望更多巨魔朝自己衝來，伊絲氣勢凌人地向上直飛，當她再次降落時，更猶如天罰的落雷般，粉碎了所有巨魔的身軀！

「法具——光之舞踏！替伊絲鋪路吧！」

「同意妳的請求，伊絲席娜——神經迴路連結完畢，週波推動器性能全開。」

伊絲的軍靴回應了她的呼喚。猶如舞蹈，又像是一束電光，伊絲在鞋底形成的光軌上高速穿梭，所到之處只剩下魔物燒焦的屍塊。只是一瞬間，白銀的天使就掌握住戰局，並且鼓舞了心慌的士兵。

「不要慌！在查明原因之前！必須死守礦坑！」

「……遵命！伊絲副長！」答令聲此起彼落地傳來，聯邦軍趁著伊絲的勢頭，很快就重新控制住局面。白銀之刃與水晶光芒交纏著，讓艾星翠礦山佈滿點點星光。

「做得很好。」嘉德的身影緩步走到伊絲身旁，當伊絲轉過頭時，才發現嘉德手上提了五、六顆巨魔腦袋。嘉德眼見部隊井然有序地組成人牆，便不再多餘下令而收刀。

咚咚！巨魔的腦袋被拋落，嘉德用獨眼看向伊絲，「看來，水晶龍是主因啊。」

「果、果然嗎……嘉德隊長，接下來該怎麼辦……？」

嘉德默而不語。國王的命令是死守礦山，可現在局勢有異，就連國王情況如何也尚且不明，更別說這裡的軍隊與居民了。再拖下去艾星翠必然覆滅，這是嘉德不樂意見到的情況。

心中的矛盾感讓嘉德陷入兩難，這是軍神第一次無法做主。

「隊長……請讓伊絲我去吧。」就在此時，耳邊傳來了那女孩的嗓音，聽來既溫柔又充滿善念。嘉德沉默地與伊絲對望著，從她的眼中，嘉德看見了過去的自己。

「……必須有人死守在這裡，國王才能夠安全。」

「伊絲明白。」

「是嗎？說來，我也只教過妳一件事。」嘉德這麼說著，單手就擋住巨魔打來的拳頭。如影子般的黑煙纏繞其身，讓巨魔承受嘉德兩倍以上的握力。沒過多久水晶的拳頭應聲碎裂，嘉德也一刀斬落巨魔腦袋。

「妳還記得嗎？伊絲。」

「是的！」伊絲微微一笑，便看見嘉德揚起手，指向水深火熱中的艾星翠。在那裡，有著崇尚正義的她應該要去的地方。十五年前的場景再次浮現眼前，伊絲又一次握住了那把匕首——

「去吧，掌握自己的命運。」

而那人的神情也從來沒變過。

「伊絲明白！」挾帶著甜甜笑意，伊絲向嘉德行禮。所有人都目睹這一幕，卻沒人看清楚她下一步的動作。

砰！

士兵們只知道，聖女又一次化為閃光，去拯救需要希望的人們了。嘉德抬眼看著銀星飛越天際，這瞬間，冷血的他忽然有了自己的願望。

「全軍聽令。」那就是，祈禱這名陪伴自己多年的女孩，能有著更好的結局。

第十章「千光之宴」

所謂的「天使」究竟是什麼？

雖然曾聽過許多神靈與惡魔的故事，但高泉始終沒有見過天使。對他來說，天使比較像是對女性的形容詞。美麗、正義、端莊，總是在人類陷入苦難之際，對他們施予相應的救贖。

這樣說來，天使絕對是受到人們歡迎的存在吧？但為什麼——

天使如今卻沒有出現呢？

「如果世上真的有天使什麼的，怎麼就不見他們來解救蒼生啊？」抹去臉上沾染的鮮血，高泉輕喘著疲憊。從深淵回歸以來，他就在艾星翠不斷面對戰鬥、戰鬥與戰鬥，打到都有點懷疑自己在做些什麼。

但即便如此，魔物也沒有減少的跡象。

若是要以高泉的話來形容，此刻的艾星翠就如同「多瑪脾氣+泰絲力氣」那般糟糕。他眼前所見的，僅有冰與火交織而成的景色，天空下著冷酷的暴雪，周遭卻是茫茫火海與逃竄的眾人。

水晶魔物在大街小巷中獵捕著人類，每當牠們啃咬艾星翠居民時，那些人的生命能量便會流入水晶龍體內，讓牠一點一滴改變自我型態。

沒錯，正如幽玄所言，轉化已經開始了，若不趁早與萊恩完成交涉，尼德霍格就會誕生於世。高泉當然也明白，可別說是找到萊恩，高泉就連脫身都有些困難。

「我現在非常需要個天使來救我啊。」高泉苦笑著，看向節節進逼的水晶狼。

「別傻了啦，笨蛋。」

咻啪！銳利的兩聲鞭打，直接將兩隻水晶狼的頭蓋骨給敲碎。如果說這是天使的所作所為，那還真的是蠻橫了一些。

高泉側眼回望身後的金髮少女，她虎牙裸露的嘴角上滿懷嘲弄，「會相信什麼閃亮亮的天使……高泉你還真是有夠處男的耶！」

天使是處男的幻想。

這就是多瑪．席烏巴對天使的看法。在茫茫大雪下，多瑪如天使般可愛的臉蛋早已被染白，但她還是得意地挺著胸，似乎在告訴高泉：「沒有天使！只有我哦！」

「……嗯，至少不會是妳吧。」

「哈？」

多瑪用一臉「你想死嗎？」的表情怒瞪高泉，讓高泉馬上移開視線。夾雜在這兩人之間，羊角少女也掛上宛如神明般的溫柔笑臉，「那、那個！其實我也相信世上有天使大人存在唷！畢竟畢竟……嗯……感覺會比較浪漫？」

泰絲嬌羞地如此說。

「泰絲。」高泉二話不說捧起泰絲的手。被他突如其來的舉動給嚇了一跳，泰絲面紅耳赤不知該如何是好，只有高泉感動地繼續說：「唉，果然妳就是天使呢。」

有沒有天使已經無所謂了，能在如此緊迫情況下，聽見「有天使比較浪漫」的純真宣言，高泉覺得已經死而無憾。雖然認識泰絲並不久，但她果然就是天使呢！

「唔……」怒視高泉的一舉一動，多瑪心中突然有一種莫名的焦躁感。她握緊拳頭險些往高泉後腦杓敲下去，卻在思考過後，多瑪默默地收手，並彆扭地別過頭。

「總、總之本小姐就是不相信天使什麼的啦——」

砰！話才剛說完，多瑪身後的圍牆忽然爆裂。一隻水晶巨魔衝出牆面，朝著高泉與多瑪直襲而來！在巨魔當中，這一隻也算是比較大的個體，如此奇襲讓兩人措手不及。還沒打定主意要閃避或是反擊，他們就見泰絲高舉槌子，朝其猛力砸下！

轟——

什麼圍牆爆裂的聲響完全比不上這一發。那隻大約兩層樓高的巨魔，才剛瞄準獵物便眼前一黑，牠幾乎整個身體被敲入地面，腦漿也從五官中被擠壓出來。

「嗚……」巨魔的視線模糊，只能發出微弱的哀鳴聲。

但是——砰！「嗚！？」砰砰！「……」砰砰砰！

砰、砰砰砰砰砰砰砰砰！她完全沒要收手的意思。

「咿咿……對不起對不起對不起……」血沫橫飛、臟器四濺，泰絲紅著臉緊閉雙眼，就像不敢打蟑螂的少女般胡亂敲打巨魔。這一幕看在高泉與多瑪眼裡，讓他們雙雙反胃地不忍直視。

「泰絲……」

「是、是！對、對不起！對不起！」砰砰砰砰砰。

「人家已經死了……」

「咦。」砰砰。

泰絲回過神來，茫然地眨了眨眼睛。她先是看看面色鐵青的伙伴，再望向地上血肉模糊的屍塊。緊接著，泰絲小心翼翼將巨槌拔起，就見利齒上仍然沾著許多碎肉，這讓泰絲淚眼汪汪地致歉：

「不、不小心打太多下了……巨魔先生對不起……」

「……」

嗯，這傢伙也當不成天使呢。高泉與多瑪有默契地同時認定。

多瑪不知怎麼地鬆了口氣，這種感覺令她困惑無比。她只是悄悄地將視線越過泰絲，看向不遠處正在探路的高泉。回想方才，多瑪還滿腦子殺父之仇，竟然會因為他的話冷靜下來。

高泉還真是奇怪的傢伙啊。

多瑪好奇地如此思索。她與高泉旅行也有好一段時間了，卻還是沒澈底摸清這個人。他時而可靠、時而像個笨蛋，但不得不說，多瑪覺得和他一起就很開心。那與希莉卡不同、與泰絲也不同，是種難以言喻的感覺。

「咦！？」察覺自己的面頰發燙，多瑪連忙甩了甩腦袋，幸好沒有人在看自己這邊。她輕輕撫平心跳，這才擺回平時那張不悅的表情。

多瑪眨紅眸，向著在廢墟上探頭探腦的高泉催促：「欸，高泉，還沒有看到聯邦軍嗎？我們沒時間了哦。」

「我、我知道啦。」不用多瑪提醒，高泉也明白事情很不妙。他原本預計回到艾星翠就馬上去找萊恩談談，卻沒想到連個聯邦軍都找不到。

眼看時間一分一秒過去了，越來越多靈魂遭到尼德霍格吞噬，如果萊恩也是祭品的話，恐怕凶多吉少。

……混帳。

「泉哥！有了！」就在高泉感到力不從心之際，腰包突然大喊出聲，瞬間讓高泉提起精神來。

腰包在高泉腦內傳輸自己所感受到的事物，但高泉卻察覺範圍越來越遠、越來越遠，最終竟然回到了他們離開的礦山上，「山上有日輪皇族的魔力！」

「是萊恩嗎？」

「嗯！多半還有瑪麗皇后！」

「啊啊，不過那是反方向吧？」高泉懊惱地搔搔頭，從礦山出來，竟然還得回到礦山去？回想起腰包曾說「幽玄不可信」高泉就嘆了口氣，想想他的確沒要幽玄送自己到萊恩那裡，如今也怪不了誰。

高泉二話不說站起身子，對聽不見腰包聲音的兩名女孩轉述：「城裡根本沒有活著的軍人，或許都上山了，我們再回礦山去找找看吧。」

聽高泉這麼提議，兩名女孩面面相覷。多瑪雙手插腰，對於高泉的輕率感到不可思議，「我說啊……如果我們回到礦山也撲空的話，就再也沒有時間往返了哦？」

「唔嗯……我、我也想聽聽看泉小哥『想回礦山』的依據呢……」

「呃。」見伙伴們懷疑的目光，高泉也不能直說「是腰包告訴我的！」這種會被誤以為是神經病的鬼話。他皺眉想了想，最後想出了一個絕佳的理由說服她們。

「……直覺。」

「直覺！？」如果可以的話，多瑪想用鞭子狠狠抽打高泉的臉。但她又突然想起來，高泉一直有莫名迴避危險的能力。雖然她不曉得那是腰包的所作所為，但她至今仍印象深刻。

多瑪與泰絲互望一眼，視線交會時都覺得高泉是笨蛋。

「等等……為什麼我大概能猜到妳們在想什麼？」

「也、也沒有啦……嗯……就……直覺……」

「相信我啦，我的直覺屌到飛起。」

「……」

看高泉講得那麼理直氣壯，黔驢技窮的多瑪與泰絲也不好再懷疑他，畢竟有嘗試總比耗在這裡好。於是三人二話不說邁開步伐，向著曾去過的墓園進發。

沿途艾星翠居民的屍體越見越多，他們的話也就越來越少。太慘了。說這裡曾遭受瘟疫洗禮也不為過。恆亡神潭淵幽玄所到之處，只會剩下死亡與災難，這句話當真不假。

「我的家……」視線穿越飛舞的雪花，搖搖欲墜的瓦舍映入泰絲眼簾。對於泰絲來說，這塊土地就如同故鄉那般，充滿了回憶。

水晶狼嚎不絕於耳，人類的慘叫聲卻漸漸止息，泰絲注視著那座淪為廢墟的小木屋，越是看著，她就越懷疑方才的戲言。

天使真的存在嗎？

「泉哥，其實你一點也不相信天使存在，對吧？」

「……」高泉沒有回應腰包所說的話，但他基本上說對了。腰包明白，其實高泉不如表面上那麼樂觀。他總是在越緊張時講越多胡話、他總是在越悲傷時越開朗地笑著。

就連萊恩也相信了他的演技，才會在救贖之城毀滅那天，因為高泉喪失笑容而跟著向下淪落。

高泉並不是萊恩所想的救世主，他只是個善於逞強的人類罷了。

「到了。」

但只有這一次，高泉希望自己能做得更好。即使代表救贖的天使並不存在，高泉也要在黑暗中不斷前進、不斷前進，直到拯救弟弟——拯救萊恩脫離深淵為止。

高泉等人抬起頭，看向不遠處的水晶大教院。

比起第一次見到時的輝煌樣貌，大教院此刻就像蒙上了一層陰影。水晶龍就在那裡，牠盤踞在大教院頂端靜止不動，如同在等待什麼。泰絲覺得自己的心跳快了好幾拍，他第一次這麼清楚直視水晶龍。

「迪恩……」

迪恩就在那裡面，自己卻什麼也不能做嗎？這樣的情感讓泰絲心虛不已。或許就像高泉想為萊恩做些什麼，泰絲也一直是如此，但她卻發現自己什麼也做不到。

「泰絲！」多瑪小小聲喊著，泰絲才驚覺自己差點踩碎一塊水晶。

要是在這裡被水晶龍發現，一切就會告結。高泉默默地觀察周遭，確認萊恩不在此處後，他就要繼續往山頂上前進。卻在這一瞬間，高泉聽見遠處傳來了女性的尖叫聲。

「救、救命！」

那聲喊叫參雜著諸多真實的情感，好比對求生的渴望、好比對死亡的恐懼。

高泉等人看見一名女孩踉蹌地被追趕著，或許她本來想到大教院尋求協助，卻在看見水晶龍的瞬間，女孩絕望地跪倒。

「啊啊……」

當深信的一切都不能拯救自己時，究竟是什麼樣的感覺呢？

高泉也曾經體會過。他從來沒想過白城會有毀滅的一天，所以他才格外無法接受。眼見水晶狼群毫無憐憫地衝上前，將女孩壓制在地，高泉在所有人都還沒回神之際，便拔出了蒼藍的雙刀。

噹！耳聞那聲清脆，腰包激動地提醒：「別——」

咻——嚓嚓！

「嗷嗚——」

「別」什麼呢？高泉沒有聽完。明明是個小偷，卻老做些主角會做的事，那可絕對活不長命吧？刀刃筆直地刺入魔狼身軀，尖端更突破了心臟，使魔狼立即吐血倒在女孩身上。

女孩顫抖地不知所措，就見茫茫白雪中一道湛藍光線，宛如她的信仰般出現於此。所有的狼群、所有的水晶巨魔都轉頭看著，就連教堂上的龍王也睜開眼睛，被那道光芒深深吸引。

蒼藍奇蹟——不成熟的他，再次將自己推入火坑中。

「……我知道妳們想說什麼，但就讓我帥個一回吧。」

高泉苦笑著，牽動繩索迴轉刀刃。他挺身於從四面八方出現的魔物前，給女孩開創出一條逃跑的道路。

結束了。

在這裡忍不住動手的瞬間，一切就結束了。趕不上尼德霍格的轉化，也有可能葬身於魔物口中。但是要問高泉值得嗎？他覺得——

值得！

「嗷嗚嗚嗚！」大量魔物蜂擁而上，攻擊高泉的同時也企圖殺死女孩。卻在此時烈焰長鞭掀起了龍捲，將魔狼們依序擊墜！

「笨蛋高泉！」多瑪吶喊出聲，嗓音裡卻聽不見任何怪罪的意思，取而代之的是一種認同，「別老是一個人出風頭啦！」

「抱歉抱歉。」高泉咧齒接刀，同時也看向微笑的泰絲。得到兩名伙伴無言的支持，高泉朝跪地的女孩奔去。

沿途更多水晶魔狼襲來，還伴隨巨魔的腳步。高泉在腦海中規劃出最佳的營救路線，迂迴繞過狼群後，舉刀面向巨魔！

「給我滾一邊去！」

「吼——」與巨魔近距離對峙，高泉再次感受到敵人的強大。然而，高泉沒有被牠的咆嘯聲給折服，他二話不說操弄繩刃，以巨魔無法反應的精度朝其劈斬！

嚓！嚓！嚓！嚓——

四刀全中！巨魔的四個關節處應聲裂開！但是高泉卻意識到手感不太對，最後的斬擊並沒有如預期那樣切斷！

「嘖！」

高泉才正想反應，就見重拳迎面而來。搶在拳頭砸爛高泉的臉以前，多瑪的長鞭纏住巨魔手臂，泰絲的槌子也毫不留情地敲下！

砰！鐵鎚擊潰巨魔，前方的道路已通行無阻。高泉藉由腰包輔助，一路飛奔到那名艾星翠女孩身邊，「還能走嗎？」高泉輕聲詢問，見對方驚嚇地點點頭，便一把將她拉起。

「艾星翠情況很糟，所以往山上跑吧，山上應該有軍隊駐守，比較……」

「泉哥！左一巨魔！右三魔狼！」

「……！」高泉緊急抵禦，卻被巨魔的拳頭給砸得正著。感受膝蓋傳來支撐不住的警訊，高泉險些跪坐在地。

「咳——」但高泉終究還是撐住了，陣痛同時不忘回敬巨魔一刀，眼望更多魔物衝來，高泉向女孩點點頭，示意她應該馬上離開：「走。」

鮮血從高泉握刀的虎口處流下，他勉強防禦住攻擊，造就如今的慘況。但對於那名被拯救的女孩來說，高泉此刻狼狽的模樣卻非常耀眼，宛若幕後的英雄一般。

「……我、我該怎麼報答你們？」

「祈禱我們能勝利吧。」高泉爽朗地勾起嘴角，讓女孩終於狠下心離開。看著她越跑越遠的背影，高泉與兩名伙伴緊貼著背，迎向漸漸形成包圍網的魔物大軍。

在牠們之上，還有水晶龍銳利的注目，不管是數量還是強度，如今都是絕望的局面。

「哈……老是搞成這樣，真抱歉啊。」

「本小姐早就習慣啦，泰絲呢？」

「我、我也漸漸能習慣了呢！」

三人屏息以待，周遭僅剩下彼此的呼吸聲。就像是開戰訊號，一隻魔狼率先衝出步伐，隨即更多狼、更多巨魔也朝高泉等人一擁而上！

「來了！」三人各自持起武器，在戰場上掀起一陣狂風暴雨。

高泉的繩刃最為精準銳利，以其為主要攻擊，魔狼與巨魔都能稍微應付；多瑪的鞭打則堪比音速，雖對巨魔稍顯不利，但狼群根本無法越過鞭圍；在這三人中泰絲出手最慢，但只要她拿著槌子，每一擊都如必殺技般強大。

這樣的三人相互配合，竟然也挺過數量多於自己好幾倍的魔物群。雖然沒有在冒險者公會中驗證過，但高泉縱橫黑暗世界多年以來的實力，在此時已經遠遠勝過許多冒險者。

橫斬！直斬！縱斬！繩刃如同飛翔的鳥兒般，在戰場上四處穿梭，高泉行雲流水地揮舞刀片，讓他此刻看起來還有些餘裕，「不過真他媽的……多啊！」

放眼望去，水晶魔物源源不絕地從各處進發。雖然一時間三人還撐得住，但只要這種情形不改善，他們必然會精疲力竭。

多瑪看著直奔而來的水晶狼，朝牠揮鞭同時皺眉說道：「這樣下去……咦！？」話沒說完，被擊中的狼卻死命朝她撲咬！

「咆嗚——」

「什——」

一不留神，三人的配合被水晶狼捨身沖開。多瑪來不及為泰絲防禦狼群，導致她被水晶狼近身——

「糟糕！」發現事態變得危急，多瑪趕緊揮鞭，卻因為無人顧及巨魔，令多瑪也遭受撞擊！砰！長鞭脫手，多瑪向外翻滾了好幾圈才停下。她倒在地上一動也不動，而泰絲也漸漸被狼群給壓制住了。

「嗚哇……多、多瑪小姐！」

「多瑪！泰絲！」

危急的景象看在高泉眼裡，他卻完全空不出手去營救伙伴。他憤怒至極，即使手腕被水晶狼給咬住，他也直接用刀柄將狼的上顎給擊碎。

憤怒促使高泉的鮮血直流，更多怪物卻接踵而至，牠們咬向已經遍體鱗傷的泰絲、衝向倒地不起的多瑪——
一切的一切，都讓高泉回想起自己曾經無力的模樣。他躲在馬車底下，看著人們一個接著一個被殘殺。有一名比自己還要年幼的女孩倒在車前，她睜著圓滾滾的大眼睛，瞳孔中卻再無神采。
高泉與她對望了一天一夜，在這之間他什麼也沒有做。
因為，他無能為力。
「住手啊！混帳！」
高泉暴吼出聲，天空頓時雷鳴鼓動。就像被他的意志力給牽動般，雷光忽然朝此處降下，將周遭的魔物全部沖散！
不只是高泉，就連受到攻擊的多瑪與泰絲都愣愣看著。從那束光芒中緩緩走出了一名少女，她金髮蓋頭、全身潔白，正如同——
正如同天使那般。
「請不要擔心！因為伊絲來了！」
那是既嚴肅又帶點稚氣的嗓音，救贖之城的禁衛隊副長——伊絲・席娜即時來到此處。她手持白銀的細刃劍，正透過刀鋒直視眼前的魔物大軍。
雷光吱吱纏繞其身，使她波浪的金髮全都向上豎起，看起來凌厲異常。
「吼……」
魔物們咆嘯著，聲音卻不自主地向下收斂。片刻間，周遭已寂靜無聲，就好似時間靜止了那般。
在眾人矚目下，伊絲身後的魔力閃閃發光，化為一對潔白羽翼。
「奧丁之子啊，請降臨於伊絲的指尖，以光之舞者的威名，伊絲駕馭雷光、駕馭希望、更駕馭著未來……」

隨著伊絲的禱詞，細刃劍的光芒越發耀眼，她緩慢屈膝跪地，剎時天空烏雲密布，雷鳴也跟著泛起了金光——「雷神之槌（Mjölnir）！」

轟！

萬雷奔騰，猶如神靈手持巨槌，朝著地面狠狠砸下一般。方才高泉等人還覺得寡不敵眾，卻在連續幾道落雷炸裂後，水晶魔物潰不成軍，消失於眾人眼前。

以雷霆萬鈞的天空為背景，伊絲轉頭笑望身後的眾人。

「太好了！這一次伊絲趕上了！」

她的笑容顯得格外燦爛，就好似喜於布施的少女那般。從剛剛開始，伊絲就在水晶城到處救助他人，有時候能趕上、有時候卻不行。所以每當她成功之際，她就會感到非常滿足。

伊絲眨了眨眼睛，對於發愣的高泉越看越眼熟：「咦？你是……」

「伊絲・席娜！？」

「高泉……和多瑪・席烏巴！」

高泉認出了來人，伊絲也同樣辨別出眾人的身分。在此之前，曾在邊境當兵的高泉與伊絲有過一面之緣，而她也正在調查高泉的行蹤，自然雙方能夠相認。

但問題來了，現在的他們屬於對立狀態，聯邦在通緝多瑪，而高泉則在保護多瑪，這讓雙方一時間亂了陣腳。伊絲立即朝多瑪舉劍，高泉也順勢護在她身前：「等一下！」

「不等！回答伊絲！為什麼你們會在這裡？你們跟這場騷動有什麼關聯！？」

「嘖！我們——」

似乎直接被認定為毀滅艾星翠的關係犯，高泉不禁咋舌。對於聯邦軍來說，席烏巴家族是殺害國王的兇手，不管真相是如何，軍隊與其必然勢不兩立。如今雙方在艾星翠相遇了，伊絲自然也將禍源聯想到多瑪身上。

多瑪吃力地睜開雙眼，就見到伊絲指責般的目光，這讓她沒來由地怒火中燒。

很熟悉、她很熟悉這種被誤解的感覺。

長達十五年，拯救聯邦的父親都被當成了罪人，多瑪雖然難以釋懷，但此時她卻諷刺地覺得好笑。她勾起嘴角，張嘴時忍不住笑出聲來：「哈……噗哈哈哈——」

「咦耶……多、多瑪小姐？」

「哈哈哈哈哈——哈啊……」

藉由泰絲攙扶，多瑪緩慢站穩身子。高泉與泰絲都盯著發笑的她，在那金色的瀏海底下，多瑪如火焰般赤紅的瞳孔正閃閃發光。

這傢伙要揍人了。

高泉在瞬間就意識到這個事實，於是他趕忙擋上前，打哈哈地安撫道：「這位美麗的姑娘……？」

「我要揍死這傢伙。」我沒事，別擔心我，高泉。

「妳這傢伙剛剛把內心話和場面話說反了吧！？」

「那、那個……多瑪小姐，或許我們……」

泰絲很想說「或許我們能談談」，但對於多瑪而言，談話是沒必要的過程。多瑪二話不說抓起鞭子，就朝仍處於發愣狀態的伊絲甩出一鞭！

咻啪！長鞭撕裂空氣，就連敏捷的伊絲也只能勉強躲過這一擊！

「咦——！？」被突如其來的攻擊給嚇了一跳，方才還一臉嚴肅的伊絲瞪大雙眼，表情滿是不可置信，「等等！伊絲還沒攻擊呢！怎麼是妳這通緝犯先打人！？」

「吵死了！我才想問妳哩！搞出這種事情，聯邦還有臉大放厥詞啊！？」多瑪掙脫高泉與泰絲的攔阻，朝伊絲又是一陣狂抽猛打！

「唔！」伊絲持續閃避，漸漸就能摸清多瑪的動作，但她才正想反擊，就見多瑪指著艾星翠怒吼：「看看妳周遭啦！金髮傻妞！」

妳才金髮傻妞！伊絲沒有將這句話說出口。

從這裡朝艾星翠看出去，是一片火光四射的景象。居民們橫死街頭，屍體則被大雪給覆蓋。雖然場面慘烈地讓伊絲不忍直視，但她還是不懂多瑪為何將矛頭指向聯邦。

「所、所以伊絲才要找到元兇啊！」

「元凶是瑪麗皇后。」高泉插嘴道。眼看局勢一發不可收拾，他乾脆轉而支持多瑪。如果能在這裡說服伊絲，繼續上山也會順利得多。

「……」伊絲聽見高泉的指控，心中忽然浮現皇后進山時的模糊背影。為此她感到一陣寒意，但她還是皺著眉頭反駁：「胡說！」

「是真的！而且我們時間不多——」

高泉話才講到一半，眼前突然白光一閃！他立即反射性躲避，臉上卻多了一道深深的血口子。伊絲不知何時已來到高泉面前，她炫目、迅速而且下手俐落，若高泉沒躲過剛才那一刀，可能已經瞎了左眼！

噹！雙刀與長劍相交擊，磨擦出陣陣火花，也磨擦出高泉的怒吼聲：「混——混帳！聽我解釋啊！我們已經沒有時間了！」

「……沒時間的是伊絲才對，艾星翠還有許多倖存者，勸你們快投降！別再說些奇怪的話！」與其相信這些通緝犯，伊絲寧可相信照顧自己十五年的聯邦。

不，應該說她必須相信，不然以她的正義感，會無法原諒自己的所作所為吧。

「否則——」

轟——

「！？」直覺促使伊絲收手，一面帶有利齒的巨槌向她重重砸來！當她勉強躲開之際，便聽見空氣被擊破的巨響、與一名羊角少女的嬌喊聲。

伊絲瞬間化為一道閃光，從襲擊自己的對手身上穿越過去。嚓嚓嚓嚓！只是剎那間，動作比較慢的泰絲身上就多了好幾道刀傷，卻在伊絲準備下重手之際，她忽然發現對手有些奇怪。

「嗚哇……」泰絲淚眼汪汪，從行為到戰鬥反應，都不像高泉與多瑪那般靈敏。

「平民……？」

砰！這一秒鐘的遲疑，讓伊絲被火焰轟飛出去。白銀的光芒籠罩其身，使她在落地前便已完成防禦。她狼狽地從地上爬起，並狠狠瞪向挑釁過自己的那名女孩。

「高泉、泰絲。」

咻咻咻咻！長鞭在空氣中來回舞動著，最終被她俐落地收回掌心。金髮雙馬尾的背影挺立於伙伴身前，她冷笑著回望兩人，並向他們得意地聳了聳肩，「早跟你們說過啦，天使這種東西根本不存在。」

多瑪・席烏巴此刻在高泉與泰絲眼中更像是天使。雖然她偶爾暴躁、雖然她偶爾粗魯，但她卻真心為世人著想。

「多瑪……」

「沒時間了吧？這傻妞由本小姐來處理。」多瑪的長鞭再次燃燒起來，她凌厲地與伊絲對望著，沒等對方擺好架式，多瑪便朝伊絲揮出狠擊！

「去阻止一切！」

轟！憤怒的炎龍呼嘯而出，火光瞬間吞沒伊絲的白芒。高泉也明白，在這裡遇上聯邦幹部，除了一戰似乎也沒有其他周轉餘地。沒有時間跟伊絲解釋了，水晶龍依然默默看著這裡，好似沒把眾人當作威脅般。

但是……一股不好的預感讓高泉頭皮發麻。

快來了！快開始了！就連腰包都在微微顫抖著，尼德霍格的轉化就要完成了！

「泰絲！」高泉朝泰絲大喊出聲，泰絲瞬間意會。兩人趁著伊絲被亂鞭困住之際，往山道上急奔而去！

「等等！那邊是陛下的——」

伊絲雖然想攔阻他們，卻礙於多瑪的攻擊過於刁鑽難纏，只能眼睜睜看著兩人越跑越遠。她還有許多事想弄明白，但此刻只有一件事對她來說很重要，那就是完成隊長交辦的任務。

「說了……等一下！」

哧嚓！

雷光從伊絲身上爆發，瞬間驅散圍繞住自己的火焰。高泉與泰絲耳聞這劇烈的聲響，紛紛擔心地回望多瑪，而高泉更是忍不住朝多瑪喊出聲：「多瑪——」

「別回頭！」

多瑪厲聲阻斷高泉的關心。在火與雷的交界點，她開朗地笑著，轉身向伙伴們比了個勝利手勢，

「嘿嘿！別忘記本小姐可是超強的哦！」

儘管她渾身髒汙、儘管她嬌嫩的皮膚上多了不少傷口，但虎血的少女卻依然亮眼，讓高泉與泰絲深深嚮往。

「請、請加油！」泰絲忍不住為多瑪大聲加油，她緊閉雙眼，神情裡充滿了對多瑪的信心。眼見泰絲真摯的模樣，再看向默然朝自己點點頭的高泉，多瑪的心裡頓時暖洋洋的，漸漸就化為長鞭上的火熱。

是啊——那次，也是老爹送走了我們。

「沒道理本小姐做不到。」

感受伙伴們的腳步聲漸漸遠離，多瑪睜開眼，看向奔雷中的那人，伊絲也同樣回望著她。雖然不知道多瑪他們是為了什麼做到這地步，但伊絲卻沒來由對多瑪有了一點點尊敬。

伊絲斜眼看向大教院頂端的水晶龍，如果不除掉牠，艾星翠就無法得救，但是多瑪擋在這裡，讓她誤以為高泉等人是在拖延時間。

「不管怎麼說……」

砰！

電氣從伊絲腳底下蔓延，名為「光之舞踏」的軍靴正閃閃發光，為伊絲建立起高速移動的軌道。

伊絲單持細刃劍，朝多瑪行了個決鬥禮。眼見多瑪一臉不明所以的模樣，伊絲紅著臉向她解釋：

「理念不同只能一戰——伊絲席娜，在此獻劍。」

「哈？妳是笨蛋吧？竟然那麼支持你們的瘋子國王，真是嗜血啊，聯邦軍。」

「國王陛下此行是為了除掉水晶龍而來，雖然慢了一步，但不許妳胡說！」

「……什麼啊？放出水晶龍的根本就是那傢伙好不好。」

「不、不准妳再繼續汙衊陛下！邪惡的席烏巴人！」

「哈啊……」

剛才伊絲來得突然，再加上雙方對彼此都有成見，兩位女孩直至此時，才稍微意識到這之間或許有所誤解。但她們一個是強盜、一個是軍官，互看就是越來越不順眼。

多瑪轉念一想，把伊絲打爆就行了，於是多瑪恍然大悟地拍了拍手——

「也是。」

轟！火焰燃滿整條長鞭，雷光也占據了白銀之刃，多瑪朝伊絲咧齒而笑，笑容同時擺開了架式，

「多瑪・席烏巴——雖然一對一單挑老套死了……但我並不討厭！」

咻啪！

又是一處漂亮的光芒。沉溺於思維的深淵裡，瑪麗開心地觀望一切。在艾星翠有無數的光芒正閃耀著，火光、雷光，甚至是眾人心頭的意志，在瑪麗眼中都非常耀眼。

急奔上山的高泉與泰絲、對峙的多瑪與伊絲、死守的嘉德，以及在自己身後漸漸凋零的萊恩。是有多少的光芒相互交織著，才造就如今綻放千光的饗宴？

「很漂亮吧？萊兒。」

如同指揮家那般，瑪麗執起自己纖細的指尖，在礦山頂端輕輕揮舞著。長達十五年，水晶龍體內累積了無數人的靈魂，每次都差一點點就能化為尼德霍格。而這次牠等到了，瑪麗卻不是很開心，因

為這比她想像中還要無趣。

耳聞萊恩痛苦地呻吟著，瑪麗頗感惋惜，於是她仰頭嘆了口氣：「真遺憾呢。」

「高……泉……」即使墜入深淵，萊恩卻依然將希望留在心中。他堅信那個人會挺身而出，終結這一切的荒謬。然而，隨著時間流逝，萊恩的瞳孔黯然褪色，靈魂也不斷從面具中流失。

他的魂魄逐漸湧入尼德霍格體內，直到最後，他不再動彈。

「唉呀，泉兒終究沒趕上呀。」

這是萊恩・日輪最後聽到的話。

在朦朧的意識中，萊恩察覺自己已然死去。他默默地環顧周遭，發現是非常高聳的景色。從那雙冰晶的眼中看出去，萊恩見到了毀滅的艾星翠。遍地屍骸、遍地都是自己無能造成的慘劇。

牠想起了救贖之城、想起了哥哥、想起了自己的願望。

那並不是多麼了不起的願望，但是每當萊恩想起它時，他卻總會熱淚盈眶。在他心裡，那些曾期待過他的人們齊聚一堂，有父王、有母后，更有過往的導師與宮廷中的所有人，他們無一例外都對萊恩笑著，卻沒有一個人選擇用正眼來看待他。

看看我！看看我！看看我吧！

追逐著人們的腳步，萊恩卻永遠無法成為眾所期待的國王。直到最後一個人也離他而去時，萊恩終於停了下來，忍不住嚎啕大哭。

「吼嗚啊啊啊啊啊啊——」

那聲狂嚎，讓萊恩僅存的意志也分崩離析。尼德霍格睜開湛藍的眼眸，吼出了結束的鐘聲。

千光之宴有著諸多光芒，而代表著「結束」的闇光，終於在此時此刻，降臨了。

十一章「終焉之龍」

「嗚哇……哇啊啊啊啊！」

士兵掙扎著，卻只能看見巨魔的血盆大口朝自己鼻樑咬下。

鮮血沾染了墓園的草地，將原本就死氣沉沉的地方搞得格外恐怖。打從伊絲離開以後，礦山上的戰況就越發慘烈，對於瑪麗來說，這些被帶往艾星翠的將士，也只是祭品的一環罷了。

「咕哇！」又一名士兵連同鎧甲一起被巨魔撕裂，泰絲見著這一幕，忍不住別過臉不再去看。她與高泉奔馳於墓園當中，穿越了相互廝殺的魔物與聯邦軍，漸漸就看見不遠處的礦山。

但是，泰絲卻覺得非常遙遠、遙遠到她甚至有些猶豫。

「泉小哥……有時候我會想，如果迪恩還有意識的話，一定會非常痛苦吧……」

在泰絲的記憶裡，迪恩一直是個很善良的孩子。假如水晶龍體內的他仍然保有自我意識，會不會對如今的慘劇感到自責呢？泰絲不禁如此去想。

「……」而聽見這個問題的高泉，卻直到穿越叢叢屍堆也沒辦法講出一句安慰。

十五年間，一直沉浸於搖籃中，犯下自己所厭惡的罪，這種感覺一定非常不好受吧——迪恩是如此，那同為弟弟的萊恩也一樣，他們都是受到某種控制，才成為人們口中的怪物。

想到此，高泉握緊刀刃。

唰！鋼刀斬落魔狼的腦袋，高泉挺身向前。打從在救贖之城分道揚鑣後，高泉就很少再與那個人見面了。沒想到在這十五年間他卻落入了瑪麗的陷阱，與當年的亞當如出一轍。

這讓高泉感到自責不已，然而，他卻不打算成為「第二個」多特。

「一定還有更好的結局。」

「咦？」

狼血沐浴其身，高泉勾起嘴角望向身旁的泰絲。在雪花飄散間，高泉的笑容就如同往常那般，輕浮卻帶點可靠，「我們去拯救他吧，不管結果如何……都去吧。」

「……」這句話讓泰絲微微愣神，直到數秒後她才終於恍然大悟。這麼簡單的道理，為什麼自己沒想到呢？與其悲傷而心懷猶豫，倒不如用盡全力去面對迪恩。

高泉的笑容讓泰絲明白了這點，於是她也靦腆地向高泉微笑：「嗯！一起去拯救他！」

「泉哥！左邊！」

在對話分神之際，腰包的提示猛然灌入腦海。高泉緊急閃身，就見一名被擊飛的軍人呼嘯而過。

「吼！」更多魔物緊隨而來，但高泉與泰絲已經不是唯一的攻擊目標。戰況越演越烈，聯邦軍發現可疑的兩人正靠近山頭，也將他們納為警戒對象。

「注意！有不明武裝人員正朝陛下接近！」疑似小隊長的士兵大聲號令，弓兵部隊頓時拉滿弓，瞄準滿坑滿谷的魔物同時，也瞄準錯愕的兩人——

「放箭！」

咻咻咻咻咻！

山頂上的箭矢如雨點般灑落，高泉立即將泰絲護在身後，他單憑反射神經就斬斷了靠近的箭雨，這讓一旁的泰絲忍不住驚呼：「咦咦！？一般是能打掉的嗎！？」

「一般是不行啦。」

「那！？」

「現在很不一般啊。」高泉邊說著，邊將最後一支箭削去一半。所有人都目瞪口呆望著他，雖然高泉沒有說出口，但其實少了腰包指引，單憑他至少也會中個兩三箭。

眼見高泉是如此餘裕，聯邦軍開始慌亂起來，隊長也趕忙再下達拉弓命令。

「將主要目標改為那名藍髮小子！弓兵隊——二次上箭！」

吱吱吱吱吱——

無數弓弦緊繃的聲音響徹，高泉搔了搔臉頰，「哈……小偷這職業總是要突破那麼多人啊。」面對肆虐的魔物與山上張揚的聯邦軍，高泉不得已擺開了戰鬥架式。

「並不需要好唄。」腰包苦笑著吐槽，將感知範圍擴到最大。又是一波箭雨急襲而來，還挾帶著中箭後狂暴的巨魔。

「泰絲！幫個忙！」泰絲聞言，配合高泉擊暈巨魔，兩人便用巨魔龐大的身軀擋箭上前！一步又一步，兩人的速度不斷被拖延，就算是高泉也漸漸吃不消了。

「該死——前進啊！」

「泉小哥……那個……」

「嗯？哇！」因為泰絲的呼喚，高泉一時分心，險些就被箭矢直擊。他利用巨魔的屍體來掩護自己，同時焦急地看向泰絲。

「怎麼了？可能還得再忍耐一下喔？」

泰絲搖了搖頭，讓高泉百般困惑。只見泰絲嬌羞地食指點著食指，片刻後紅著臉蛋小小聲向高泉提議：「泉……泉小哥也累了吧？這一次換人家在上面好不好……」

「……什麼啊這稍顯色情的發言！？」

雖然一瞬間被嚇得面紅耳赤，但高泉馬上意識到泰絲的意思。此刻被夾雜在兩軍的攻勢中動彈不得，高泉也無暇顧及那麼多了。他向泰絲點點頭，以巨魔屍身當作盾牌，與她交換了前後位置。

沒想到下一秒，巨魔龐大的身軀立刻被拋飛出去！

砰咚！

就如同第一次遇見泰絲時那樣，重物被砸入士兵陣列中，有人被壓傷了，也有人驚愕地動彈不得，不管是哪一次都給高泉製造了機會。他瞬間反應過來，藉由細刃攀上高台！

咚！當高泉在眾士兵面前站穩時，他旋轉刀刃咧齒而笑。

「嘿，國王在家嗎？」

「混帳！」士兵們暴吼出聲，朝著高泉出刀猛斬。卻在此時，比高泉稍慢點兒的泰絲也一躍而起，她騰空高舉著槌子，含淚的模樣在士兵眼中就如同殺戮天使。

「啊……內褲……」

「對、對不起——！！」轟！

大地震撼，士兵們被衝擊波震開，不是跌坐在地就是摔下高台。高泉苦笑著見證這一幕，心想「早知道一開始就讓泰絲來開路」了。

眼見前方通行無阻，兩人趁著士兵還沒有重整之際朝礦洞奔去！越過樹叢、越過水晶魔物、越過聯邦軍隊，不遠處那熟悉的礦洞再次映入眼簾，卻在那抹漆黑之前，還有更渾黑的人影豎立於此。

「泉小哥……那、那位是……」

「我靠！忘記還有這怪物存在！」

急馳的高泉與獨眼烏鴉對上視線，一瞬間寒意遍佈全身。嘉德・布蘭卡遵從國王命令，一步也沒有離開過礦山。當他看見高泉與泰絲的那一刻，強烈的壓迫感便從目光中釋放。

與凶猛的野獸不同、與絢爛的伊絲也不同，那是一種較為樸素，卻讓人覺得無敵的恐慌感。嘉德默默地拔出配劍，迎向礦洞前奔來的他，「高泉嗎？」

「嘉德・布蘭卡！」

高泉牽扯蒼藍的雙刀，筆直斬向渾黑之影！

鏘啷！

相較於那聲清脆，陷入膠著的兩位女孩就沒那麼俐落了。多瑪與伊絲身上多處擦傷，幾乎都是高速戰鬥後留下來的印記。體力上的差距在此時顯現，多瑪已然上氣不接下氣，「……可、可惡。」

抹去額前的汗水，多瑪怒瞪同樣氣喘吁吁的伊絲，但伊絲調整幾次呼吸後，竟然還勾起嘴角，向多瑪展露友好的笑容。

「還、還挺厲害的嘛！邪惡的多瑪席烏巴！」

「妳別每一句話都那麼老派啦！金髮傻妞！」

多瑪氣急敗壞，她對正人君子就是格外過敏。然而雖非本意，但在較量過程中兩人對彼此的認識都加深了些。她們有好幾次殺死對方的機會，卻都因為不忍心而點到為止。

伊絲默默凝視著多瑪，漸漸對這個人是否為「惡」感到懷疑，但長期下來培養的價值觀終究讓她搖了搖頭。

「該結束了。」

啪！吱吱吱——強烈的電光在伊絲周身繚繞，方才她只用劍術與多瑪交戰，但此時雷霆萬鈞的魔力已經回到她手中。

看著伊絲湛藍色的眸子，多瑪一點也不敢大意，她拉緊皮鞭，卻沒有任何對付落雷的手段，這不免讓她退縮且開始緊張起來。

高泉與泰絲怎麼樣了呢？多瑪悄悄地看向水晶龍，發現牠正昂首挺立，好像在接收著什麼。這帶給多瑪不祥的預感，可在她搞懂以前，伊絲便向著她高喊出聲。

「伊絲時間有限！別隱藏實力了！席烏巴人！」

「哈？本小姐哪有隱藏什麼啦！白羽毛笨蛋！」

「……唔！妳不是在用『法具』嗎！？為什麼不用魔法！？」

多瑪茫然地眨眨眼，再看向手中著火的皮鞭。

什麼什麼？誰知道怎麼用啊？本小姐從小到大就只會拿著它揮來揮去呀！雖然有很多話想說出口，但多瑪總覺得太丟人了，於是她乾脆閉緊嘴巴，讓裸露的虎牙來表達自己的不服氣。

多瑪・席烏巴，並不會任何魔法。

「？？？」伊絲滿頭霧水，但也不再多作追問。眼見多瑪還是一樣的架勢，伊絲引導雷光匯集在自己的軍刀尖端。剎時天空雷聲大作，就如同伊絲擊潰魔物時那般劇烈。

「雖然不知道你們找陛下原因為何，但先跟妳說清楚！隊長會阻止高泉的！」

「隊長？」多瑪警戒地仰望天際，數秒後她恍然大悟，「嘉恩・布蘭卡！他也來了嗎！？」

提及這個名字，多瑪渾身雞皮疙瘩暴起。那是一種極其複雜的情感，畏懼、憎恨、悲傷。回憶起多蘭被殺的畫面，還有父親最後的身影，多瑪開始擔心高泉也跟著步上後塵。

殺意，雖然對嘉德這個人懷有殺意，但此刻憂慮感卻又更甚。

「……才不會。」多瑪喃喃自語，剎時長鞭上的火焰爆出高熱。當多瑪睜開倔強的紅眸時，伊絲竟然感到戰慄。

這女孩不會使用魔法？那她身上這駭人的魔力是……

沒等伊絲想完，烈焰長鞭橫掃而來！在火焰舞動中，多瑪自信地勾起嘴角，笑容間滿是對伙伴的信心。

「他們才不會被打敗哩！我認識的他們——可是很強的！」

咚。

「我去。」大字形躺在草地上，高泉仰望漫天星斗。打從尼德霍格開始吞噬靈魂以後，就連星星也黯淡無光了。

見鬼的實力差，幾乎沒有任何懸念，高泉與泰絲被軍神澈底擊潰。感受周遭黑影隨光源扭動，高泉暗自心驚。

玄影軍神嘉德，他的實力竟然會如此強大！只要周遭還有影子存在，他的攻勢就會從四面八方不斷襲來，幾乎可說是無窮無盡！

「嗚哇哇……」泰絲也跪坐在地，別說是造成傷害了，她根本連摸都沒有摸到嘉德半次。

好強。山窮水盡了。高泉吃力地撐起上半身，迎向那漸漸走來的腳步聲。

「高泉，你為何而來？」

月光下，玄影軍神的模樣凜然不可直視。高泉方才受擊，就連五臟六腑都在攪動著。眼見嘉德面無表情、耳聞聯邦軍正在朝這裡前進的喧囂，高泉横下心來，決定與嘉德溝通。

「不管你相不相信，目前存在於艾星翠的災難，都源自瑪麗皇后，而我必須見到萊恩，才能阻止一切繼續惡化。」說完後，高泉誠懇地垂下頭，等待嘉德答覆。

「……」然而，嘉德卻什麼也沒有說。一股違和感湧入高泉心頭，嘉德不但不驚訝也不憤怒，他平靜地令高泉害怕。好似高泉方才所言，嘉德老早就知道了那般。

「布蘭卡……？」

「唯一的方法是殺死陛下吧？我知道。」當嘉德說出這句話時，錯愕的心情佔據了高泉的思緒。高泉茫然地傻望著他，直到他繼續說：「亞當國王有恩於我，所以不管如何我都必須保護陛下，很抱歉不能如你所願，對我而言──你很礙事。」

「等等……你難道一直都明白狀況嗎！？那為什麼──」

「不，直到你告訴我之前，都只是猜測罷了。」嘉德回望身後、回望萊恩消失的礦山。瑪麗皇后與萊恩王子有問題，長期待在聯邦的他不可能沒感受到。

然而，嘉德卻比誰都還要忠心，既然殺死這兩個人是解決問題的方法，他就不容許別人實行。

咕嚕……

黑色的影子如墨汁般翻騰，最終全部聚集在高泉的視野中。高泉與泰絲都眼睜睜看著，直到那抹黑暗完全吞噬周遭。

靜寂。

沒有什麼比嘉德出刀時更靜。高泉錯愕地感受著寒意，在最緊要關頭腰包提醒他閃避，才讓他僅僅是鎖骨被切開而已。

「泉哥！」

「唔啊啊啊——」腦袋險些落地，高泉驚恐地摀住脖頸。儘管如此，他依然受到了致命傷。鮮血狂湧而出，恐慌感很快取代了疼痛。

會死嗎？我會死嗎！？這個念頭在腦海裡揮之不去，眼見嘉德走近、耳聞他冷漠的嗓音，高泉第一次與「死亡」如此接近。

「對於公子，小女子我已無話可說。」

不知為何，高泉想起了幽玄對自己的告別詞。難道這就是「無話可說」的原因了嗎？不行！還不能死在這裡！多瑪、希莉卡、萊恩——還有很多人在等待！還有很多人在期盼救贖！

不知不覺間，高泉的生命已經不屬於自己一人，強烈的羈絆正告訴自己：「在這裡死去會有許多人的命運跟著改變」，於是高泉勉強鎮定住情緒，咬牙望向漆黑無比的兇刃。

「在收拾完你以後，我也會想辦法收拾掉水晶龍，你放心吧。」嘉德冷漠地說。

「……那可不好辦啊，我可不想在這裡被你收拾呢，哈。」

越絕望的時候，就越必須保持笑容。高泉向遠處好不容易爬起身的泰絲使了個眼色，示意她暫時別亂來。眼見泰絲擔心至極的模樣，高泉苦笑著勾起嘴角，終於決定放手一搏。

「腰包……我大概還能撐多久啊？」

「以、以泉哥的體重和出血量……大概三分鐘，不對，或許更短……」

「足夠了。」高泉忽然放開壓住血管的手，轉而握緊了自己的雙刀。

噹！刀刃交擊宣告了最後的戰役開始。高泉在嘉德反應過來以前，朝著他猛然踏出步伐！他的雙刀上纏繞出一抹湛藍色激光，舞動時猶如夜空下的彗星。

嘉德見到他這副模樣，一方面訝異他還能垂死掙扎，一方面也毫不留情地對他做出制裁！

噹！噹噹噹噹噹噹！

那是狂風暴雨般的連環交手，高泉的鋼刀不斷被他投出去又收回來，怪異的攻勢讓嘉德也不得不謹慎應對。雖然是第一次遇上繩刃這種武器，但嘉德卻還是佔據壓倒性的優勢，他漸漸能看清楚高泉的套路，也持續對他的身體做出試探性反擊！

「泉哥！快住手吧！你會死的啊！」

越來越多傷口出現在高泉身上，但高泉仍然沒有停手。當嘉德準備對高泉做出致命一擊時，高泉卻忽然對他投出第三把刀！

「！？」雖然這突如其來的舉動讓嘉德感到訝異，但仍然沒有傷到他分毫。嘉德發現，那把刀出自於己身，是一直插在腰際的備用短刀——「原來如此。」嘉德對高泉稍有改觀，他意識到對手並不是在垂死掙扎。

靈敏的身手、不屈的意志，再加上嘉德也沒有察覺到的扒手功夫。高泉確實想用這些本事來擊敗嘉德。對於嘉德而言，他拚死一搏的信念很值得欽佩。

「但是，尚且欠缺磨練。」

噗咻！黑暗的刀刃從地上颳起粉塵，直接灑向高泉雙目。當高泉忍不住閉眼的瞬間，嘉德已將刀子砍入高泉肩膀！

「咕！」感受強烈的劇痛直奔而來，高泉卻仍然笑著，因為等嘉德發現時，他的劍早已被繩刃拉扯脫手！

噹！噹噹噹……武器落地，嘉德神情上略顯訝異，可他完全不明白高泉此舉有何意義。失去了武器，嘉德仍然屹立不搖，只要周遭還有光影，他就是不敗的。

「可惜，勝負已分。」

「還沒有……我們還有第二回合。」

「第二回合？」嘉德茫然地瞇起眼睛，與此同時身後勁風傳來！嘉德手中沒有武器，只能反射性回身──

「對、對不起！」那是手持巨槌的羊角姑娘，她誇張的槌打如山崩般落下！嘉德完全忽視了泰絲的存在，直到此時就連閃躲也來不及了！

砰──轟！

大地崩裂！泰絲的全力一擊造就地面晃動不止！

沙塵肆意揮發，在濃濃塵霧之間，嘉德右手上浮現出一面影子盾牌。他在危急時刻用盾牌擋下泰絲的攻擊，但他的膝蓋也因此而跪了下來，並且深深陷入泥土地當中，由此可見方才的衝擊力有多麼大。

「……！」不敗的軍神至今為止，從來沒有如此大意過。或許是被高泉死鬥的氣勢給吸引了目光、也或許是他本身還存有猶豫……他無法解釋如今的失態。

嘉德深吸口氣，確認自己並沒有太大損傷後，便用冷酷的獨眼看向泰絲，讓泰絲瞬間嚇哭。

「咿咿咿──偷、偷襲你真的非常抱歉！請、請不要吃掉人家！」

「……出色的一擊。」

看泰絲哭哭啼啼的模樣，嘉德也沒心情反擊了。他緩慢站起身子，走向摀住頸子逐漸缺氧的高泉。高泉雖然面色蒼白，但臉上逞強的笑容卻從來沒有失去過，他回望嘉德，虛弱地說道：「萊恩是我的弟弟，我不可能殺死他。」

「……」嘉德沉默地思索高泉的話。確實，他不想讓亞當的子嗣就此斷絕，但他也不樂意見到艾星翠變得如此悽慘。

這是個兩難的決定，嘉德在最後選擇了傾聽。

「那麼……你要怎麼阻止這一切？高泉。」

「我不知道。」

高泉的結論讓嘉德瞪大眼睛。很相似，高泉與他記憶中的某個人很相似。即使瀕臨死亡、即使束手無策，那個人也不會停下腳步。

在神之棋盤昏黃的背景下，那個人最後的笑容與如今的高泉重疊了，「總是會有辦法的啦……不是嗎？布蘭卡。」

「總是會有辦法……嗎？」嘉德重複了一次高泉所說的話，他接著看向傻頭傻腦的泰絲，發現泰絲雖然也有些訝異，但眼神中卻充滿對高泉的信任。

為此，嘉德收起了自己的劍。

「……你就只剩半口氣了，先讓軍醫把你治好，再看你想說些——」

「吼嗚啊啊啊啊啊啊——」

尖銳的咆哮聲傳入眾人耳內，就連方圓數十里外的鄰鎮都能聽見。一直靜止不動的水晶龍在此時有了動靜，牠渾身七彩的甲殼逐漸轉黑，就像黑水晶般耀眼、卻帶點不祥的氣息。

水晶龍昂首振翅，飛離一直盤據著的大教院，當牠高飛至艾星翠中心點時，世界的末日降臨了。

啪嚓！如同鏡子龜裂的聲音，艾星翠所有水晶都應聲爆裂。那些粉碎的水晶化為液體在地上蔓延，將所到之處無一例外地吞噬其中。

「什麼……」

在大教院交戰的多瑪與伊絲見證這一幕，驚訝地說不出話來。水晶液體就像有生命一般，不斷找出倖存者並加以吞噬。艾星翠再次傳來了此起彼落的尖叫聲，那些躲過巨魔的、躲過魔狼的居民們，卻仍然逃不過液化水晶的屠殺。

大教院失去了晶體架構，開始逐漸塌陷。在那其中，一名被母親藏匿於此的男孩正嚎啕大哭著。

「啊！」伊絲瞬間回過神來，身子疾馳猶如閃電般向男孩飛去，然而還是太遲了，距離太過遙遠，伊絲的魔法又都是欠缺精準的大範圍攻擊，根本沒有救出男孩的手段！

眼見崩裂的石塊離他越來越近，伊絲只能不斷加速，並體會滿心的絕望感。

「以火搭箭——炎箭（Crimson Bolt）！」

赤紅的火焰幻化為巨箭，筆直地將岩塊轟碎。碎石散落在男孩身旁，讓伊絲有了靠近的機會！

咻——

電光一閃之間，伊絲將男孩抱出廢墟，面對周遭包圍而來的液化水晶，伊絲則用落雷將它們全部驅散！

「呼哈……哈……」伊絲大口喘息，並與懷中的男孩互望著，片刻後伊絲茫然地看向身後、看向方才發射「炎箭」的那個人。

多瑪。那名小麥色肌膚的金髮女孩，她同樣呆滯地回望伊絲。她手持長鞭，嬌嫩的小手卻擺出拉弓架式。她指尖上仍然飄散著縷縷硝煙，證明那發炎箭確實出自於她手中——

「咦？咦？咦咦？」多瑪錯愕地驚呼，絲毫不敢相信自己做了什麼。

畢竟，從有記憶以來，多瑪就很瞧不起魔法這種東西。

即使在她年幼時，父親不知為何給她看了一堆魔法書，多瑪也只是隨便記了幾個咒語，卻從來沒有練習過。直至此時，多瑪才想起當年多特看起來有些失望的神情。

他失望並不單純是因為女兒對魔法興趣缺缺，也是可惜了多瑪那少見的才能。

多瑪・席烏巴——這名少女擁有偉大魔女的血脈。

「虎血的姑娘……不要憂慮自己沒有化身之力，妳的才能……遠在別的地方。」

「原來是這個意思啊……」多瑪恍然大悟，原來幽玄想告訴她的就是這個。眼見越來越多液化水晶朝此處蔓延，多瑪快速回憶自己所學過的魔法書，卻因為當年實在太不認真，根本想不起幾個有用的咒語。

「啊啊！隨便啦！」為此多瑪懊惱不已，但她還是咬著牙向天空高舉長鞭，「以敵人為餌，沙羅曼達戲謔於獵場吧——獵焰（Sightrasher）！」

轟！無數火舌竄入天際，在半空中化形為虎頭模樣，隨即它們迅速降下，開始啃咬附近的獵物。每當液化水晶接觸到火焰之際，便像受驚那般退開，伊絲也藉此機會抱著男孩飛往多瑪身旁。

兩名金髮少女互看了一眼，方才的敵意已然消失殆盡。

「能靈活操作法具的人，多半都有一定程度的法術適性……妳果然很厲害呢。」

「少拍馬屁了……還有我其實超討厭小孩的。」多瑪雙手抱胸，彆扭地別過頭。

「呵呵……總之，謝謝妳，多瑪。」

以救下男孩為契機，伊絲終於確認了彼此不是敵人。看著液化水晶逐漸將艾星翠染得透亮，兩名女孩各自預見了結束的風景。

伊絲回憶起救贖之城毀滅，多瑪則想起家族在眼前分崩離析。但最終她們都搖了搖頭，決定不讓這些慘劇再次上演。

「喂，金髮傻妞。」多瑪挑了挑眉毛，「要不要和本小姐合作啊？」

伊絲聞言，欣慰地微微一笑，「嗯！伊絲我正猶豫要怎麼開口呢！」

雷光與火光、長鞭與長劍，不同立場的兩人有了共同的目標。以吞噬世界之龍為指向，全人類找到了唯一的大敵。

伊絲與多瑪在安置好小男孩以後，便向著龍影盤據的城市進發。在那裡，瑪麗的棋子早已到齊，就等著合適的對手來挑戰自己。

「啊！痛痛痛！」有別於合作的兩名女孩，礦山上的高泉哀號不止。戴著鳥喙面具的軍醫正為他縫合傷口，動作同時還加上了非常強的治癒法術，讓一度瀕死的他能夠回到正常狀態。

泰絲在一旁看著，就像陪產的丈夫那般乾著急，「泉、泉小哥加油！」

「不會，死的，最多，就是，痛三個月，而已啦。」

軍醫斷斷續續說著，突然就將針猛地刺入高泉頸子。泰絲不敢去看，就連高泉也不想知道對方做了什麼。他只用眼角餘光偷瞄，確認對方的軍徽來自於禁衛軍。

聯邦的禁衛軍，那是人數固定為一百人的菁英部隊，由嘉德直接統帥。雖然在救贖之城毀滅時大多數的禁衛軍都犧牲了，可後來補進的人才，卻讓其再次茁壯。

此時此刻，不只是禁衛軍，就連一般部隊也回到了礦洞前。這些人死的死、傷的傷，唯一慶幸的就是水晶龍轉化成尼德霍格後，水晶魔物便跟著解體消失，讓這場戰鬥可以暫時告一段落。

但是對於知道內情的人來說，這卻僅僅是一個開始。嘉德在高泉療傷時聽了他的詳細解釋，眼望液化水晶正向城外擴張，嘉德皺緊眉頭。

「吞噬世界……看來不是誇示法。」

這樣下去別說是艾星翠，整個聯邦──不，或許全世界都會被水晶吞沒。到了那時就連殺死萊恩都來不及了。

一想到此，嘉德默默握緊拳頭，暗自做出了決定。

這是一把賭注。

如果是一般的小鬼，說啥「我會解決問題，雖然我還不知該如何解決！」這種鬼話，嘉德一定會當場把他砍死，但他是「那個人」的孩子，就連氣質都很相似。

比起亞當與多特，嘉德唯獨不喜歡現在所講到的那個人。他總是散發著輕浮的氣質，卻在關鍵時刻決定赴死，這讓嘉德非常不能理解。他與嘉德同樣是為目的不擇手段的人，所選擇的道路卻截然不同。

也難怪──嘉德會看高泉很不順眼。

「嘉德，隊長，小鬼，我治好了。」鳥喙面具的軍醫向嘉德報告，嘉德隨即回過神，與站起來的高泉對望。

居然要把世界當成賭注，全押在這孩子身上嗎？嘉德心生猶豫，但他卻不是猶豫不前的人。在這個瞬間，嘉德已經選擇了要去相信高泉。

「按照約定，我會拖住水晶龍──如果液化水晶出自於牠，牽制應該有效。」

「嗯。」高泉點點頭，他仍然不喜歡嘉德，但他卻感謝嘉德願意相信自己。高泉覺得自己的傷都被治好了，從來沒有如此輕盈過，於是他向鳥頭軍醫道謝，可惜對方卻不太理睬。

高泉接著將視線轉往泰絲，開朗地一笑，「抱歉，讓妳陪我跑了一趟，泰絲。」

「唔？」泰絲微笑著搖搖頭，「是我該感謝泉小哥和多瑪小姐……謝謝你們。」

「我還要進去礦山。」

「我知道。」聽著高泉的話，泰絲已經明白對方想說什麼了，於是她按住裙擺向後退開。每個人都有自己的故事，但泰絲的故事卻不該結束在這兒。

接下來，高泉必須去履行自己的義務，而泰絲也該與迪恩做出一個了斷。目送泰絲走到嘉德身旁，高泉微微一笑。

「拜託你們了。」

說完後，高泉步入漆黑的礦洞中，不曾回頭。

他的背影義無反顧，果然和那個人如出一轍。嘉德默默勾起嘴角，是一種很複雜的心情。在神之棋盤中，若高穹沒有犧牲自己的話，嘉德與其他人也不會回到這個世上。

勇往直前——嘉德在此時終於明白自己所欠缺的東西，便是明知會失敗卻仍然勇於前進的氣度。

當他看著高泉的背影消失之際，他終於解開了多年的心結。

「泉小哥……真是個很勇敢的人呢。」泰絲突然這麼說，讓嘉德斜眼看她。曾幾何時，聯邦從「救贖」的角色逐漸淪為「施暴」者，如今惡魔引起了災難，或許是聯邦唯一的贖罪機會。

想到這裡，嘉德拍了拍泰絲的鐵鎚，越過她以後，嘉德面向倖存下來的所有聯邦軍，並對他們下達最後的命令：「救贖之城聽令——拯救這裡吧。」

「咦？」士兵們你看看我、我看看你，紛紛對嘉德的命令感到遲疑。然而數秒以後，他們卻見嘉德拔刀走向城鎮，眼神中恢復了以往的榮光。

「和我一起，拯救艾星翠吧。」

「啊……」至今以來第一次，壓抑在士兵們心中的情感爆發出來。聯邦軍跟隨國王犯下了許多過錯，但這些過錯卻迎來了轉機。

沒錯，這才是「救贖之城」真正的價值啊。

「喔喔喔喔喔喔喔——」

洞窟外傳來了震耳欲聾的戰吼聲，就連高泉也能聽到，這是他記憶中聯邦軍應有的模樣。

高泉微微笑著，藉由水晶光芒引導，一路走到幽邃斷層所在之處。他向深淵下方眺望，心想幽玄一定也還看著。而就在此時，腰包的嗓音為高泉指引了進路：「泉哥，你看上面……水晶龍突破了山壁，在那大洞之上，萊恩就在那裡了。」

「是嗎？說來……你最近話真的變好少啊。」

「……」腰包默而不語，過了片刻才淡然回應：「跟隨泉哥旅行也兩年了，我在泉哥身上看到了好幾次奇蹟，然而——我卻漸漸開始懷疑人類的奇蹟是否堪用。」

「人類的奇蹟？」順著凹凸不平的岩壁，高泉擲刀攀登而上。

神有神能，可統治世界；魔有魔力，可抑制天神。這話高泉已經聽腰包講了好幾百次，可他卻從來沒有聽懂。他認為奇蹟這種東西並不可靠，畢竟他父親高穹就是死於奇蹟沒有發生。

「我想讓人類的奇蹟……變得能夠100％發生。」

「欸？」

腰包的話語讓高泉茫然地眨眨眼，他在百般思索之後，笑著回應腰包：「那樣子就不叫做奇蹟啦，奇蹟之所以會被稱為奇蹟……就是因為它不會百分之百發生吧？」

說話同時，高泉攀上了岩壁的盡頭。水晶龍衝破的大洞近在眼前，高泉不費吹灰之力便躍出洞外。是風。涼爽的冷風第一時間吹過高泉顏面，他瞇起眼睛，看向洞外孤寂的景色。

此處是一座長滿芒草的高原，位於礦山頂峰附近。微風將芒草吹得左搖右晃，在那百草的舞蹈包圍下，一抹人影映入高泉視線中，既清楚又熟悉。

「萊恩。」

戴著面具的萊恩．日輪靜靜豎立於此，卻沒有一絲活人的氣息。然而聽聞高泉的嗓音，萊恩還是轉頭看向他。

從那面具的眼縫中，高泉讀出了歡愉的情緒。萊恩就這麼拔起了日輪聖劍，並讓日輪王室特有的太陽魔力覆蓋夜空。沒等萊恩開口，高泉也扯開繩子，讓兩把刀刃在陽光下舞動，「還是該稱呼妳為『瑪麗叔母』呢？混帳。」

「嘻嘻，你果然很聰明呢，泉兒。」

瑪麗嬌媚的嗓音從萊恩唇間滲出，製造了恐怖的反差感。就如瑪麗所言，高泉始終沒有趕上。這個故事從上一輩延續至今，已經過了十五個年頭。多特、亞當與高穹早已不在人世，而唯一剩下來的那個，卻是戲謔於故事外的惡魔。

第八原罪魔王──「歡愉」的瑪麗咧開嘴角，迎向故事的終結。

她等這刻等了十五年。

這裡，就是高潮。

最終章「救贖之城」

很久很久以前、比救贖之城建立更早以前，人類大陸「米德加爾特」曾經與天界相連。那是一條由樹木所構成的道路，它直通天際，綠蔭遮蔽了整片天空。每當人類仰首同時，便能看見光芒從枝頭上灑落。

那即是人類最初的信仰——世界樹。

世界樹在陸地上生長了好一段時間，或許幾千年、也或許幾萬年，但最終仍然逃不過死亡的命運。吞噬世界之龍「尼德霍格」降臨於世，牠不斷蠶食著樹液，使世界樹在人們眼前枯萎凋謝。

到了後來，人類只能眼睜睜看著信仰化為遍地殘渣。

慘叫聲淒厲迴盪，巨樹在晃動中斷裂，壓垮了上百個城鎮。尼德霍格的爪牙無盡蔓延，不知過了多少個年頭，直到人們適應黑暗時，見到的是一片荒蕪的景色。

那時候的景象，就如同現在一樣絕望。倖存的艾星翠居民雙眼無光，全都悲傷地看著家園被水晶給逐漸吞沒。在那當中只有一名男孩熱切地望著，因為他看見了烏雲中細微的光芒。

天使？不對，人們很快便能看清，那只是兩名平凡的少女罷了。

「妳這金髮笨蛋妹——再慢一點點點啦啦啦！」

「這已經是最低速了！伊絲必須遵守交通規則！」

稜光呼嘯而過，多瑪乘坐在伊絲背上，任由她光線構成的羽翼放肆飛揚。

從兩人合作開始，她們就在艾星翠不斷救助危難的人們。一傳十、十傳百，沒過多久居民口中所言都是她們絢麗的身姿。對這些人而言，多瑪與伊絲就像是真正的天使。

「媽媽……天使果然是存在的呢！」眺望黑夜裡閃耀的白光，從大教院獲救的男孩微微一笑。

而他身旁的母親見到這一幕，淚水忍不住奪眶而出，「是啊……」她拉著男孩跪了下來，周遭人們見狀，也紛紛做出一樣的舉動——他們虔誠地祈禱著。

「至高的吉爾・哈斯特呀。」

曾幾何時，人類學會向神靈禱告。但諷刺的是——最終伸出援手的卻往往不是那些神明。或許正因為多瑪與伊絲有著凡人的思緒、有著凡人的喜怒哀樂，才會選擇在災難中挺身而出吧。

多瑪與伊絲的身姿映在所有倖存者眼中，祈禱聲也逐漸化為歌謠。

「多瑪！那裡！」飛越咆嘯的尼德霍格身旁，伊絲手指巨龍爪邊的土地。那裡的液化水晶正逐漸包圍住數十人，多瑪見狀趕忙擺出拉弓架式。

「以火搭箭——」

火焰凝聚於多瑪的指尖，但她卻遲遲沒有射出。因為在這一瞬間，美妙的祈禱之歌傳入她耳內，讓她有股奇特的感覺。或許是與高泉旅行太久了，她總覺得——

奇蹟，會在此時發生。

轟！

比多瑪更迅速，聯邦的火砲炸在陣地中央，使水晶四散噴開。

多瑪與伊絲都傻愣愣看著，直到她們聽見宏偉的號角聲，才終於向發砲地點看過去。那是一幅非常壯觀的景象。聯邦軍宛如潮水般從山道上傾落，在數百大軍的最前頭，是騎著馬的玄影軍神。

他的出現招來了無數如藤蔓般的水晶襲擊，卻在接觸到他以前，那些水晶全部四分五裂。地面剎時湧出大量的黑影荊棘，將水晶分割同時也讓它們無法再次聚集。

「嘉德隊長！」伊絲驚喜地喊出聲，她從沒想過自己的隊長會在此時下山支援。

「路已打通──全軍換上火把，向水晶龍進擊。」

聽聞嘉德號令，聯邦軍全部收起武器，並且點燃了火把。每當有液化水晶試圖靠近之際，騎兵隊便以火把驅散它們。

「嗚嗚喔喔喔喔──」眼見大批人馬朝自己襲來，尼德霍格終於正視了眼前的敵人。牠尖吼出聲，讓半空中的多瑪與伊絲忍不住摀起耳朵。

在聽覺的痛楚下，多瑪皺緊眉頭怒視嘉德。

這個人殺了父親與哥哥，可以說是罪無可赦──

罪無可赦！罪無可赦──

「……」

但是……為什麼呢？多瑪的怒氣漸漸止歇了。

「唉。」想起高泉的笑臉，多瑪長嘆口氣：「結果我也是笨蛋吶。」

言畢，多瑪立即扯開長鞭，朝著聯邦軍隊前行的道路燃起火花，「讚美南位永生神，您的烈焰永垂不朽，如同盛放的紅花，故此請照亮我前行的道路──燃燈（Lighting）！」

唰！一圈烈焰的拱門出現在道路上，每當士兵穿越之際，手中火把的照明度就突然倍增，而周遭液化水晶受到光明的照耀，紛紛變得不活躍且向後退開。

嘉德訝異地看著拱門出現，再望向頭頂伊絲的稜光羽翼，頓時已理解一二。他沉默地勾起嘴角，向身旁駕馭馬匹的泰絲說道：「妳的朋友……似乎是選擇了另一條道路。」

「是在說……多瑪小姐嗎？」泰絲茫然地眨眨眼。

嘉德沒有回應，只是筆直前行。他不後悔殺了多特、也不後悔招人怨恨。應該說他覺得「後悔」就是對死者的污辱。人們做了什麼，都只能勇於承擔，就算多瑪在此時偷襲殺死自己，嘉德也不會有任何怨言。

抬眼看向咆嘯中的尼德霍格，嘉德默默拔出了黑劍。他的劍刃上纏繞著無邊的黑暗，以及他的恨意，「謝謝你讓我回憶起許多事，水晶龍。」

眼中映著無數的死屍與廢墟，嘉德回憶起家鄉被摧毀時的景象。那是至今以來第一次，嘉德凌厲的神情中流露出些許憤怒之情。

「那是一種，非常糟糕的感覺。」

嚓！

所有棋子都聚集於此，就如同瑪麗所預見那般。耳聞狂暴的怒吼聲從艾星翠方向傳來，高泉苦笑著聳了聳肩。

那邊開始了，他自然也不能停歇。

「如何啊？萊恩。」

刀尖指向自己的義弟，高泉與萊恩以艾星翠為背景，站在對立的兩方。儘管高泉也明白，現在豎立於自己面前的這個人，只是瑪麗的傀儡罷了，但他還是想與萊恩多說幾句，試圖把聲音傳入他耳中：「搞出這種事，你不會打算一睡了之吧？」

「嘻嘻。」戴著面具的萊恩歪頭笑了笑，嗓音甚至嬌媚，「不對，修正一下泉兒的說法——萊恩・日輪已經死了，可不是睡著而已？」

邊說著、萊恩邊緩步前進，見到他游刃有餘的模樣，高泉絲毫不敢怠慢，兩人圍繞著彼此，踏出對峙的節奏。從進入礦山以來，高泉就一直在思考該如何阻止瑪麗……

既然水晶龍是以萊恩的靈魂為關鍵，進而成為狂暴的尼德霍格，那只要將萊恩的靈魂奪回，自然就有機會阻止情況惡化吧？

但是，該怎麼做呢？高泉沒有半點頭緒。

「嗯，這麼說來呀……」萊恩忽然停下腳步，在高泉數公尺外的距離站穩，完全看不出他打著什麼如意算盤，「也真是好久不見了呢……哀家親愛的泉兒姪子。」

聽到萊恩這麼招呼，高泉先是微微一愣，隨即他雙手插腰，也勾起昔日對待瑪麗的親切笑容。

「哈，的確很久不見，敬愛的瑪麗叔母，我還真沒想過會有今人。」

對於高泉來說，這確實是久別的重逢。高泉生母不詳、父親又早死，所以皇宮中的長輩自然就成為他親人般的存在。瑪麗皇后也是其中一員，還是高泉特別喜歡的一位。

她幽默風趣、平易近人，老是帶著高泉跟萊恩遊山玩水，形同母親那般。

高泉永遠記得，皇后無比溫柔的笑臉——「以笑容堅強自己。」，高泉的理念或許正出自於瑪麗。但是此時此刻，皇后以往甜美的形象，卻在高泉心中慢慢瓦解。

「……我還以為那種感情是真的。」笑容依舊，高泉神情上卻泛有一絲苦澀。

「哀家一向非常認真，對你也是。」

「那妳為什麼要做出這種事？」

「因為有趣。」與當年和多特的對白一模一樣，兩人重複了相同的對話。瑪麗操縱萊恩的手，向天空高舉日輪聖劍，「我是第八原罪『歡愉』，也是我父親瑪蒙製造出來、用以結束天界戰爭的武器——但那實在太無趣了，於是我站在人類這方與高穹一起殺死了父親，然後是亞當、多特……我把喜愛的人一個接著一個殺死了。」

「……」真是個瘋子。高泉沒有把這句話說出口，但他深刻覺得瑪麗已經瘋了。

「唉呀？泉兒難道沒辦法理解嗎？」

眼見高泉皺眉的神情，瑪麗笑得越來越開心了。

打從出生以來，瑪麗這名惡魔就在不斷背叛他人。誕生同時就吃掉了母親，並吸收她的力量，然後再奪取人類的軀體接近聯邦。本來瑪蒙會在神之棋盤中大獲全勝，卻因為瑪麗的背叛，而與高穹同歸於盡。

在那個瞬間，瑪麗體會到無盡的幸福滋味，那種感覺實在太棒了！

背叛、失序、脫軌！與其他惡魔都不同，瑪麗傾心於製造混亂，同時也喜歡著人類。人類有無窮的可能性，還有能容納自己第八原罪的特質，正因為如此她才愛不釋手。

但是，越喜歡的東西就越有破壞的價值，瑪麗也希望人類能反過來破壞自己。

畢竟第八原罪自始自終，都期待著驚喜發生啊！

「啊啊……那泉兒能帶給哀家什麼呢？」

轟！

一直高舉的日輪聖劍忽然斬下，強烈的熱能瞬間焚毀整座高原。高泉腦中激盪著腰包的警訊，卻還是被那股熱浪給吹飛，來到了半空中。

「咕！」當他總算回神之際，就見萊恩的笑臉面具近在咫尺。高泉第一時間舉刀抵禦，只聽聞銳利一聲響，身子便被打落至燃燒的高原上！

「糟糕——」

「泉哥！」腰包驚慌地在高泉腦海中描繪出路線。高泉遵照他的指示，好不容易才爬出火線外，但就在此時，白銀聖劍的光芒刺向眼前，令高泉卯足全力接刀！

噹！

兩道劍光相互角力，竟是高泉居於上風。眼見機會來臨，高泉轉守為攻，行雲流水的斬擊從四面八方襲來，卻全部被萊恩給避開。與此同時，萊恩也不甘示弱地做出反擊，刀光劍影之間爆裂聲不絕於耳！萊恩的每一下斬擊都挾帶著高熱，讓高泉的肌膚苦不堪言。

好強！高泉察覺了，這確實是萊恩自己的劍術，而且還精進不少！

「萊恩……！」

即使淪為傀儡，那傢伙這麼多年來也沒有停止前進嗎？高泉一直都明白，雖然萊恩的性格軟弱，但他卻總想把事情做到最好。他不斷學習，在瑪麗的操弄間也試圖成長。

這讓高泉有股悲傷的感覺，就跟泰絲的弟弟一樣，他們都想正常地活著。

噹！噹噹噹噹噹噹噹！

雙刀的攻擊節奏改變了，萊恩體內的瑪麗能夠感受的到。她訝異地眨眨眼，心裡泛起愉悅的情緒。於是她也盡萊恩本身的實力，做出相應的反擊，卻還是漸漸被一言不發的高泉給壓制住。

為此，瑪麗譏笑出聲：「呀——難不成泉兒生氣了？」

「瑪麗叔母……操弄人心就這麼有趣嗎！？」

高泉的每一刀，都斬斷了與瑪麗相處的回憶片段。他金黃色的瞳孔猶如太陽那般耀眼。腰包驚訝地感受著，他察覺高泉的速度正持續倍增，已經超越了原有的實力。

高泉忽然將雙刀投出，刀刃在左右兩側飛旋數秒，接著同時斬在萊恩劍上，衝擊力度比揮刀時更大！

「唉呀呀……拚劍不行嗎？」萊恩歪頭冷笑，突然向後退開。

轟！太陽的光芒匯聚於聖劍之上，萊恩的笑臉面具被陽光給映得模糊不清。高泉面無表情地警戒著，直到萊恩開始詠唱：「延續了吉爾・哈斯特的我們一族……」

「……！」腰包激烈地顫動，同時大喊出聲：「不能給他詠唱！這魔法是——」

話還沒說完，高泉已經反射性朝萊恩衝出步伐，然而終究還是遲了一步。瑪麗的魔力加諸在萊恩身上，讓他的唸咒速度快得一蹋糊塗。

轉眼之間，萊恩說出了最後的咒詞：「故此，奇蹟的子民們帶來了救贖——創世之光（Ray of Genesis）！」

最初是一秒的寂靜，隨後巨大的光球籠罩在礦山頂端。那是大到連遠在艾星翠奮戰的眾人都能看見的高熱體，它只是懸浮半空，高泉就覺得自己快要融化了，簡直像是小型的太陽！

高泉抹去額前的汗水，就聽瑪麗的嗓音幽幽傳來：「不管看幾次都很壯觀呢！只有日輪皇族才能使用的魔法……不久後，這座山將被高熱夷為平地。」

「開什麼玩笑！那萊恩他——」

「萊兒已經死了，哀家根本不需要他。」萊恩再次擺出戰鬥架式。高泉瞬間就明白了，瑪麗打算捨棄萊恩的肉體，和自己戰鬥到最後一刻。直到高熱光體將礦山給焚毀殆盡時，兩兄弟也將在此同歸於盡。

「混帳——」高泉怒吼出聲，向著萊恩猛衝，試圖將他帶離礦山，卻換來對方無情的一劍！

噹啷！高泉勉強抵禦住，但根本無計可施！

「別這樣！萊恩！醒醒啊！」照理來說，萊恩的靈魂已經去了尼德霍格那，應該是聽不見才對。但瑪麗卻訝異地發現，萊恩的意識一閃而過，雖然僅僅存在於剎那之間，卻跟這具身體有了聯繫。

瑪麗持續與高泉交戰，卻對方才的事好奇不已。

噹噹噹！劍風無盡蔓延，縱使高泉的劍術較為高明，瑪麗也只需繼續與他纏鬥即可。這是一場自始自終都不公平的戰鬥，眼見高泉拚盡全力的神情，瑪麗感到非常有趣。

人類為什麼不懂得放棄呢？在這麼惡劣的環境下，為何他們能夠生存至今？

「泉兒、泉兒、我的泉兒呀……你為什麼要如此拚命呢？」

諸多疑問浮現於瑪麗心底，但她最終只是嬌媚地一笑。

「……但不管怎樣都來不及了，創世之光已然降下。」

正如瑪麗所言，高熱的光球越來越靠近，早已對兩人的皮膚產生燒灼感。然而高泉卻沒有停歇，依然以攻勢壓制住萊恩。在這個瞬間，瑪麗又突然發現，高泉的刀刃上隱隱約約纏有一絲光芒。

那是極其細微、猶如絲綢、又像是海浪般的光澤。

「沒有什麼事情是『來不及』的。」

「嗯嗯？」瑪麗茫然地眨了眨眼。

「我說——沒有什麼事對一個人而言是『來不及』的！」

砰！刀光隨著高泉的吼聲轟然炸裂！伴隨那聲巨響，高泉竟然用單刀就砍飛萊恩的日輪聖劍。

瑪麗啞然地睜大眼，更清楚看見高泉刀刃上瀰漫的藍光。那是瑪麗曾經見到過的光芒、出自於另一個人的奇蹟。

然而，那個人應該已經去世了才對！

「泉、泉哥？」就連腰包也困惑地注視高泉，剛才的一擊完全超乎他預期。沉默籠罩，不管是神靈還是惡魔，此刻全將目光聚焦於弱小的人類身上。

人類非常脆弱，無論是體力還是魔力，都遠遠不及其他種族。但在最關鍵的時刻裡，人類卻有著無窮的潛力，因為他們的情感非常豐富，不像是原罪惡魔，也不像是美德神靈。

人類——他們切切實實地活著，所以才擁有鋼鐵般、足以喚醒奇蹟的意志力。

呼——呼——

湛藍的海風徐徐吹來，澆熄了平原上的烈焰。高泉雖然立足於強光底下，汗水卻慢慢止歇。他向著萊恩跨出第一步、第二步……直到第三步時，高泉終於開口了。

「這就是你希望的結局嗎？來不及拯救一切，在這與我同歸於盡的壞結局？萊恩・日輪王。」睜開堅毅的眼眸，高泉將他海藍色的瀏海甩至一旁。團團光芒包覆其身，讓瑪麗不自覺感到顫慄。

就是這個！她期待的就是這個！在她生存的數千年間，她曾經歷過無數人類的反抗，而在最關鍵時刻所產生的，就是連她也無法應付的這個！

——奇蹟！

猶如戲法、也宛若魔術，高泉彈指瞬間，兩把串聯鋼繩的刀刃漂浮半空。它們挾帶著海藍色的激光，扭動時猶如出籠的巨蛇。

高泉透過萊恩被操縱的肉體，直視著萊恩的內心，在此時此刻，他勾起萊恩熟悉的笑容。

「不該就此結束，快醒過來吧！」

「泉兒，沒用的——」

「醒過來吧！萊恩！」

咻砰！雙刀在高泉的指揮下，猶如導彈般朝萊恩飛去！萊恩趕忙撿回自己的日輪聖劍，他一擊斬落兩把刀刃，刀刃卻再次朝他猛刺。斬落、飛起！再斬落、再飛起！不管擊潰高泉的意志多少次，他都沒有放棄，就如同那兩把飛翔的不屈之刃！

「呀、呀……真是久違了呢。」瑪麗恍惚地笑著，面頰也因喜悅而潮紅。透過萊恩的雙眼，她看見自己正一步一步被逼入絕境。

雙刀不斷干擾著萊恩，高泉也筆直朝他飛奔而去。當萊恩持劍砍向手無寸鐵的高泉時，高泉竟然從夜空中抽出第三把、也是把無實體的蒼藍光劍！

「給我醒過來啊！自由聯邦的太陽王——萊恩・日輪！」

砰砰。萊恩的心臟激昂跳動。瑪麗眼見巨大的光劍朝自己斬落，卻沒有做出任何反抗。她只是心滿意足地笑著——果然，蒼藍奇蹟的後代並沒有讓她感到失望。

轟——

蒼穹之刃直接蓋過日輪聖劍的光芒，並垂直斬向萊恩的顏面。萊恩瞬間感受到靈魂被撕裂的痛楚，與此同時，他也察覺瑪麗正離他而去。

「呃啊啊啊——」萊恩慘叫著摀住顏面，那張笑臉面具從正中心龜裂開來，最後一分為二掉落在草地上。

咚、咚。

就像大夢初醒那般，萊恩・日輪這十五年來，第一次看清世界的樣貌。那是個沒有光芒，充斥著慘劇與戰亂紛爭，可是卻又異常美麗的世界。

失去瑪麗的魔力供給，創世之光在半空中扭曲變形，隨即消失於虛無間。長年以來，瑪麗都是用那張笑臉面具在操控萊恩，久而久之就締造了靈魂連結。

當尼德霍格誕生之際，萊恩的靈魂被當作鑰匙，進而啟動魔龍體內的力量，但因為高泉方才的呼喚，萊恩重新掌控了自己。而在面具碎裂後，他與瑪麗的連結也就此斷絕。

睜開青湖色的眼眸，萊恩模糊的視線裡，映出了自己朝思暮想的那個人。高泉蹲在他身旁，向他展露爽朗的笑容。

在很久很久以前，就是這張笑臉拯救了他，卻也帶他走上仇恨之途。此時再次見到高泉，萊恩心中滿是懊悔：「對……不起……」

「我們都做了很多錯事。」高泉平靜地答覆，然後將日輪聖劍放到無力的萊恩懷中。如果高泉當初不選擇逃避，或許事情也不會走到這一步。現在，他還有許多債沒跟瑪麗算清。

高泉站起身，面向砲聲隆隆的艾星翠，「保重啊，我去去就回。」

「……你會死的，母后她……根本沒有認真……」

高泉沒有多說什麼，只是笑著拍拍萊恩肩膀。這無言的舉動，卻帶給脆弱的萊恩一絲絲勇氣。眼見高泉向艾星翠越走越遠，萊恩緊緊握住了自己的劍。萊恩依稀記得高泉兒時的背影，只是現在的那模樣，卻遠比印象中更寬大、而且更可靠了。

「泉哥，第八原罪目前只是離開小王子身上而已，但若再施展一次像剛剛那樣子的奇蹟，要殺死她或許不是問題！」一行徑間，腰包語氣雀躍地向高泉如此提議。

「……」

「呃……泉哥？」

「沒事，走吧，腰包。」

高泉閉著眼睛搖了搖頭。從以前開始，他就有著奇特的「運氣」護身，然而方才是第一次，他直接將奇蹟具現出來。

老實說，他不喜歡這樣的感覺。正如他在礦山上與腰包的對白，他認為奇蹟不會每次都發生，過度依賴它只會走向失敗結局。

一想到此，希莉卡的身影忽然浮現於高泉腦內。在派克斯的時候，奇蹟就沒有發生，讓高泉更篤定自己的想法。於是，他終究放下依賴，逕自踏上最後的旅途。

儘管那是一個……奇蹟「絕對」不會發生的結局，高泉也不覺得有任何懊悔。

「雷槍（Lightning Spear）！」

「炎箭（Crimson Bolt）！」

火焰與雷光相互交織，在半空中奏出震撼人心的樂章。那兩道光芒全都炸在漆黑的魔龍身上，然而在粉塵消退後，尼德霍格卻毫髮無傷地從中現身。

更多火炮緊隨而來，還是沒有一發能對牠造成傷害，所有人的攻擊就像蚊蟲叮咬那般可笑。尼德霍格仰頭張開巨口，當牠昂首咆嘯之際，離牠太近的聯邦軍全部晶體化，隨即在聲波中四分五裂。倖存的軍人們見狀，紛紛恐慌地向後逃難。

「開什麼玩笑！這死怪物！」穿梭於雲霧間，多瑪與伊絲方才是靠著高速飛行才勉強躲過一劫。眼見大半的聯邦軍化為粉末，伊絲也緊迫地臉色蒼白，但她隨即看見一人孤身衝向尼德霍格，是形同黑影般的身姿。

為此，伊絲忍不住大喊出聲：「嘉德隊長！請務必小心！我們的攻擊對牠——」

聽見伊絲的嗓音，嘉德分心抬頭上望，也在此時尼德霍格重爪落下，直接將他所站之處夷為平地。

然而——「可笑。」嘉德絲毫沒有受到影響，他在地面崩裂的瞬間就踩著一塊塊碎石衝上龍爪，當尼德霍格發現之際，嘉德已經在牠爪上砍了二十一刀，猶如奔雷般！

「吼噢噢噢噢——」

「不行嗎。」二十一刀全部用了最大力氣去斬，卻完全沒辦法在尼德霍格黑水晶般的甲殼上造成傷害。嘉德在半空中製造出影子平台，就這麼與尼德霍格周旋了老半天。

雖然嘉德速度上佔據絕對優勢，但他卻發現尼德霍格越來越快，遲早能夠抓到自己。噹噹噹噹！又是十二刀同時斬出，嘉德一舉躍上龍頭，朝其眼睛劈斬！

噹。沒想到，尼德霍格的眼珠竟然也跟甲殼一樣硬！嘉德錯愕地收刀，正準備閃避對方攻擊，尼德霍格卻突然停止動作。

萊恩的靈魂在此時受到高泉牽引，猛然從尼德霍格身上抽離。只見尼德霍格漆黑的甲殼正逐漸退色，化為原本璀璨晶體的模樣。這突如其來的轉變，雖然讓嘉德不明所以，但直覺卻告訴他這是絕佳時機！

「一。」

第一把黑影構成的長劍憑空出現，直接刺入尼德霍格的甲殼內。耳聞巨龍發出哀鳴聲，嘉德即刻化身為狂風，在龍的表皮上高速穿梭。每當他所經之處，就多了十幾二十把長劍，短短十五秒之間，嘉德已經攀上尼德霍格頭部。

「六百七十五。」

嚓！

「嗚啊啊啊！」第六百七十五把長劍刺入尼德霍格雙眼中，順利奪去了牠的視線。尼德霍格狂暴地振動翅膀，風壓直接摧毀十數棟房舍。然而那壓倒性的力量看在旁觀者眼裡，卻多了一絲絲的期盼感。

牠在掙扎、牠在逃跑！尼德霍格的身姿在半空中痛苦翻轉，越來越多黑影兵器刺滿全身，讓那隻魔龍形同萬劍之塚——

「一千零一夜（The Thousand and One Nights）。」

當第一千零一把長劍出現時，嘉德反手握住它，接著猛力將尼德霍格的雙顎給串成一線！尼德霍格在半空中停止掙扎，嘉德順勢用全身的力量，將龍首壓往堅硬的地面。

這一瞬間，周遭寂靜無聲，直到嘉德躍於人前，周遭才響起激昂的歡呼！

「喔喔喔喔喔喔喔——！！」

白銀的軍旗漫天飛揚，聯邦軍高舉著武器，恭迎軍神的凱旋歸來。嘉德豎立於歡呼聲浪中，只是沉默地抹去龍血。當他與半空中的稜光羽翼對上視線時，他才少見地展露微笑。

這一幕看在多瑪與伊絲眼裡，卻有著完全不同的感受。耳聞伊絲開懷笑著，多瑪神情複雜地收起長鞭，她不知該如何面對嘉德。

「對了！高泉他們……」

比起尼德霍格的死，多瑪更關心自己的伙伴身在何方。藉由伊絲引領，兩人迅速環顧戰場，終於在尼德霍格的屍身旁發現泰絲。

泰絲沉默地跪著，淚水從眼角泉湧而出，即使她也明白迪恩已經不在了，但一看見巨龍渾身插滿劍的模樣，泰絲還是不禁悲從中來。

她走上前，輕輕擁抱住龍頭，就像時隔多年又重新抓起迪恩的手。

「對不起……沒能拯救你，是姊姊太沒用了……」泰絲聲淚俱下，哭紅的雙眼逐漸模糊起來。卻在視線偏差瞬間，泰絲看見尼德霍格睜開眼，正死死盯著自己瞧。

「姊姊大人，哀家好想念妳呀。」

「……咦？」

笑聲劃破了寂靜，尼德霍格緩慢撐起腦袋。牠金黃色的瞳孔炯炯有神，下一秒卻被染為血紅。泰絲茫然地與牠對望著，絲毫沒理解發生了什麼事。

這突如其來的轉變不止讓泰絲愣在當場，也讓不遠處的嘉德察覺異狀。但在任何人反應以前，尼德霍格的甲殼再次轉黑，圓睜的瞳孔也勾起一絲笑意：「妳有想我嗎？姊姊大人？」

「快離開牠！」嘉德暴吼出聲，終究還是遲了一步。尼德霍格全身的黑劍依序鬆脫，傷口也因甲殼變色而完全癒合。

周遭聯邦軍愕然回神，才正想拔刀支援，就被龍爪與龍尾瞬間撕成碎片。血肉橫飛於泰絲視線中，她茫然看著不一樣的尼德霍格，直到兇爪也朝她頭頂落下——

噹！嘉德緊急推開泰絲，自己用劍接住這一擊！

「布、布蘭卡先生！？」

「咕唔！」好重！嘉德不敢置信地承受著巨力。他的劍與龍爪相互摩擦，製造出陣陣零星的花火。在這無比刺耳的巨響當中，嘉德漸漸被壓制下來。

以人類的力量要與怪物抗衡，果然還是差了許多。
「……」察覺大限已至，嘉德冷眼看向泰絲。
「快走。」
砰！
只是眨眼瞬間，嘉德就被龍爪轟飛至數十尺外。強烈的震盪緊隨而來，讓嘉德喉頭湧現一股鐵鏽味。他默默看著雪地被自己的血給逐漸染紅，當他抬起頭時，尼德霍格已經衝破重重阻礙來到他面前。
魔龍與軍神互望著，沒有多餘的對話，龍爪再次將嘉德撈起，往更遠處的殘垣拋飛出去！
轟！此次巨響過後，嘉德沒了動靜。
「嘉德隊長！」
伊絲尖叫出聲，隨即將多瑪扔到安全位置，自己一個人朝著魔龍俯衝。多瑪還來不及阻止她，就見尼德霍格張開雙翼——
那一瞬間，世界被巨大的黑影所覆蓋。方才的勝利宛如一場夢，人們全都眼睜睜看著尼德霍格吼出終結之歌。光芒。水晶的光芒從尼德霍格口中噴發，那是絕對零度的氣息，將掃到的萬物全部凍結成冰塊。
「大樹啊，在我的怒吼聲中倒下吧（Ragnarök）。」
啵。清脆的一聲響，世界陷入一片潔白的荒蕪中。
一直以來，尼德霍格都無法完全發揮出實力。直至此時此刻，瑪麗的靈魂取代了萊恩日輪，進而成為牠體內的那把關鍵之鑰。

畢竟要解放尼德霍格的條件，是需要一名「偉大魔法師」的靈魂，那麼瑪麗皇后這個「人類」的身分，也足以勝任。

艾星翠就像覆蓋上一層薄薄的冰霜，再仔細看一些，就會發現那其實是水晶所構成的物質。大半倖存者在一擊中化為冰屑，隨著冷風逐漸消逝，就連在空中的伊絲也沒有倖免於難，即使她沒有被光線直接命中，稜光羽翼也因擦傷而面臨粉碎。

失去動力，伊絲在所有人面前殞落，就如同折翼的天使那般。液化水晶重新開始活動，將殘餘的居民吞噬其中。

慘叫聲不絕於耳，多瑪與泰絲同時奔出步伐，向聯邦軍的最前線跑去。越過逃竄的眾人、越過奮力抵抗晶體侵襲的聯邦軍，多瑪與泰絲終於來到了最前線，但到底是為什麼呢？這兩名女孩沒有在絕望中選擇逃避。

「本小姐真是瘋了……才會去救自己的殺父仇人。」

多瑪拉開長鞭，擋在趴伏於地的伊絲身前，而不遠處的泰絲則高舉巨槌，不讓液化水晶吞掉昏迷的嘉德。

兩人隔空交換了一個眼神，確認彼此的想法。儘管聯邦軍前一刻還是敵人，但他們也確實竭盡全力守護了艾星翠，沒有理由讓他們在此全數犧牲。如果放任嘉德與伊絲陣亡不管，在群龍無首下，這場戰爭就真的結束了。

咚、咚——

尼德霍格的腳步聲越來越靠近，在雪景當中，牠的身姿來到兩人面前。多瑪在第一時間感到顫慄，泰絲也不自覺發起抖來，但兩人卻誰也沒有向後挪動半分。

透過尼德霍格赤紅的視線，瑪麗靜靜端詳兩位女孩，她曾預見最後的阻礙會是嘉德與伊絲，卻沒想到自己猜錯不少，「呀……幸會，妳們不逃跑嗎？高泉已經死了哦。」

尼德霍格張開血盆大口，水晶的光芒再次於口中醞釀，充滿了威脅意味。然而兩位女孩聽完牠的話，卻是面面相覷了一番。瑪麗訝異地發現，她們的顫抖正逐漸止歇——

「唉。」多瑪忽然嘆口氣，見她雙手插腰的模樣，瑪麗茫然地眨了眨眼。

「嗯嗯嗯？」

「泰絲……妳會和聯邦軍一起出現，而這傢伙又著急地把自己變成怪物，就代表高泉那笨蛋成功了吧？」

多瑪斜眼看向泰絲，泰絲雖然不敢肯定，卻笑著點點頭。

「唔嗯！畢竟……那個……人家實在想像不出來，泉小哥會被她殺死的模樣。」

「是嗎是嗎？那……我們可不能落後那個笨蛋啊！」燒灼的炎箭在多瑪喊聲中瞬間射出，並於半空中螺旋加速，一會兒便直擊尼德霍格張開的巨口。

水晶光芒因此在尼德霍格口中爆炸，升起了縷縷硝煙。瑪麗對這發突襲感到又驚又喜，她操控尼德霍格掙脫煙霧，卻見巨槌轟然砸向自己的下顎，將牠剛擺正的腦袋又向上拉升！

「妳不是迪恩！請不要操控他！」

「唔哇哇！？好痛好痛好痛——」

奧利哈鋼製成的巨槌堅硬無比，卻還是無法在黑水晶甲殼上造成傷害。尼德霍格發出戲謔的喊聲，下一秒卻突然將腦袋拉回，朝泰絲吐出絕對零度的光線！

在泰絲即將被吞沒的一瞬間，雷光暴然閃動，直接炸歪尼德霍格的腦袋，也令這發光線將周遭房舍全數掀飛！

「唔唔……」伊絲吃力地撐起上半身，朝尼德霍格高舉長劍。

「金髮傻妞！？」

「伊絲是伊絲啦……」伊絲苦笑著看向多瑪，似乎對多瑪願意保護自己感到非常感激。然而沒時間給她們交談，尼德霍格的龍爪再度砸下，逼得多瑪只能向後跳開一段距離。

啪！啪！多瑪忽然用長鞭敲打地面兩下，同時念咒出聲：「我以炎箭開闢群星，但發箭者卻不只有我一人，來吧！紅之弓兵隊（Crimson Archers）！」

轟！轟！

兩束火焰構成的人型從多瑪鞭打之處現身，他們立即拉弓，對尼德霍格連續射出炎箭魔法。雖然在多瑪的印象中，這個魔法最多能夠召喚出十二人，但以她現在的熟練度，效果已超出預期。

砰砰砰砰！爆炸聲不絕於耳，尼德霍格接連受擊，卻連眼睛都沒有眨過一下。

牠只覺得很有趣，同樣的問題也再次浮現於瑪麗腦中——

為什麼人類不懂得放棄呢？

「哈啊啊啊啊啊——」

巨槌又一次重擊尼德霍格腦袋，將牠的頭打入地面，與此同時多瑪的長鞭連續抽打其雙眼，讓牠眼前密布著爆炸火花。

尼德霍格緩慢爬起，試圖以二足站立，讓眾人無法再對牠頭部進行攻擊，卻在此時黑影荊棘從腳下竄起，迫使牠重新躬身！

嘶嘶嘶！有光就有影，尼德霍格就像被自己的影子給牢牢抓住那般，整個身體被束縛於地面。黑影荊棘扭動如活物，每當尼德霍格嘗試掙扎，它們就越捆越緊。

「真頑強呢。」尼德霍格斜眼看向廢墟。在那裡，玄影軍神嘴角滲血，僅存的獨眼卻仍然散放著冷光。

聯邦的火炮在此時突破雲霧降下，全部砸在動彈不得的尼德霍格身上。眼見機不可失，與魔龍纏鬥的眾人也加緊攻擊！

多瑪的火焰、伊絲的雷擊、泰絲的捶打、軍神的黑影長槍。越來越多攻勢，讓尼德霍格飽受眾人威壓！

「成功——」

「究竟是為什麼……」只是眨眼瞬間，尼德霍格輕鬆地站起身，並將全部的攻擊以水晶光波加倍奉還。原本還存在於周遭的建築物連環倒塌，壓死了無數的居民與聯邦軍。

這一幕景象烙印在所有人心底，雖然他們都明白自己的攻擊毫無效果，卻還是選擇繼續向前。

瑪麗靜靜地看著，忍不住就將問題脫口而出：「人類會不懂得放棄呢？」

「因為只要放棄，人類就什麼也不剩了。」

在眾人疲於猛攻的氣氛下，那名青年的嗓音聽起來相對餘裕。多瑪驚訝地雙馬尾直豎，並望向身後逐漸走來的腳步聲。

湛藍雙刀順應鋼繩滑出青年手中，他輕輕旋轉著兩把刀刃，踏入魔龍與人類的戰場。於此時此刻，不只是多瑪與泰絲，就連嘉德與伊絲，還有所有聯邦軍，甚至是倖存的居民，全都靜靜注視著那個人的出現。

「笨蛋……」多瑪愣愣地嘴角上揚，神情中滿懷喜悅，「你也來得太晚了吧？」

高泉。他手握蒼藍的雙刀挺身於尼德霍格面前。

當他越過多瑪身旁時，他望向多瑪微笑的容顏，便也朝她展露自信笑臉，「真抱歉啊，書中的主角總是姍姍來遲。」

「泉、泉小哥！」泰絲驚呼出聲，高泉則握著劍朝她豎起拇指，示意自己的故事已經寫完了，而剩下來的，就是與泰絲也有關，名為尼德霍格的最終篇章。

透過尼德霍格赤紅的雙目，高泉與瑪麗皇后的心靈直接面對面。從小到大、從以前到現在，高泉與她之間的債務，到了全數出清的時候，「瑪麗叔母，剛剛是第二回合。」

「呵呵……是呢，你在第一回合贏過萊兒，而哀家在第二回合贏過布蘭卡卿。」

「那麼……」

「「第三回合，開始了！」」

噹！雙刀交擊敲響最後一回合的鐘聲，尼德霍格與對峙的眾人同時有了動作。

毫無保留餘地，尼德霍格的水晶光芒直奔天際，接著宛如流星雨般朝四處降下！

高泉等人見狀連忙尋求掩蔽，同時也順便去會合彼此！

「哇靠！這死怪物！」方才還帥得一塌糊塗的高泉，在此時卻面色鐵青。雖然他話說得很滿，但跟之前面對萊恩時一樣，他根本沒啥把握。

高泉與兩位姑娘順勢躲入房舍中，而伊絲則在嘉德影牢的庇佑下置身屋外。伊絲向多瑪使了個眼色，示意他們不用擔心自己，等等有計畫再一起行動。

多瑪見狀，點點頭後將門窗全部關上。

雖然只是障眼法而已，但要在這麼多廢墟中找到幾個小小的人類，對尼德霍格是很不方便的差事。多瑪在此時終於能喘口氣，她身子軟綿綿地倒向泰絲肩膀，嘴裡還不忘找高泉繼續抱怨。

「你來太晚了啦！剛才聯邦的那些傢伙還差點打贏牠呢！」

「抱歉抱歉……」高泉汗笑著賠罪，回想起方才與萊恩的戰鬥，他就有點擔心弟弟現在的處境，「我稍微……處理了一些家務事。」

講到這裡，高泉釋懷地笑了笑。

不知為何，雖然萊恩最後的模樣還是很軟弱，但是高泉卻覺得他能夠慢慢走出心魔，進而在人生的道路上繼續前進，對高泉來說這樣就足夠了，他相信萊恩一定會自己奪回未來的。

「……嗯。」多瑪與泰絲見到高泉這副表情，也不多問地微微笑著，直到泰絲轉回正題：「但是……要怎麼贏呢？我們的攻擊都對牠無效。」

「對牠無效？是被魔法吸收了嗎？還是怎麼？」

「沒有啦……單純是那個黑色的甲殼太硬了……」

「甲殼……」

聽多瑪這麼說，高泉忽然想起自己所擁有的知識。雖然不確定「尼德霍格」算不算是「龍」族，但他多年旅行下來知道龍族有一個弱點，那就是逆鱗的存在。

傳說中逆鱗是龍身上最軟的部分，而且還連接著所有重要的血管與脈絡，要是能直接刺穿它，或許就能殺死尼德霍格。想到此，高泉立刻向伙伴解釋自己所知道的事。

「我想嘗試攻擊尼德霍格的逆鱗，或許會奏效。」

「……唔嗯，那個逆……逆什麼鱗的在哪裡呀？」

「喉嚨正下方，以人類來比喻，大概是鎖骨的位置。」高泉用手比了比自己的鎖骨中央。多瑪與泰絲呆呆聽著，有些理解卻又半信半疑地點了點頭。

「那——」

砰！屋外再次傳來廢墟被踐踏的聲響，尼德霍格似乎不斷用龍尾掃蕩周遭，試圖逼迫高泉等人出現。

雖然眾人對戰術仍抱有疑慮，但眼下也沒更好的選擇。多瑪雙手抱胸，赤紅的眼眸似乎下定了決心，「好吧！那本小姐就用魔法來支援你吧！」

「…………啊？」沒想到此言一出，卻換來方才沒有參與戰鬥的高泉冷眼。高泉聳了聳肩，對此不予置評，「如果妳真會魔法，就不會一直被當肌肉母老虎——」

轟！高泉話還沒說完，炎箭筆直劃過他臉頰，將他身後的壁爐給炸爆。他錯愕地看著壁爐粉碎，過了一會才感覺到臉上的燒灼感。

「好燙！？妳還真的學會魔法了！？」

「以後請叫本小姐大賢者多瑪。」

「大賢者！？」

「大、大賢者好厲害！」泰絲開心地拍著小手，高泉則茫然地眨了眨眼。眼見多瑪自信地挺著胸部，高泉忍不住笑出聲來。

他忽然明白了，原來這段時間成長的不只有自己。在他跨越萊恩的阻礙時，多瑪的心境與能力也有所長進。而且，就連泰絲也是，明明接下來就要與尼德霍格死鬥，泰絲卻不再哭哭啼啼，或許這也算是某種進步吧。

「……哈，敗給妳們了，這樣我不是遜掉了嗎？」高泉邊說著邊站起身。

如果……人類真是一種會進步的生物，那對上尼德霍格……就有了一絲絲勝算。

「走吧。」

拍了拍腰包，高泉毫不猶豫地推開大門。雖然腰包堅持高泉要用「奇蹟」才能戰勝瑪麗，但高泉似乎看見了另一條道路。

走在那條道路上，高泉不知不覺來到了戶外，尼德霍格在此時轉過頭，將牠戲謔的目光移向眾人。

「原來你們在這裡呀？」

「嗨，叔母，原來妳還沒夾著尾巴逃走啊？」

轟！高泉話才剛說完，白銀的水晶光直接將整條街凍結成冰河。真正的反派是不會與主角鬥嘴的，希望泉兒可以牢記。瑪麗開心地哈哈笑著，望向高泉等人原本所在的位置，然而那裡什麼也沒有，就像他們不存在一般。

瑪麗愣了半秒，頓時便驚覺——那僅是軍神所創造出來的「像」而已！重傷的嘉德仍然盡其所能在助攻！

「布蘭卡卿——」

「去吧，高泉。」

伴隨嘉德指示，高泉大吼著跳上龍背。他以繩刃勾住尼德霍格的尖刺，並試圖將其鱗片削去。然而正如多瑪所言，尼德霍格的甲殼實在太硬了！就連奧利哈鋼製成的雙刀也無法傷牠分毫，更別說是要殺死牠。

可惡！高泉在心中暗罵著，尼德霍格也在此時發現鬼鬼祟祟的他，「唉呀？泉兒難道是想和叔母撒嬌嗎？真可愛呢。」

砰！尼德霍格轟然振翅，差點將高泉甩下身來。高泉吃力地投出刀刃，以懸吊方式改變自己的位置，看起來險象環生。多瑪煩躁地看著高泉左搖右擺，一直找不到發射炎箭的時機，於是她忍不住破口大罵！

「笨蛋高泉！再不快點連你一起射！」

「……大賢者EQ還真差。」

說話同時，尼德霍格腳邊傳來一聲巨響，地面也跟著晃動起來。泰絲抓準對手注意力都在高泉與多瑪身上的時候，往尼德霍格腳下一砸，頓時令牠重心不穩。

多瑪也沒有放過此機會，炎箭螺旋飛射而出，直接衝進尼德霍格的眼中。尼德霍格掙扎著扭動頭部，卻在此時伊絲重新張開稜光羽翼，並手持雷光長劍對其舌根電擊！

「伊絲這次不會再失手了！接招吧！」

吱吱吱吱！即使是無敵的尼德霍格，內在受到了高強度的電擊，還是會出現瞬間的停頓。伊絲眼見一擊得逞，立刻向後抽開身子，以免尼德霍格忽然發狂對她進行攻擊──

「那邊的天使小姐！」卻在此時，高泉的呼喚傳入她耳中，「幫我一把吧！」

「……！」

雖然沒有參與到方才的討論，但長期征戰的嘉德與伊絲，都明白高泉冒死也要爬上尼德霍格，應該是有什麼對策存在，於是伊絲二話不說向下俯衝，她一把抱起高泉，將之帶往尼德霍格的頭部。

「是頭吧！？伊絲覺得欲取強敵必先取其頭！」

「不不不！再下面一點！」

嘶──白銀的水晶光在龍口中醞釀，伊絲與高泉近距離看著劇烈的光芒，雙雙閉嘴而臉色刷白。

萬物凍結之光於下一秒爆裂噴出，伊絲緊急閃過以後，光線卻又彎曲掃來，逼得她只能盡力將高泉往龍身上扔——

「高、高泉！後面就——」伊絲的嗓音在高泉耳中被光波給蓋過，周遭僅存結晶破裂後的吱喳碎響。

「嘖！」藉由繩索的拉勾，高泉成功攀上尼德霍格喉頭，而腰包的提示也讓他抓到重心位置，避免自己立刻被甩掉。

這一路上，高泉經過泰絲、嘉德、多瑪、伊絲與腰包的協助，才終於能夠來到這裡。他反手握住雙刀，刀刃上綻放出一抹蒼藍色光芒！

「得手了！」看準逆鱗位置，高泉將兩把激光劍送入尼德霍格漆黑的鱗片中！

「嗚啊啊啊啊啊啊啊——」

尼德霍格放聲咆哮，身子也因痛苦而抽搐著。高泉見狀更用力刺入刀刃，同時欣喜地勾起嘴角。奏效了！他才剛這麼想著，就見尼德霍格將頭擺正。

從那似笑非笑的龍牙中，高泉看見瑪麗戲謔的神韻。

「騙你的☆泉兒喜不喜歡叔母的演技呀？」

「什……嗚！」

胸口傳來重壓，高泉驚覺同時已被尼德霍格握於掌心。原本尼德霍格就與希莉卡一樣屬於人造兵器，即使外型再怎麼酷似龍，牠也並非真正的龍族，自然就不存在逆鱗構造。

尼德霍格以細長舌頭捲住刀刃，高泉眼睜睜看著雙刀被龍牙咬住，並斷成兩截。

噹啷！蒼藍鋼鐵化為粉末飄散，尼德霍格猛地張開雙翼，讓高泉不禁一陣恍然。

我……失敗了嗎？

「泉哥！牠全身的肌肉在繃緊，這是要——」

砰！音爆的響聲直衝天際，高泉還沒回過神來，意識就已經剝離大腦。一股窒息的感覺湧入高泉肺部，使他不住地咳出血來！

「咳嗯！」高泉吃力地睜開眼，試圖要理解情況，然而放眼望去，他卻只能看見遼闊的雲與霧。只是轉眼間，尼德霍格抓著他飛上高空，然而這還沒完，魔龍接著又向下俯衝，一頭撞入艾星翠地表！

「呃啊啊啊啊！」這必定是高泉此生經歷過最大的衝擊，即使再怎麼強韌，人類的肉體也無法承受住此般衝撞。高泉雙眼翻白，鮮血從全身的傷口處湧落成河。

「泉……」

「…………」

「高泉……」

意識模糊間，高泉聽見有人喊他的名字，然而他卻什麼也做不到。他就像一具屍體，而他或許也真的死了。他僅靠一條連接刀柄的繩索，猶如吊繩般懸掛在尼德霍格身上。

刀刃從他手中脫落，象徵自信的藍髮也沾滿血污。一切發生的太過突然，高泉連心理準備都沒有，就迎來了最終結局。他默默聽著尼德霍格發出笑聲。

「奇蹟不會發生，這可是你自己說的，不是嗎？」

「……」是啊。高泉打從一開始，就已經明白了。

這趟旅途對他來說，就像是一場夢。不管是從嘉德手中救走多瑪、還是在派克斯遇上亡骸聖女、甚至是如今闖入羊角姑娘的故事，都讓他覺得奇幻無比。

高泉仔細想了想，自己根本不該是這麼努力的個性。他打從一開始就知道，自己不是主角命格。

嘶——白銀的水晶光再次從龍口中醞釀，接著宛如雪花般灑向全世界。不只是艾星翠，就連周遭所有城鎮、所有可見之物都被光芒給覆蓋。

數萬的聯邦人民，都仰望著末日來臨。

「泉哥！泉哥！」腰包著急地大喊著，然而高泉卻動也不動。眼望水晶光越來越近，腰包的嗓音逐漸轉為哀求，「快喚醒奇蹟吧！人類……人類應該能做到啊！」

人類？

高泉沒有睜眼，但他卻清楚看見了周遭的景象。泰絲跪坐在地，止呆呆地看著家園毀滅，這是她與迪恩曾經生活的地方，但如今什麼也不剩。見到她黯然流淚的模樣，高泉不忍心地移開視線。他接著發現嘉德，嘉德正藉由伊絲攙扶，走入聯邦軍正中央。他向所有人號令，試圖要在光芒降下以前，從艾星翠救走更多條人命。

「不要放棄。」嘉德如此向軍隊說著。

「不要放棄！」伊絲也跟著鼓勵眾人。

「不要放棄！」最後，所有的聯邦軍都齊聲高喊。

這些人各自有著不一樣的情緒，但此時喊出來的話卻是一模一樣的。高泉原本都以為泰絲要放棄了，可他卻見泰絲默默站起身來，重新加入戰鬥的行列。

這讓高泉訝異地瞪大眼，他愣愣看著周遭所有還能動彈的人類，他們竟然都團結起來了！

「不要放棄！」喊聲越來越高亢，更多嗓音接連傳入高泉耳中。那些聲音不只存在於艾星翠，就連被光芒所覆蓋的諸多城鎮，也浮現出同樣的詞句——

不要放棄。

「一定能得救的！請大家不要放棄！」

「失去光明的那天都挺過了，還不到放棄的時候！」

「如果現在放棄了，就什麼也不剩了，再加把勁吧！」

「不要放棄！」「不要放棄！」「不要放棄！」「不要放棄！」

「快給本小姐醒過來啦——笨蛋高泉！！」

「哈。」忽然間，高泉苦笑著睜開眼睛。被那嬌蠻又任性的嗓音如此命令，要他怎麼還能選擇放棄呢？

或許，這就是人類的強大之處吧。高泉與下頭的多瑪視線對上了，從她淚眼汪汪的紅眸中，高泉找到了解答。

「是啊，奇蹟不會再發生了。」

「嗯？」

注意到高泉的醒轉，尼德霍格與腰包同時提振精神，牠們就像兩個相反至極的立場，靜靜聆聽著高泉虛弱的笑言：「我不是英雄、也不是勇者、更不是什麼故事書裡的主角，我只是個小偷而已，所以……奇蹟不會每次都順著我的意思發生吧。」

尼德霍格茫然停頓著，片刻後，牠無趣地歪了歪腦袋，「吶，真遺憾呢——」

「但是。」

不是主角也罷、奇蹟不會發生也罷。高泉始終相信著人類的可能性，既然泰絲進步了、既然多瑪與自己都進步了，那「他」應該也會進步才對！

「叔母，我要讓你知道小偷也有小偷的用處。」

睜著如太陽般的瞳孔，高泉向瑪麗勾起輕狂笑容。

那抹笑容，充斥著他對人類的信任、也充斥著絕對的自信。小偷也有小偷的用處，在瑪麗恍然的注目下，高泉朝她比出開槍手勢。

「妳的注意力，被我偷走了。」

「什……」

白銀的日輪聖劍貫穿岩體，筆直刺進皇后的胸口：「……麼？」耀眼的光芒一瞬間吞沒了瑪麗的視線，疼痛的衝擊轟炸著全心全靈，鮮血也隨壓力噴吐出雙唇間！

「嗚啊！？」瑪麗瞬間就意識到，那並非來自於尼德霍格的疼痛，而是遠在礦山深處，瑪麗皇后這個本體所發出的痛覺訊號！

瑪麗不可置信地瞪著眼前人影。那男孩有著一頭潔白的短髮，雖然跟記憶中似曾相識，但眼神卻截然不同！從他氣宇非凡的藍瞳中，瑪麗看見了堅定的意志、也看見那男孩因悲傷而展露的複雜神情。

「抱歉……母后。」

「萊恩！嗚！？」瑪麗驚呼出聲，日輪聖劍卻隨著她的喊叫越陷越深。

神聖的光芒刺激著惡魔血脈，讓瑪麗感受到超越肉體的強烈痛楚。沒錯，那即是自由聯邦的日輪王萊恩！那本該不存在於這場紛爭中的男孩，此刻卻利用與母親的最後一絲牽絆，進而找到隱藏的她。

這完全超出了瑪麗的預料，而高泉也讓她忽略了這點！

伴隨瑪麗的尖叫聲，尼德霍格也開始激烈掙扎，巨大的龍影在水晶光照耀下顯得痛苦萬分。

「呀啊啊啊啊啊啊——」

明明事先預防了奇蹟、明明確認奇蹟不會發生！但為什麼會變成現在這樣？疼痛感越演越烈，倘若是一般惡魔的話，瑪麗或許已暴斃當場，但在如此絕境中，她卻興奮地勾起嘴角。

「好痛——好痛啊萊兒！哀家、哀家還以為你——」

「我也以為……自己沒辦法承受住這一切。」

萊恩仰頭向瑪麗說道。他淚眼望著自己的母親，淚水卻始終沒有流下。長達十五年，他都沉眠於名為「瑪麗皇后」的惡夢中，但在高泉叫醒他以後，他明白自己必須做出了斷。

「母后大人……謝謝妳願意陪伴我……但今後，我要獨自走下去。」

「萊——」

瑪麗話還沒說完，萊恩猛然將光劍從她胸口上拔出！

剎那之間，強烈的光波以瑪麗為中心，向著四周爆散開來。礦山岩壁因此而四分五裂，就連持劍的萊恩也被氣流轟飛，只能趴伏於地見證瑪麗的最後一幕。

光熱摧殘著皇后的肉身，魔力也將她牽引而懸浮半空。過往象徵薔薇的徽章掉落於地，瑪麗啞然注視著發光的傷口。

死。

活了上千年，第八原罪第一次感受到這個字的壓力。透過尼德霍格的雙眼，瑪麗與掌心的高泉四目相對。

其實，她大可以用自己的最後一分力捏碎高泉，但她卻被高泉的目光給深深吸引。從那雙琥珀色的眼眸中，瑪麗看見了遠超於奇蹟的事物。

「人類很強大。」高泉向她喃喃說道，語氣顯得堅毅無比，「不是因為擁有引發奇蹟的能力，而是因為人類不曾停歇，一直在進步。」

趴伏於地的萊恩、嘉德與伊絲、多瑪與泰絲，最後是立場完全相反的腰包與瑪麗，各式各樣的意念相互交纏，想法的差異也不曾間斷，卻全因高泉的一句話而有所詮釋。

「別小看人類了，惡魔。」

「嘻嘻……」

日輪聖劍的光芒逐漸吞沒瑪麗，瑪麗卻在最後一刻感到無比愉悅，因為她見到了這世上最有趣的東西，那即是人類的意志。

尼德霍格在失去瑪麗的靈魂後，龐大的身軀也跟著向下墜落。就像一個神話的終結，吞噬世界之龍最終輸給了世界，牠倒在艾星翠廢墟中，身子漸漸化為璀璨的水晶色彩，長達十五年的牢獄終於獲得解放。

全世界、所有人類、所有物種的目光在此時凝聚上空。煌之刻從瑪麗體內回歸天際，太陽的光芒瞬間將黑夜覆蓋過去，化為溫暖的光線照耀大地。

雖然，那僅是小小的一束光芒、是足以照耀艾星翠的微弱光源罷了，但全世界都靜靜仰望著它。

此時此刻，不管是自由聯邦的居民、薩爾巴德的技工、大丹的皇室，還是在派克斯高聳入雲的白百合花，不同身分、不同人種，全因這一道光重拾起希望，並在心中多了一絲對未來的期盼。

真要說起來，高泉認為世人今天都獲得了一樣東西。

那即是——救贖。

「高泉！你在哪！」陽光映照在多瑪小麥色的臉蛋上，使她畏光地遮眼。她在人群中東奔西跑，試圖要尋覓高泉與尼德霍格一同墜落的身姿。

不久後，她便看見尼德霍格撞出的窟窿中，坐著一名藍髮的青年。那名青年看著她著急跑來，只是虛弱地向她豎起拇指。

「多瑪，我偷到啦。」

「你——」

聽到這句話，多瑪忍不住哭了出來。她二話不說奔上前，高泉原以為是經典的投懷送抱，但他才剛張開雙臂，多瑪就往他腹部揍了一拳，差點讓他真正死去。

「嗚喔喔喔喔喔喔！？」高泉捂著肚子莫名其妙，眼角餘光卻見那名女孩含淚的笑顏。

「你真的成功了……好厲害！好厲害啊……笨蛋高泉……」

「多瑪……」

從兩人誓言要找回光明的那刻起，他們甚至沒想過真會有這一天的到來。回想起一路走來的點點滴滴，兩人相望而雙雙笑著。

沒有過多的感慨，多瑪疲累地癱坐在高泉身旁。她以手掌為遮蔽，仰望著耀眼的陽光。

「吶，今後世界會變得更好嗎？」

「誰知道。」高泉聳了聳肩，「可能會為了爭奪光明，而引發更多的戰爭吧。」

「唔，所以……我們找回陽光，難道不是件好事？」多瑪疑惑地歪了歪腦袋。

「不。」高泉卻肯定地搖搖頭，隨即平靜而笑，「人總不能停滯不前啊。」

「就、就像泉小哥說的。」伴隨柔弱的嗓音，泰絲踉踉蹌蹌來到兩人身旁。多瑪本想要起身扶她，卻見她笑著擺擺手。她越過癱坐的兩人，走到尼德霍格的屍體前。

與先前一樣，泰絲再次抱住了尼德霍格的身軀，只是這一次，牠真的不會再醒過來了。

「以前我總會去想……如果我和迪恩沒被選為祭品，現在會過得如何呢？」

「泰絲……」

「但是……」隱忍許久的眼淚，終於在此時湧出泰絲眼眶。她淚如雨下，漸漸在龍口前跪坐下來。在深淵之底遇見睿智神的時候，她還不能理解其話中含意，但是到了現在，她卻能夠真正的明白——救贖的形式不只有一種，這樣的結局對她們姊弟而言，也算是一種救贖吧。

「太好了……迪恩……我們已經……不用再害怕了。」

泰絲斷斷續續說著，而失去所有親人的多瑪也將她擁入懷裡。她們的哭聲化為優美歌謠，傳唱在艾星翠倖存者耳中。

萊恩走下礦山，注視著毀滅的艾星翠。在陽光底下，自責的心情幾乎要將萊恩給壓垮，但他依然鼓足勇氣前進。打從殺死瑪麗的那刻起，他就決定要承擔一切。

「嘉德先生、伊絲小姐。」看見正重整大軍的兩名部下，萊恩向他們招呼。他原以為這兩人會冷漠對待自己，但他們卻立刻跑來。

「陛下，您……」

見到嘉德與伊絲關心的模樣，萊恩先是愣了愣，隨即他神情複雜地垂下頭，過了好一會他才勾起苦澀的笑容，並向他們重新伸出手，「我沒事，卿等尚且安好？」

「承、承蒙陛下關心！伊絲身體健康！」對上態度大轉變的萊恩，伊絲不自覺地緊張起來，但在嘉德遙遠的記憶中，萊恩就是一個像這樣的孩子。

他軟弱，卻總想把事情做到最好，所以他比任何人都還要努力、也比任何人都還要壓抑。或許就是因為這樣，瑪麗才有機可趁吧。

想到這裡，嘉德感慨地閉上雙目：「屬下無恙。」

「嗯……我們的軍隊損失多少？」

「正規軍半數以上陣亡，禁衛隊也死了二十二人。」

「是嗎……」萊恩雖然面無表情，卻輕輕握緊了拳頭。

「陛下今後有何打算？聯邦……目前狀況不佳，多半大丹帝國會伺機侵略。」

「我會面對。」萊恩瞬間做出答覆，令嘉德與伊絲訝異地眨眨眼。見到他們這副表情，萊恩面紅耳赤，「雖然……我被母后長期控制，但這其中也有我的責任。」

「是嗎。」嘉德欣慰地點點頭。對於聯邦來說，真正的難題才剛要開始，或許這也是他們惡行的贖罪吧。

不管如何，睽違十五年再次見到陽光，已是值得的事。

「對了，嘉德先生，高泉他們呢？」萊恩回過神來，著急地左顧右盼著。順從嘉德的目光指引，萊恩看見陽光底下倚靠在尼德霍格屍身旁的三人。他們精疲力盡地睡成一堆，儘管軍醫在為他們療傷，他們也沒有要醒來的樣子。

見到他們仍然完好如初，萊恩總算鬆了口氣。

畢竟——這一次他真的被拯救了。

「救贖之城啊。」

「陛下？」

「我說……他們就像是我心目中的救贖之城啊。」萊恩勾起淡淡的笑容。那是比起僵硬的笑臉面具，還要更真誠的微笑。

從前……他未曾想過自己也會有如此笑著的一天，但是人是會改變的，正如高泉所預期，萊恩．日輪在今天跨出了新的一步。

「泉哥。」半夢半醒間，高泉聽到熟悉的嗓音在呼喚自己。雖然體力已經超過了負荷，但高泉還是下意識回應那聲音：「怎麼啦？」

因為他知道腰包有話要說。

「謝謝你。」

「為什麼這麼說？」

「因為你讓我想起了自己的初衷。」

高泉不明所以，只是迷濛地聽著腰包繼續說下去：「我曾認為『奇蹟』是人類唯一的價值，但是很顯然，泉哥讓我看到了不一樣的東西。」

腰包的嗓音聽起來非常複雜，帶有一點點不甘心，卻又甘之如飴：「或許，這就是我喜歡人類的原因。」

「你……講話的方式，有點像瑪麗叔母啊？」雖然平常的對話都很輕鬆，但高泉卻感覺到腰包與瑪麗的相似之處。

那是某種高人一等，卻對人類無比羨慕的語氣。

「啊啊。」腰包釋懷地笑出聲來：「畢竟，是我選擇將光明投資給人類的呢。」

腰包的最後一句話，高泉已經完全聽不清楚了。但是他卻潛意識覺得，腰包也在今天獲得了什麼。

透過那破破爛爛的布囊，腰包仰望著陽光灑落在這片大地上。

對他來說，這是來到救贖之城後，最有收穫的一天。

後記

「那一刻，我知道自己必須去做才行。」

夕陽揮灑在神之棋盤上，藍髮的青年經歷無數棋路、擊破無數遮蔽未來的魔族將帥，才終於來到貪欲的魔王面前。

當時，他手持如寶石般光澤的長劍，孤身一人對魔王發起挑戰。那場戰鬥持續了三天三夜，最後在第八原罪策劃下，以兩敗俱傷做為收場。

這個故事高泉曾聽過許多次，但直至今日他才明白父親所肩負的重量。

「我必須去做才行……嗎。」

高泉喃喃重複著父親的話，並將他最後寫給自己的信收好。那封信上就只有這樣短短一行字而已，卻讓高泉感觸良多。歷經十五年，高泉才從萊恩手中收到這封信，可他卻覺得一點也不遲。

看著這樣的他，萊恩輕輕嘆了口氣：「很短的遺言？」

「不，已經足夠了。」

高泉平靜地勾起嘴角。打從瑪麗擁有的煌之刻回歸天際後，自由聯邦的部分領土也重新被陽光照耀，可範圍卻小得可憐。

畢竟，瑪麗手中的煌之刻是三塊碎片裡最小的一塊，當初她與另外兩名惡魔竊走光明，卻沒怎麼使用其中的力量。高泉深深覺得，瑪麗或許只是拿著玩而已，因為她就是這樣的性格，戲謔而難以捉摸。

注視著窗外的陽光，高泉不禁被那份溫暖給吸引。雖然救贖之城仍然被埋藏於黑暗中，充斥著魔物與瘴氣，但聯邦的另一座大城「阿斯嘉特」卻在煌之刻照耀範圍內，頓時就成為了聯邦的新首都。

高泉看著看著有些入神，直到腰包微微顫動，他才望向身旁的萊恩。萊恩還是和以前一樣，神情裡略帶點弱氣，被高泉這麼一看，他有些害羞地移開視線。

為此，高泉覺得有趣，便拍拍他肩膀與他告別：「那麼我走了，萊恩。」

「……真的要去嗎？」

「是啊，已經決定好了。」

高泉向萊恩爽朗地笑了笑，萊恩見狀也勾起頗為複雜的笑容。他目送高泉走出國王辦公室，直到高泉走遠之際他才喊出聲：「泉哥。」

高泉沒有轉過頭，只是微微側著腦袋。一道寒光忽然從後腦勺襲來，高泉卻輕鬆地反手接住。那是兩把大馬士革製成的短刀，雖然不及高泉原本的刀鋒利、也不能隨意拉繩操控，但湊合著用已經不錯。

「路上小心。」萊恩向高泉輕輕揮手。

「哈，你也是，加油吧，國王陛下。」

「什麼啊，叫我萊恩就行了，哥哥。」

十五年後的道別，沒了仇恨、也沒了誤解。今後萊恩將面臨更多難關，但他卻覺得高泉會過得比自己更辛苦，因為高泉選擇了一條艱辛的道路。

眼見高泉漸漸離去於光明中，萊恩也跟著打起精神來。母后已經不在了，空曠的大殿堂好像突然少了些什麼。萊恩走向辦公桌，他目視窗外的陽光、也看著在光芒中閃耀的城市……

他明白，自己已經準備好了。

即便接下來，圍繞著聯邦的會是一場爭奪光明的腥風血雨，萊恩・日輪也將肩負責任繼續走下去。因為他是自由聯邦的國王，就算不願意，也會有人點醒他吧。

也會有人——再次挺身而出吧。

「走吧。」

挺起胸膛，高泉頭也不回地離開大殿。一路上的風景讓他感到些許懷念，阿斯嘉特的宮殿刻意比擬救贖之城打造，在風光明媚的早晨中，高泉彷彿看見年幼的他引領著自己，正一步一跳進入花園中。

在那裡，他看見了熟悉的景象。

百花齊放間，有多特叔叔、有年幼的自己與萊恩，甚至也有瑪麗皇后。高泉訝異地發現，兒時的自己竟然過得如此開心，但一想到人事已非，他不免有些失落。

「泉小哥？」

溫柔的嗓音令高泉驚然回神，他眨眨眼望向花園中豎立的人影。泰絲微笑著向高泉招了招手，她身後背著行李與巨槌，而站在花叢間的她，似乎已經久候多時。

「泰絲！？好久不見了！」高泉驚呼出聲，從艾星翠毀滅以後，泰絲與兩位伙伴便分道揚鑣，當時泰絲說還有事情要在艾星翠處理，所以此刻她出現在這，高泉頗感意外。

見高泉是這副表情，泰絲掩著嘴輕笑出聲：「是我喔，之前沒好好告別呢……」

「啊……是啊，不過妳這是要去哪？」眼見泰絲厚重的行囊，高泉好奇地問道。

「我想要繼續旅行，去看看其他地方。」泰絲面紅耳赤地答覆著。

在艾星翠她留下了許多回憶，有好的、也有壞的。當尼德霍格的屍身化為光點飄散後，泰絲就決定了，她要將自己與迪恩的回憶帶往世間，做為一名吟遊歌者將故事流傳下去。

「這……」高泉吃驚地愣了愣，片刻後他欣然一笑，「這很了不起啊！泰絲！」

「嘿嘿……」泰絲搔了搔羞紅的臉頰，似乎對高泉的鼓勵感到開心，「所、所以如果之後……在哪邊聽到有關於泉小哥和多瑪小姐的故事，也請不要太過驚訝唷。」

「哈哈……我會期待的。」

由於出城的方向大致相似，高泉與泰絲邊聊著天邊離開宮殿。走在阿斯嘉特的街道上，高泉看見許多以往見不到的畫面，人們在陽光底下有說有笑，小販的叫賣聲也比往常更有朝氣。

泰絲看著這一幕幕景象，忽然感到一陣欣慰，「不過，泉小哥真的要去嗎？找尋剩下的煌之刻……我認為，泉小哥已經足夠努力了呢……」

泰絲說出了高泉的想法，讓高泉微微一愣。除了萊恩，他應該沒有跟任何人講過這個打算。

眼見泰絲皺著眉頭好奇的模樣，高泉最後平靜地勾起嘴角：「是啊。」

我必須去做才行。高泉又想起了父親的遺言，他認為這句話雖然魯莽，卻是個切切實實的道理。

總有人必須去做，才會有更多人挺身而出吧。煌之刻目前僅僅是找回一塊，世界就有了如此之大的轉變，那高泉覺得，剩下的煌之刻也回歸後，這世界必然能邁向更好的境地。

為此，他不想逃避，只有自己去做，才能找回未來。

「雖然這樣講有點自視甚高啦。」高泉搔搔臉頰。

「唔嗯……那多瑪小姐呢？你不帶著她嗎？」

泰絲的話讓高泉渾身一震，他默默望向泰絲，泰絲也關心地回望著他。從泰絲的目光中，高泉明白在此之前她有去找過多瑪，讓高泉不禁苦笑：「多瑪已經有能回去的地方了。」

遙想不久前，在萊恩重新掌控自我後，他做的第一件事情就是與多瑪・席烏巴道歉，雖然沒能獲得她的諒解，但萊恩持續召集各地倖存的席烏巴部族，並為他們準備了一項賠禮。

那就是只屬於席烏巴家族的領土。

在那塊土地上，自由聯邦允許他們重建家園，並且交由地方領袖自治。從那天起多瑪便忙得不可開交，畢竟在多特與多蘭兩大當家都不幸身亡後，她很自然就繼任了族長職位。

雖然剛開始她極力婉拒，但責任感卻迫使她向前。現在席烏巴家族的重建正步上軌道，高泉明白那些人需要她才行，而且他覺得這樣也比較好。

「雖然有點寂寞，但這樣就好。」

「這樣呀……」泰絲難過地垂下眼簾。她曾去拜訪過多瑪，但多瑪完全不知道高泉正準備離開。那時她滿口都是高泉怎樣怎樣，現在泰絲回想起來多少有些傷感。

「那……我就送妳到這裡囉？泰絲。」

高泉望著人來人往的聯邦驛站，就此駐足不前。接下來泰絲要隨商隊旅行，可高泉卻要回歸危險的黑暗中，自然兩人得在這裡說再見。

雖然認識的日子沒有很長，但共患難的記憶卻長存於心中。泰絲微微笑著，第一次大方地抱住高泉，讓高泉驚訝地手不知該放哪。見到他這個樣子，泰絲面頰羞紅地說：「希望能再見呢。」

「呃……是、是啊。」

「其實……」泰絲猶豫了一陣子，最後還是食指點著食指繼續說：「其實……我們牧羊族滿十六歲就該與人結婚……可、可是我已經十九歲了……或許嫁不出去？」

「怎麼會……十九歲還很年輕啊？而且泰絲妳——」

「如果我說的是真的……泉小哥願意接納我嗎？」

「欸。」

一陣沉默籠罩，泰絲在數秒後噗哧笑了出來。

「開、開玩笑的啦。」泰絲紅著臉就此退開，令高泉錯愕地呆站著。她在最後靦腆地回眸一笑，隨即沒入車水馬龍中。

坐上旅行商團的馬車，泰絲向高泉揮揮手，身影也隨馬車駛離而越來越小。微風徐徐掀起她的髮絲，令她兩眼不同的顏色格外清晰。背負著弟弟的生命，泰絲踏上了自己的旅行，她很高興能遇上高泉與多瑪，就如同萊恩一樣，泰絲深切覺得自己被拯救了。

「……她剛剛絕對是認真的。」腰包對呆立原地的高泉如此說道。

「那、那我還真是受寵若驚。」高泉汗笑著搔搔後腦勺，接著便走向阿斯嘉特銀白色的城門。面對關口擋道的士兵，高泉默默掏出嘉德送給他的通行證，只見兩名士兵嚇得連盤查都省去了，立刻就放高泉通行，讓高泉有種耍特權的爽快感。

「我很討厭你父親。」高泉還記得嘉德邊簽通行證時邊這麼說。當他將通行證交到高泉手裡時，不忘再補一句：「也很討厭你，因為你跟他很相似，令人不悅。」

「所以才連馬都不肯借嗎。」高泉苦笑著豎立於郊外。

一望無際的大草原讓他不知該先往何處走。他靜靜看著遙遠的彼方，有明顯的白晝與黑夜交界處，走出那裡以後，他又會回歸黑暗的世界中。其實他多少有些不捨，更甚至他覺得很寂寞。

「腰包，今後又剩我們兩個了呢。」

「……泉哥如果覺得寂寞，為何不帶上多瑪姑娘呢？」

腰包的話讓高泉瞬間啞口無言。他輕輕捏緊拳頭，原本想用玩笑帶過，但直到最後他卻嘆口氣說出真心話。

「我在黑暗的世界裡見過許多事。」高泉默默回想著。不只是這一次，就連在派克斯那時多瑪都險些被殺死。那瞬間高泉的腦袋一片空白，彷彿自己的世界就此崩壞了一般。

沒錯……不知不覺間，多瑪對他來說變得非常重要。如果真要高泉抉擇，他不想讓多瑪再經歷危險，這世界還有許多險惡，對女人來說更是，高泉曾見過被半獸人屠村的部落，那裡的女人遭受了他難以想像的對待，所以絕對不行。

他絕對不想讓多瑪遭遇到這些事。

「只要多瑪還跟自己的家族在一起，一定會過得比現在好很多吧？那麼——」

「吵死了，本小姐的命運由我自己來決定。」高泉話還沒說完，令他熟悉無比的嬌蠻嗓音傳入耳中。原本高泉的心情毫無波瀾可言，卻在這一瞬間起了激盪。

他茫然地轉過頭，第一眼就見到陽光下閃耀的金髮，那漂亮的髮絲被束成雙馬尾而隨風飄逸。正如同那道弧度般，麥色肌膚的女孩勾起了嘴角：「你還真愛自言自語耶。」

「多——」高泉訝異地說不出話來，甚至他有些不敢置信，「多、多瑪……？」

「啊啊，就是那個又漂亮又強悍又體貼的多瑪哦。」多瑪邊說著，邊牽著兩匹馬走近高泉身旁。高泉訝異地發現，那兩匹馬有著聯邦的軍徽，顯然是軍馬。

「這是金髮傻妞送我們的啦，說是那面癱男批准的。」說完後，多瑪把韁繩遞給高泉。
「哈……」高泉呆愣地傻笑出聲：「難怪嘉德那傢伙說『我用不著跟他借馬』。」
「別轉移話題，你難道想丟下本小姐一個人走嗎？」多瑪忽然將臉湊近了些。
「咦！？不不不……那個是……」
「哈——？到底是怎樣？」
「可、可是妳的部族呢？不是還在興建中嗎？」高泉慌張地問道。本來他打算獨自一人上路的理由，就包含多瑪的族人可能需要她，卻沒想到她就這麼跑來了。
「那個啊——大致搞定後，就交給代理族長波奇了。」
「波奇！？誰！？」
「那不重要啦。」多瑪惡狠狠地掐著高泉臉頰，將他的耳朵拉近了些，「你不是說好要帶本小姐去看飛在天上的船、還有沉在水底的車嗎？難道你要食言了？笨蛋高泉……」
多瑪說著說著，沮喪地捏住罩衫下緣，那副模樣活像做錯事的孩子般。
「為什麼啦……難道我很礙事嗎？」
當多瑪再次抬起頭時，淚眼汪汪滿懷憂慮。
「……」注視著多瑪的臉龐，高泉神情嚴肅。他本想勸多瑪回去，告訴她世道有多危險怎樣怎樣的，但是越想就越覺得自己白癡至極，這兇妮子哪需要別人擔心啊？
「哈……」於是，高泉故作凝重地嘆了口氣，表情也假裝無奈，「怎麼辦呢？」
眼見高泉猶豫的模樣，多瑪決定不再用淚眼攻勢，她含著淚氣呼呼地捶打高泉胸口，同時鬧脾氣地央求道：「帶我走啦帶我走啦帶我走啦帶我走啦帶我走啦——」

「好——」咚咚咚咚咚咚咚！「好啦！？別打了！？」

「帶我——咦？」

「我說……好啦。」高泉苦笑著拍拍多瑪的頭，就像幫兒貓順毛那般。但是在他無奈的笑容中，卻懷有一絲感激之情。

果然……人類是群居的動物，對於多瑪願意陪自己上路，高泉其實非常高興。

眼見多瑪疑惑的神情，高泉用眼神示意她該走了。

在烈日底下，兩匹馬不斷向前奔馳，當牠們越過光與暗的交界處時，高泉與多瑪互望一眼，雙雙勾起初衷的笑容。

未來會變得如何呢？多瑪曾經這麼問過高泉。

高泉覺得——未來就是因為無法確定，才顯得有趣吧。

如果世界再次失去光芒、如果世界再次失去希望，那麼——

只要再一起把它們找回來，就沒有什麼好害怕的了，不是嗎。

滴答、滴答……

艾星翠礦山深處，僅遺留水滴的聲響迴盪於深淵中。

女子孤身一人坐在燭光顯耀的搖椅上，赤紅的火焰包圍著她，卻將她白皙的臉蛋映得更加死白。她默默翻閱手中書本，並在「亡骸聖女」與「吞噬世界之龍」上畫了個叉。

直到這些動作都結束後，她才將書本闔上，並且凝視著再也無人的死寂空間。

「那，我也該離開了。」

死亡的化身「潭淵幽玄」緩緩站起身子，動作優雅卻令人不寒而慄。此處的災難已然告結，她沒有理由再繼續逗留。她原本即將消失於深淵中，卻因為黑暗裡傳來了某些聲音，讓她就此駐留。

啪啪。那是既單調而清脆的拍手聲，幽玄看見無邊黑暗中，有一雙白手正向自己鼓掌。白手隨即一分為二、再二分為四、最後四分為八，不久後，整座礦山都被劇烈的拍手聲給佔據。

啪啪啪啪——吁！吁！

周遭傳來觀眾的口哨與熱烈歡呼，在吵雜聲響當中，聚光燈從天而降，打在幽玄面前的平台上。在那座平台上，一道嬌小的身影輕輕撩起裙襬，朝幽玄行了個標準的淑女禮。

「嘻嘻……」是個女孩、外貌不超過十歲的小女孩。她俏皮地單足站立，並且原地旋轉一圈，周遭的拍手聲立即煞止，彷彿所有人都在等待她的表演。

然而——女孩卻只是嘻笑著緩步上前，最後在高挑的幽玄面前停下。

「好久不見呀幽玄姊姊！人家好久好久沒用這副模樣現身了呢——」

「貴安，小姑娘。」幽玄歪了歪腦袋，「還是該叫妳，瑪麗皇后？」

「嘻嘻！」

與其用可愛去形容那名女孩，倒不如說她有著超脫年齡的美艷。女孩一頭燦金色髮絲，用鮮紅髮帶束成蓬鬆的球狀雙馬尾。堪比那髮帶的鮮紅，女孩的眼珠子也是赤色淋漓，蘊藏其中的瞳孔則如漩渦般妖異不已。

當她輕輕眨眼時，存在感無窮無盡地湧現出來。

她就是教導艾星翠居民「羔羊之歌」的那女孩，同時也是第八原罪真正的樣貌。

瑪麗。

最一開始，第八原罪瑪麗只是一塊鏡子，是貪婪之王瑪蒙的試驗品，但在鏡妖米雅與瑪蒙的魔力灌注之下，她瞬間變成了無法無天的大惡魔。

她擁有幻化成任何人的能力，同時能從一次又一次瘋狂的喜悅中強化自己。瑪麗不斷偽裝成他人、不斷背叛自己所愛之人，並從中獲得幸福的滋味。只要是被她映照過的，都是她偽裝的外皮，而這十歲女孩的樣貌，則是她最初的雛型。

「妳還活著啊。」

「幽玄姊姊一點也不驚訝呢……」瑪麗虎牙裸露，雙手背在身後繞著幽玄打轉。

幽玄當然不驚訝。因為她從睿智之窗看見了一切，當萊恩的日輪聖劍刺穿瑪麗胸口時，她的確差點就死了。瑪麗要操控人類，必須在人身上擺設鏡面信物，好比萊恩的鐵面具，也像是皇后的玫瑰頸飾。

那是一塊小小的鏡子，明明瑪麗可以用任何鏡面當信物，她卻選用自己最初的本體，所以才差點喪命。運氣。只能說是運氣好，鏡子才沒有在日輪聖劍的劍光中一起碎裂。

為此，幽玄面無表情說道：「妳放水了，在很多地方都是，還置自身於死地。」

「咦？人家才沒有呢？」放棄皇后身分後，瑪麗的語氣也變得幼稚許多。她掩著嘴否定幽玄，神情卻越來越愉悅，「將本體放在皇后身上，只是遊戲的基本條件而已——如果人家不會死，那遊戲一定超無趣的！除此以外我可沒放水哦！沒證據就不要隨便亂說啦！」

瑪麗氣鼓鼓地抗議著，幽玄卻完全無視她，並將她的所作所為一一點破：「在黃石鎮，妳催眠一名狼人提供情報；在艾星翠，妳化身為酒館老闆，引聯邦軍攻擊高泉公子，才讓羊角姑娘有機會與他們認識；然後妳同時也操控水晶龍把他們砸落深淵，所以才能遇見我。」

「唔唔！」瑪麗臉紅地說：「不、不過除此之外，人家可是盡力了哦！笨蛋！」

「不要裝成那種語氣，很煩人。」

「嘻嘻，幽玄姊姊毫不留情呢。」

瑪麗瞇著眼睛坦承。對啦！她的確誘使高泉與自己一戰，但剩下來的，卻全都超乎她的預期。瑪麗從來不害怕輸，她只害怕無聊，所以對於自己大敗這件事，她還是感到興奮無比的。

「不過呀……人家或許能體會——吉爾・哈斯特哥哥願意幫助人類的原因了。」

「我對妳的想法一點興趣也沒有，妳到底有何貴幹？」

幽玄冷漠地說，周遭叢叢群書頓時化為粉末飄散。灰色的巨馬撕裂空間出現在幽玄身旁，她打算不理睬歡笑的惡魔，並且先一步離開這座被遺棄的深淵了。

「咦耶——還是一樣好冷淡！」瑪麗的嗓音忽然出現在幽玄耳邊，她從黑暗中倒吊降下，用小手戳了戳幽玄的臉頰，「來找幽玄姊姊，當然是因為我輸掉了呀？」

幽玄冷眼斜視著瑪麗，那沼澤般的瞳孔毫無情緒可言，她一句話也沒有開口。

「眾所皆知，偷走光明的是三位惡魔……但其實那不太對。」

「……」

「做為第八原罪，我就是要帶給大家驚喜，所以才不會跟誰合作呢！況且救贖之城毀滅也是我的即興表演，在此之前應該沒人猜到會這樣發展……」

黑暗中閃耀的紅眸，逐漸化為戲謔的漩渦狀。瑪麗注視著幽玄，對於她深埋在冰顏下的情緒感到有趣至極。

「妳說是不是呢？先一步知道『結果』而撿走碎片的睿智神……還是該稱妳為竊光惡魔呢？幽、玄、大、姊、姊？」

在幽玄如喪袍又像婚紗的禮服中央，煌之刻耀眼的光芒一閃即逝。睿智神將情緒藏匿於無比深黑中，但是只有一瞬間從她慘白的臉蛋上，勾起了不明顯的笑容。

「妳真敏銳呢。」黑暗逐漸將惡魔與神靈包裹，新一波的死亡浪潮，來臨了。

【全書完】

釀奇幻52　PG2490

救贖之城：水晶約束之城「艾星翠」

作　　者	曹飛鳥
插　　畫	貓　瞳
責任編輯	石書豪
圖文排版	周妤靜
封面完稿	蔡瑋筠

出版策劃	釀出版
製作發行	秀威資訊科技股份有限公司 114 台北市內湖區瑞光路76巷65號1樓 電話：+886-2-2796-3638　傳真：+886-2-2796-1377 服務信箱：service@showwe.com.tw http://www.showwe.com.tw
郵政劃撥	19563868　戶名：秀威資訊科技股份有限公司
展售門市	國家書店【松江門市】 104 台北市中山區松江路209號1樓 電話：+886-2-2518-0207　傳真：+886-2-2518-0778
網路訂購	秀威網路書店：https://store.showwe.tw 國家網路書店：https://www.govbooks.com.tw
法律顧問	毛國樑　律師
總 經 銷	聯合發行股份有限公司 231新北市新店區寶橋路235巷6弄6號4F 電話：+886-2-2917-8022　傳真：+886-2-2915-6275

出版日期	2021年1月　BOD一版
定　　價	320元

國家圖書館出版品預行編目

救贖之城：水晶約束之城「艾星翠」／曹飛
鳥著. -- 一版. -- 臺北市：釀出版, 2021.01
面； 公分. -- (釀奇幻；52)
BOD版
ISBN 978-986-445-437-2(平裝)

863.57 109020401

讀者回函卡

感謝您購買本書，為提升服務品質，請填妥以下資料，將讀者回函卡直接寄回或傳真本公司，收到您的寶貴意見後，我們會收藏記錄及檢討，謝謝！如您需要了解本公司最新出版書目、購書優惠或企劃活動，歡迎您上網查詢或下載相關資料：http:// www.showwe.com.tw

您購買的書名：________________________________

出生日期：________年________月________日

學歷：□高中（含）以下　□大專　□研究所（含）以上

職業：□製造業　□金融業　□資訊業　□軍警　□傳播業　□自由業

□服務業　□公務員　□教職　□學生　□家管　□其它＿＿＿

購書地點：□網路書店　□實體書店　□書展　□郵購　□贈閱　□其他

您從何得知本書的消息？

□網路書店　□實體書店　□網路搜尋　□電子報　□書訊　□雜誌

□傳播媒體　□親友推薦　□網站推薦　□部落格　□其他＿＿＿＿＿

您對本書的評價：（請填代號　1.非常滿意　2.滿意　3.尚可　4.再改進）

封面設計＿＿　版面編排＿＿　內容＿＿　文／譯筆＿＿　價格＿＿

讀完書後您覺得：

□很有收穫　□有收穫　□收穫不多　□沒收穫

對我們的建議：________________________________

____

____

____

請貼
郵票

11466
台北市內湖區瑞光路 76 巷 65 號 1 樓

秀威資訊科技股份有限公司 收

BOD 數位出版事業部

....

（請沿線對折寄回，謝謝！）

姓　　名：____________ 年齡：________ 性別：□女　□男

郵遞區號：□□□□□

地　　址：________________________________

聯絡電話：（日）________________（夜）________________

E-mail：________________________________